Le Chant des Djinns

Le Chant des Djinns

Le Souffle des Dieux - 2

Vincent Portugal

VINCENT PORTUGAL
www.vincent-portugal.fr

Illustration de couverture : Wahya
ISBN : 978-2-9555329-3-5

Pour Raymonde, ma grand-mère

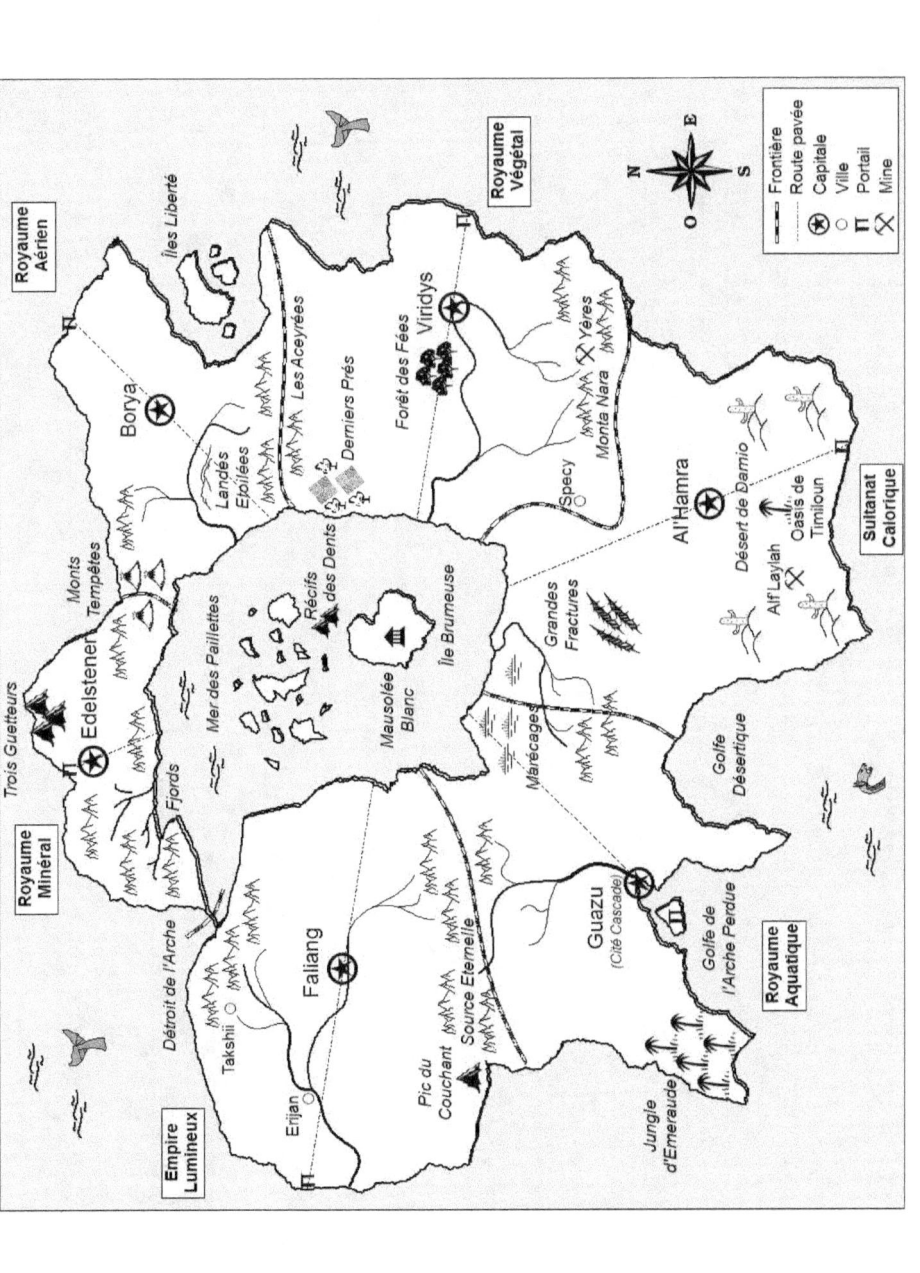

DRAMATIS PERSONAE

SULTANAT CALORIQUE

Famille Al'Malwib :
Sultane Lamia et Sultan Kadir (parents)
Princesse Amira
Prince Djalil (frère)

Autres personnages :
Nadia (servante)
Khaled (poète)
Riad (Grand Vizir)
Tamir (marchand de dattes)
Abdu (marabout)
Marafa (ami de Djalil)

ROYAUME VEGETAL

Famille De los Calyptos :
Reine Granada (grand-mère)
Reine Mirabella et Roi Kiridjo (parents)
Prince Angelo
Tim et Aldo (cousins)

Autres personnages :
Séquijo (Archidruide)

Royaume Aquatique

Famille Achiyuka :
Natalia (reine déchue, mère d'Elliw)
Roi Aldirus II (usurpateur, oncle d'Elliw)
Elliw (princesse déchue)

Autres personnages :
Thaleia (juge)

Royaume Mineral

Famille Fejell :
Roi Björn

Autres personnages :
Rébus (ami d'Angelo)
Robulus (frère de Rébus)
Lex (assassin)

PROLOGUE

*Des écharpes de brumes flottaient autour d'un jeune homme endormi.
Elles touchèrent son front et lui insufflèrent un rêve, en souvenir
d'un événement vieux de quinze ans.*

∫

Les rayons de la lune creusaient des ombres sur son corps nu. La jeune femme était assoupie dans l'herbe. Elle n'avait pas conscience du tableau gracieux dont elle était l'héroïne.

Son amant veillait sur elle avec un sourire satisfait. Il jouait avec les boucles blondes qui tombaient en cascade autour de son visage. Des talismans leur permettaient de défier la fraîcheur de la nuit sous le regard complice des étoiles. Ils diffusaient une chaleur douce et agréable.

Il ignorait qui remercier pour cet instant hors du temps. Ils s'étaient retrouvés là en secret, alors que l'hiver avait pris possession des jardins du palais. Malgré les intempéries, son amie insistait pour dormir dans ce nid discret depuis plusieurs jours. Son extravagance et ses exigences avaient piqué l'intérêt de son compagnon. Il se pliait à sa demande avec délice. Les rosiers formaient un écrin à leur idylle.

Des graviers crissèrent soudain dans une allée. Une femme à la peau foncée courait comme si sa vie en dépendait. Il reconnut les traits de Lamia Al'Malwib, la princesse du Sultanat Calorique. Elle se rapprochait d'eux à toute vitesse ; elle atteindrait bientôt les berges de la mare de vif-argent, à quelques pas seulement de leur cachette.

Une étincelle verte apparut dans le lointain avec un sifflement menaçant. La fuyarde se jeta à terre pour l'éviter et plongea dans la boue. Le sort percuta un buisson : ses feuilles noircirent et tombèrent au sol. Derrière la princesse qui tentait de s'enfuir, une silhouette se découpa dans l'obscurité. Un bâton de mage luminescent éclairait sa route entre les arbres.

L'homme sentit son cœur se serrer. Il réveilla son amie en silence, la main sur ses lèvres. Elle observa la scène avec panique.

« L'Ensorceleuse ne doit pas intervenir, s'exclama-t-elle avec horreur. Pas cette nuit ! »

Elle tourna ses yeux bleus vers lui.

« Mon beau passeur, nous ne devons pas être vus ensemble... Séparons-nous ! »

Elle ramassa son manteau de fourrure blanche et dissimula le talisman qui entourait son cou, un brin de mimosa en or. Elle l'embrassa une dernière fois. Ses boucles blondes disparurent derrière un buisson.

Un coup de tonnerre le fit sursauter. La voûte céleste se déchira et se mit à cracher des flèches enflammées. Incapable de fuir, il se retourna avec une curiosité malsaine. Il était tétanisé par la vision de la magicienne qui venait de psalmodier un sortilège destructeur. La victime de l'Ensorceleuse se tordait de douleur dans la boue.

Il n'était qu'à quelques pas de la mare de vif-argent qui tourbillonnait dans un grondement sourd. Brusquement, un geyser en jaillit et une explosion de lumière blanche souffla sur les jardins. Ébloui, l'observateur fut renversé contre le tronc d'un cèdre. Une pluie d'épines lui recouvrit la tête.

Le silence revint. L'homme se débarrassa des aiguilles du conifère. Il vit la princesse étrangère se relever, indemne en dépit du violent sortilège qui venait de la foudroyer. Elle s'avança vers la mare de vif-argent en titubant. S'agenouillant dans l'herbe, elle ramassa un couffin en tissu d'où s'échappaient des gazouillements de bébé.

Près d'elle, une silhouette revêtue de fourrure blanche sortit du couvert des arbres. Il la connaissait si bien ! Son amante s'approcha et recueillit un deuxième paquet de linge. Elle apostropha la princesse d'un ton plein de haine.

« Partez ! siffla-t-elle. Vous avez causé un grand malheur. Ces enfants ne doivent jamais se rencontrer. Si vous échouez, leurs ennemis seront sans pitié, et soyez assurée que nous serons parmi eux. »

Il n'osait pas comprendre son étrange manège. Sa compagne venait-elle donc d'accoucher ? Cela expliquait son insistance pour dormir toutes les nuits près du vif-argent. Mais pouvait-il raisonnablement en être le père, après quelques mois de liaison ? Il compta et secoua la tête. Non, c'était impossible.

Une lueur illumina soudain la scène. L'héritière du Sultanat Calorique jura en constatant qu'elle provenait du pendentif que portait sa fille. D'ordinaire, les nouveau-nés apparaissaient avec un simple médaillon d'argile.

Celui-ci était différent.

Il se mit à luire d'une lumière ambrée et s'éleva dans les airs, comme un feu-follet ou un spectre farceur qui éclaira les jardins d'un halo orangé. Une voix profonde retentit :

« Nous sommes les Oracles de Dohr'im, emprisonnées depuis des millénaires et gardiennes d'une magie disparue. Protégez notre Messager et son incroyable pouvoir ! Il réalisera des miracles qu'aucun autre ne saurait reproduire. Préservez ce secret et il sauvera votre monde... Éventez-le et ses ennemis nous détruiront tous ! »

Le talisman s'envola comme une étoile filante et dessina un symbole ésotérique dans le ciel. L'homme accroupi dans l'ombre frissonna.

Ces nouveau-nés n'étaient pas des enfants ordinaires.

Première partie

La Naissance d'une Déesse

INTERMÈDE

Les torches éclairaient la harpiste d'une lueur fluctuante. Des étincelles s'échappaient des cordes et illuminaient les cristaux qui recouvraient les parois. La grotte enchantée s'animait au gré des harmonies mille fois renouvelées.

Le Sablier du Temps lévitait devant la musicienne. L'artefact brisé avait cessé de perdre la poudre d'ivoire qu'il contenait à l'origine. Seule une poignée y demeurait encore, en suspension dans les airs grâce à la magie de la mélodie.

Une deuxième femme s'approcha en silence. Elle déposa une statuette en quartz au cœur d'un feu qui grésillait dans le sable : un aigle aux serres acérées qui fondait sur sa proie. Les flammes blanches l'entourèrent et gagnèrent en vigueur. Son art était un pansement salutaire pour les blessures mortelles de leur dieu.

Elle se retint de ramasser l'émeraude tombée du plafond quelques semaines plus tôt. Elle était brûlante. La veille, un deuxième joyau s'était décroché de la voûte : un œil-de-tigre strié de rayures brunes. Celui-là était glacé. La chaleur des flammes n'avait pas encore éveillé son pouvoir.

Les Messagers de Dohr'im n'étaient jamais allés aussi loin dans la poésie des trois prophéties qui régissaient leur destin. Inscrites sur des tablettes de métal, elles annonçaient leur quête millénaire. La première, en bronze, s'était désagrégée depuis longtemps. La deuxième, en argent, s'était fissurée pour annoncer le retour imminent de la magie perdue dans ce monde. Hélas, la troisième s'ébranlait à son tour. L'or commençait à se fendiller.

L'AMOUR ET LES FLAMMES NÉGLIGÉES D'UN DIEU,
LE SOUFFLE D'UNE ÂME, OFFENSES AUX CIEUX !
DÉTERRÉ, LE GLAIVE DE LA DESTRUCTION,
SEMANT AU VENT RÊVES ET MALÉDICTIONS !

Les prophéties étaient ambiguës. Avait-elle tort de s'effrayer des menaces que les Oracles avaient lues dans leurs fumées divinatoires ? Si leurs élus n'y prenaient pas garde, leur don permettrait-il aux Esprits Sauvages de se réincarner ?

Ces deux enfants étaient capables du meilleur comme du pire. Ils devaient rencontrer leurs totems avant de commettre l'irréparable...

CHAPITRE I

L'aube se lève sur un tapis de roses. Leur beauté se reflète sur le sable étincelant.

Aussi loin que je me souvienne, j'ai toujours vécu dans la chaleur étouffante de l'Astre Rubis. Ses rayons écarlates sont à l'origine du désert qui entoure la cité d'Al-Hamra. Un environnement à la fois hostile et protecteur... Ces murs de poussière forment une barrière infranchissable. Les scorpions et les serpents savent accueillir les imprudents qui s'aventurent sur leur territoire.

Lamia Al'Malwib
« Mémoires d'une sultane amnésique »

∫

« Avancez, princesse ! »

Mon ravisseur me poussa avec agacement. Je glissai et tombai à genoux dans le sable. Épuisée, je n'avais plus la force de lutter contre sa méchanceté.

Le souvenir de mon enlèvement me souleva le cœur. Je priais en silence dans le temple d'Al-Hamra lorsque trois hommes étaient apparus, armés de talismans étincelants. Leur magie Impure avait tué mes gardes du corps. Profitant du mouvement de panique de la foule, ils m'avaient ensorcelée et à moitié assommée avant de s'enfuir.

Peu loquaces, les assassins maintenaient une allure soutenue, de crainte d'être poursuivis. Ils n'avaient autorisé que de courtes pauses pour les nuits précédentes. Même s'ils m'avaient gardée en vie, leurs projets m'inquiétaient...

La traversée du désert était longue et difficile. Nous avions voyagé à dos de chameau les deux premiers jours. Je regrettais presque leur puanteur quand je songeais à cette marche inconfortable... Les animaux de bât avaient été libérés à la nuit tombée. Leur instinct les rendait nerveux. Ils refusaient de s'avancer davantage dans les dunes, comme s'ils sentaient les prémices d'un cataclysme.

« Relevez-vous, princesse Amira, jura l'homme derrière moi. Nous n'avons pas le temps pour vos pleurnicheries. »

Mes gardiens avaient relâché les entraves qui liaient mes poignets. Ils effaçaient nos traces à l'aide d'un talisman aérien. J'étais contrainte de les suivre et de me soumettre à leur autorité. J'avais abandonné tout espoir de recevoir de l'aide du sultan, mon père, et des mages qu'il avait probablement lancés à ma recherche.

Des rafales soulevèrent le tissu noué autour de ma tête. Elles présageaient une nouvelle tempête de sable, la troisième de la journée.

Je me relevai, le corps et l'âme meurtris. Mes agresseurs m'imposèrent une heure de marche supplémentaire avant que le ciel s'obscurcisse. La tempête se jeta sur nous avec violence. Nous dûmes nous arrêter et nous couvrir dans des capes rêches.

La poussière m'étouffait de sa rage. Ces maudits grains de sable tourbillonnaient et me forçaient à clore les paupières. Je luttais contre la démangeaison de mes yeux irrités. Ces rafales nous rappelaient que nous étions à la veille du Jugement Dernier. Le lendemain, l'explosion des Astres marquerait la fin de l'année.

La plupart des gens ignoraient que les immenses boules de magie dissimulaient les cendres de phénix qui attendaient l'heure de leur renaissance... Les prêtres du Cercle jugeaient cette vérité trop inquiétante. Ils préféraient répéter que nos prières pouvaient limiter les dégâts du cataclysme. Les dieux punissaient les infidèles par des flèches de feu. Les ombres qui embrasaient le ciel étaient l'expression de leur pouvoir ici-bas.

Les membres de l'aristocratie savaient cependant que les phénix étaient des êtres vivants. Ces oiseaux enchantés ressuscitaient le temps d'une journée et dispersaient l'énergie accumulée par une année de sortilèges. Ce cycle suivait une logique implacable. Plus nous invoquions la puissance cristallisée dans nos talismans, plus les Astres grandissaient et influençaient notre quotidien.

Malgré cette connaissance, ma foi m'invitait à partager un sentiment mêlé de crainte et d'émerveillement au cours de cet événement. Les dieux ne m'avaient-ils pas prise en pitié et guérie de ma cécité ? Je n'étais plus Amira Al'Malwib, la Princesse Aveugle, mais la Miraculée. Je leur étais redevable de m'avoir offert les couleurs de ce monde.

Cette pensée me ramena à ma douloureuse réalité. Nous nous enfoncions de plus en plus loin dans le désert, où les chameaux eux-mêmes refusaient de se rendre à cette époque de l'année. Aucune muraille ne pourrait nous protéger du Jugement Dernier. Mes ravisseurs en avaient-ils conscience ?

La nuit tomba et la tempête de sable se calma enfin. Je dénouai l'étole qui enserrait ma tête.

« Pourquoi ne m'avez-vous pas encore tuée ? »

Je posai la question sans réfléchir, après des heures de silence. Mes yeux étaient irrités par la poussière dispersée par le vent. Mes forces m'abandonnaient. Cette course éperdue était vaine et sans espoir.

Deux de mes ravisseurs se regardèrent, indécis. La tempête avait émoussé leur assurance. Le troisième répondit en secouant les replis de sa tunique sombre. Ses mains gigantesques battaient le tissu violemment. Une balafre en zigzag lui déchirait la joue.

« Nous ne sommes pas des barbares, dit-il avec un rictus qui découvrit ses dents blanches. Votre chance légendaire va seulement être mise à l'épreuve. »

Sa peau d'ébène trahissait notre origine commune. L'influence de l'Astre Rubis ne passait pas inaperçue. Il était issu de la cité d'Al-Hamra ou de sa région.

« On raconte dans tout le Sultanat que vous êtes l'élue des dieux, se gaussa-t-il. J'ai parié qu'ils ne vous sauveraient pas cette fois-ci...

— Vous êtes la perversion incarnée. »

Il haussa les épaules.

« Ce n'est qu'une affaire de politique, avoua-t-il. Les prêtres s'extasient sur les miracles et les signes du ciel. Nous sommes plus pragmatiques : nous préparons la guerre avec le Royaume Végétal depuis dix ans et vous contrecarrez nos plans en défendant la paix. Vous comprenez notre rancœur, n'est-ce pas ? »

Ces informations me perturbèrent. Qui avait intérêt à déclarer cette guerre ? Les derniers combats avec nos voisins, cinquante ans plus tôt, s'étaient soldés par un véritable massacre. Un sentiment de vengeance animait encore les villages frontaliers. Les bagarres étaient fréquentes.

« Seule la paix est constructive, rétorquai-je. Les combats provoquent maladie, famine et ruine. Quel monstre êtes-vous pour souhaiter de telles horreurs ? Vous n'avez aucun intérêt à ce qu'un conflit éclate.

— Détrompez-vous, princesse ! On tire de grands bénéfices d'une guerre qui se déchaîne loin de nous.

— J'aurais pourtant juré que vous étiez originaire du pays. »

Ils accueillirent mon ton sarcastique d'un sourire enjoué. Leur bonne humeur me hérissa.

J'étais entourée de trois assassins, au milieu d'un océan de poussière qui s'étendait à perte de vue. Des bourrasques dessinaient des vagues d'ombre sur les dunes. Je luttais pour trouver la force de grimper les monticules de sable qui engloutissaient mes pas.

Où m'emmenaient-ils ? Je priai à nouveau les dieux de me venir en aide. Cette traversée du désert était une impasse. Personne ne pouvait plus se porter à mon secours. La ville était trop éloignée et les pistes étaient brouillées. À mon grand désespoir, ma vie allait bientôt s'achever.

Je n'avais jamais tenté de mettre fin à mes jours, alors que j'avais été aveugle près de quinze années durant. Ma différence avait été un poids pour ma famille et mon peuple. On m'avait prêté les surnoms de Princesse Noire, de Princesse Maudite… Je ne maîtrisais même pas la magie, terrible handicap dans ce monde où elle était omniprésente. Seuls ma foi et l'amour de mes proches m'avaient permis de faire face à cette dure réalité.

J'avais vécu toute mon enfance avec une gouvernante et sa fille, Nadia. Cette dernière était devenue mon amie et ma confidente. Avec son aide, j'avais exploré d'autres sens que la vue. Mes journées s'étaient passées en compagnie des poètes, des musiciens et des prêtres. J'avais appris à jouer de nombreux instruments de musique, grâce au toucher et à l'écoute, et les hommes de lettres m'avaient transmis leurs connaissances avec patience. Entre les murs du palais ou des temples, j'avais trouvé ma place dans notre société.

Mon destin avait basculé un mois plus tôt. Le prince Angelo de los Calyptos avait posé ses mains sur les miennes et un flot de magie avait guéri mon corps. Ce miracle était resté sans explication jusqu'à ce que trois femmes fantomatiques nous apparaissent en rêve, sous l'identité des Oracles de Dohr'im. Elles nous avaient transmis un pouvoir spectaculaire par-delà les âges, le Souffle des Dieux.

Je me perdais en conjectures sur ce rêve et la quête confiée par ces prêtresses : restaurer la magie d'un dieu disparu. J'ignorais comment réagir devant ces mystères. Ma seule décision avait été de me prononcer en faveur de la paix entre le Sultanat Calorique et le Royaume Végétal, lorsque mes parents m'avaient rendu mon héritage au cours d'une cérémonie fastueuse. Fière et pleine de confiance, j'avais annoncé publiquement mes vœux pacifiques. Les frontières ne devaient pas s'embraser.

Hélas, à aucun moment je n'avais songé que cela m'attirerait les foudres d'un groupuscule qui voyait son intérêt dans une guerre meurtrière. Comment aurais-je pu deviner que des sorciers m'enlèveraient dès le lendemain pour m'emmener me perdre dans le désert ? Le ciel et l'avenir me souriaient ; j'étais gonflée d'espoir et d'amour pour mon peuple. Le monde avait soudainement basculé pour laisser les nuages s'amonceler au-dessus de moi.

Je resserrai la tunique autour de mon corps glacé. Les premières lueurs de l'aube coloraient l'horizon de traits pastel. Mes guides me refusèrent toute prière au soleil levant. Ils me pressèrent davantage alors que mes pieds hurlaient de souffrance.

Nous ne fîmes qu'une courte pause dans la matinée pour grignoter des biscuits de voyage et boire un peu d'eau. J'étais épuisée.

En arrivant enfin à notre destination, la fatigue fit trembler mes jambes et je tombai à genoux. Devant nous se dressait un spectacle terrifiant.

Une carrière à ciel ouvert déchirait les dunes par de profondes tranchées, prises d'assaut par le sable. On aurait dit les ruines d'une cité oubliée qui luttaient contre l'invasion du désert. Les pierres taillées étaient d'un noir de jais. Les rochers formaient des plateaux empilés les uns sur les autres, comme des dalles sorties de terre et jetées négligemment dans un chaos minéral.

« Princesse, je vous présente le chantier d'Alf-Laylah, annonça le chef de la troupe d'une voix rauque. Les ouvriers de votre père y travaillent jour et nuit pour extraire de précieux fragments d'obsidienne. Les joyaux sont plus noirs encore que les rochers que vous apercevez d'ici. Ces derniers ne sont que la gangue souillée qui les maintenait sous terre ; ils n'ont aucun intérêt économique. Maintenant, venez. »

Je me relevai avec peu d'enthousiasme. Nous glissâmes dans le sable pour descendre en direction de la place abandonnée.

« Les ouvriers ont quitté le chantier, reprit mon ravisseur. À cette heure, je suppose qu'ils boivent un verre dans les tavernes d'Al-Hamra en attendant le Jugement Dernier.

— J'aurais aimé les imiter avec une tasse de thé, lâchai-je avec mauvaise humeur.

— Ne soyez pas si négative ! On dit que les dieux adorent projeter leurs flammes sur les carrières d'obsidienne. Vous aurez l'opportunité inédite d'observer ce spectacle. »

Je tressaillis.

« Vous comptez donc me laisser ici ? Pourquoi ?

— Je vous l'ai déjà dit, me lança-t-il d'un ton moqueur. Nous n'avons aucune envie d'une héritière qui fasse ami-ami avec ses voisins. Votre frère servira bien mieux nos intérêts ; sa haine du peuple Végétal est une véritable source d'inspiration. Je regrette que vous ne partagiez pas ce trait de famille. Nos précepteurs ont commis l'erreur de se désintéresser de vous pendant toutes ces années. »

Je songeais à Djalil avec peine. Mon frère avait toujours fait preuve d'une extrême délicatesse à mon égard. Il s'était incliné devant mon nouveau statut d'héritière sans arrière-pensées, alors qu'il avait été élevé pour devenir le futur sultan. Je me désolais de comprendre qu'il avait été manipulé pour entretenir son inimitié avec le prince Angelo et son peuple.

Le contact de mes sandales sur un sol dur me procura un sentiment étrange, un mélange d'appréhension et de soulagement. Je craignais la condamnation à mort que ce lieu suggérait, mais je me réjouissais de sentir enfin une surface plane sous mes pieds. Ces rochers sacrificiels m'offraient malgré eux un léger réconfort. Leur rigidité calmait l'angoisse qui me serrait le cœur depuis que nous étions entrés dans le désert et que les dunes instables s'érodaient sous nos pas.

Nous traversâmes la carrière dans un silence pesant. Des marteaux et des burins avaient été oubliés dans la précipitation du départ. Des rails creusés dans la pierre permettaient d'acheminer des chariots d'un bout à l'autre du chantier pour charger le minerai extrait et l'évacuer plus loin. J'imaginais sans difficulté l'activité grouillante de ce lieu isolé.

Mes ravisseurs se dirigèrent vers un promontoire qui se dressait au-dessus de la carrière. Des marches taillées sur son flanc nous amenèrent jusqu'au sommet. Des cendres fumantes et des tabourets indiquaient que des hommes s'y étaient récemment assis. Les contremaîtres profitaient de la hauteur pour surveiller l'avancée des travaux.

La vue révéla l'organisation du chantier qui m'était restée invisible jusque-là. L'entrée de la mine était marquée par un immense puits entouré de rails circulaires. Des chariots étaient dédiés à l'évacuation rapide des gravats, transportés puis jetés dans des décharges éloignées. Une voie rectiligne s'échappait du gouffre central. Des rambardes en bois et des cordes empêchaient les accidents et en interdisaient l'accès. L'obsidienne transitait sûrement par ce chemin protégé.

« Il est temps de nous séparer, annonça brusquement l'assassin balafré. Le temps se couvre, malheureusement, et le temple le plus proche est encore à plusieurs heures de marche. Vous serez seule pour danser avec les Astres. »

Il fouilla dans son sac et en sortit un rouleau de corde.

« Est-ce vraiment nécessaire ? dis-je en fronçant les sourcils. Vous me privez déjà de ma vie. Laissez-moi au moins ma dignité. »

Il échangea un regard avec ses complices. Il rangea sa corde et, après une légère hésitation, me laissa une gourde d'eau.

« Ne tentez pas de fuir, menaça-t-il. Restez bien en vue pendant que nous quittons ce lieu. Nos ordres sont formels, hélas, et je préférerais que les dieux se chargent eux-mêmes de votre exécution. »

Son visage était empreint d'une résolution glacée. La cicatrice qui zébrait sa joue accentuait le danger qui brillait dans ses yeux. Je comprenais péniblement que ces assassins avaient peu d'humanité à m'offrir. Leur conditionnement les poussait à abandonner une jeune fille à la fureur du ciel.

Ils s'éloignèrent sans que je songe à les suivre. Je prenais leurs menaces très au sérieux.

Lorsqu'ils disparurent derrière la crête d'une dune, une partie de mon angoisse se calma un peu. Leur attitude intimidante avait été difficile à supporter. Désormais, j'étais seule pour affronter mon destin.

J'étais exposée aux regards et aux éléments. Comme le vent se levait, je reconsidérai ma présence sur ce promontoire sacrificiel. Cette position avait accentué mon sentiment d'isolement et de fatalité. Mes ravisseurs avaient joué de cette manipulation psychologique pour tuer dans l'œuf tout désir de fuite. Ils courraient vers leur salut... J'étais libre de m'abriter ailleurs.

Où me cacher en attendant mon sort ? La noirceur et l'obscurité de la mine ne pouvaient m'offrir aucun réconfort. Mon regard balaya le chantier avec tristesse. Tout n'était que poussière et rochers. Le soleil échouait à en dissiper les ombres.

Les gravats en bordure du désert étaient plus clairs que les autres. Des reflets dansaient sur des dalles blanches, comme des éclats de lumière sur des miroirs. Une certaine beauté se dégageait de ce cimetière minéral. Quel meilleur lieu pour s'endormir à jamais ?

Aucune rambarde ne m'aida à descendre les marches. L'architecte n'avait pas anticipé la visite d'une princesse... Je traversai le chantier silencieux et m'approchai des blocs défoncés.

Ces décharges formaient des millefeuilles rocheux qui s'agençaient sans logique, dans un dédale perturbant. Je ne vis aucune trace de végétation parmi eux, seulement des flaques de sable que les tempêtes avaient arrachées au désert.

Certaines dalles de quartz étaient d'une nuance gris clair qui tranchait avec celle de leurs voisines, comme des fleurs blanches dans un champ de roses noires. Leur disposition ménageait une petite grotte entre elles, un espace dont l'aspect sobre mais accueillant me réchauffa le cœur. Cet abri vibrait d'une aura bienveillante et protectrice ; je percevais un léger scintillement autour des pierres.

Je resserrai ma tunique. J'escaladai les débris en m'écorchant les mains sur leurs arêtes saillantes. Je me recroquevillai dans cet écrin inattendu. La pierre était froide, mais le vent ne m'atteignait plus. Je me sentais à l'abri pour la première fois depuis mon enlèvement.

J'étais une souris plongée dans un océan de poussière. On m'avait condamnée à subir un châtiment divin pour avoir défendu la paix. Quel espoir me restait-il ? Personne ne pouvait m'aider, pas même Angelo, ce beau prince qui m'avait sauvé la vie quelques jours plus tôt. Je fermai les yeux et songeai à lui avec mélancolie. Je n'avais pas eu la chance de le revoir avant de mourir.

Seule ma foi dans la miséricorde des dieux pouvait adoucir ma peine. Je me recueillis en murmurant les prières que je récitais chaque jour depuis ma plus tendre enfance. Je calmai ma respiration pour me préparer au dernier voyage de mon existence. L'épuisement ne tarda pas à me gagner.

J'eus l'impression de sortir de mon corps et d'abandonner les courbatures qui élançaient mes muscles. Je flottais au-dessus de la mine d'obsidienne. En contrebas, j'apercevais la grotte où je m'étais endormie.

La nuit tomba et s'embrasa. Des vapeurs brûlantes surgies de nulle part m'enserrèrent dans leur étreinte. Des lueurs rouges tourbillonnèrent dans les airs, mais je ne me réveillai pas. Une pluie de feu recouvrit le chantier. Des étoiles semblaient se décrocher de la voûte céleste pour frapper la terre.

J'observais le spectacle avec détachement. Je n'étais qu'une ombre qui dérivait parmi les flèches du Jugement Dernier. Les Astres explosaient et libéraient la magie emprisonnée pendant l'année.

Je m'envolai, plus haut, plus loin…

Mon corps laissa s'échapper un soupir de soulagement.

CHAPITRE II

Je n'ai jamais oublié ma première rencontre avec mon ennemie. Un orage se déchaînait dans les jardins du Royaume Végétal. Des nuages noirs étouffaient l'horizon ; le vent hurlait, la pluie tambourinait contre les vitres du palais. J'étais jeune et persuadée que les dieux étaient en colère. Leur foudre s'abattait pour rappeler leur suprématie à la reine Granada de los Calyptos. Avec mépris, elle refusa de se plier à ce caprice divin. Elle ordonna aux domestiques de tirer les rideaux et aux musiciens de jouer une sonate.

On raconte qu'elle dédaignait aussi le Jugement Dernier, alors que l'explosion des Astres est un autre signe du ciel. La violence inouïe qui secoue le monde n'est pas uniquement liée à notre consommation de sortilèges. La magie choisit ses cibles de façon délibérée. Elle les traque, impitoyablement.

Lamia Al'Malwib
« Mémoires d'une sultane amnésique »

∫

Je rêvai d'une forêt touffue. Je survolais en silence des milliers de chênes et de châtaigniers. Je me déplaçais dans les airs en observant l'étendue boisée qui recouvrait collines et vallées. Les habitants sylvestres se terraient sous le couvert des arbres.

Une lueur verte enflamma soudain l'horizon. Un météore quitta le sol dans une trainée de lumière. Un cri de rapace retentit dans le ciel.

J'étais témoin de la résurrection du phénix de l'Astre Émeraude, qui sortait de sa léthargie et prenait son envol après une année de sommeil. Les fidèles de la magie végétale l'avaient nourri de leurs sortilèges. Il s'apprêtait à rendre cette énergie en dispersant des talismans au gré de son chemin. Cette nuit était la sienne, celle de sa liberté retrouvée.

L'oiseau de feu répandait des vagues vertes qui submergeaient peu à peu les alentours. Des points s'illuminaient à leur contact d'une clarté blanchâtre, comme des étoiles immaculées qui luttaient contre un raz-de-marée. Clairières, villes, temples... Autant de sanctuaires qui protégeaient les hommes du Jugement Dernier.

Un fil de lumière me reliait à l'un d'eux en formant un pont entre la terre et le ciel. Plus je m'approchais, plus son intensité augmentait. Ma curiosité rendait cette attraction irrésistible.

Dans mon rêve, je descendis de mon nuage pour atterrir sur un tapis de feuilles mortes. Mes habits poussiéreux avaient été remplacés par une djellaba rubis et un châle assorti. Mes babouches dorées brillaient dans la nuit. Le souvenir du désert était loin... Mes cheveux tombaient librement sur mes épaules.

Un vieux dolmen s'enfonçait à moitié dans le sol. La végétation et le ruissellement de la pluie l'avaient peu à peu enseveli. Il émettait une intense clarté qui dénonçait tout jugement hâtif : le passage des siècles n'avait pas affecté ses vertus protectrices.

Une ombre se déplaçait sous la pierre horizontale. Le cordon de lumière me menait à elle.

Je m'avançai d'un air résolu et penchai la tête. Mon visage s'élargit d'un sourire en découvrant le prince Angelo de los Calyptos, prostré dans un coin. Il se frottait les bras pour se réchauffer. Le jeune homme portait une tunique déchirée et salie de terre ; ses beaux cheveux blonds étaient en broussaille. Sa main droite avait une entaille récente qui saignait.

À ses côtés flottait le fantôme d'une femme aux allures de reine. Une robe de bal vaporeuse entourait sa taille. Un double chignon serré par un filet accentuait sa posture austère. Elle agitait un éventail malgré la fraîcheur de cette nuit d'hiver.

« Nous avons de la visite, annonça-t-elle en remarquant ma présence. »

Angelo leva la tête avec surprise. Il se cogna contre le plafond de pierre.

« Vous devez être Amira Al'Malwib, la Princesse Noire, annonça le fantôme. Vous êtes le portrait craché de votre mère. »

Cette remarque me sembla acerbe, sans raison. Je les rejoignis à l'intérieur du dolmen et m'adossai à un de ses piliers.

« Je me suis assoupie, avouai-je. Ce songe est étrange.

— Jeune fille, vous n'êtes pas en train de rêver. Votre voyage est bien réel. Votre âme s'est déplacée tandis que votre corps est resté en arrière. Les tribus chamaniques de la Jungle d'Émeraude y ont souvent recours. Je suppose que votre gémellité est un lien qui transcende la poésie ou le pouvoir des herbes. »

Je fronçai les sourcils.

« Je n'ai pas de jumeau », dis-je sans comprendre.

Le prince échangea un regard avec le fantôme. Leur complicité me surprit. Quelle était leur relation ?

« Amira, soupira le jeune homme, ce secret ne doit plus se dresser entre nous. Nous sommes jumeaux. Nous sommes nés ensemble dans les jardins de mon palais.

— Voyons, ça n'a pas de sens… Regardez-nous ! Je suis noire de peau et vous êtes blond aux yeux bleus. Nos différences physiques sont trop grandes pour que nous puissions partager ce lien de parenté. »

Le fantôme émit un claquement sec de la langue.

« Vous n'êtes pas des jumeaux ordinaires, dit-elle. Les Oracles de Dohr'im ont orchestré votre naissance. Vous partagez les traits de vos parents adoptifs, mais vous êtes les fruits d'une magie perdue dont vous êtes les seuls dépositaires. »

J'accueillais son discours avec une certaine réserve.

« Nous devons comprendre ces mystères, me lança Angelo. Nous sommes tous les deux les victimes d'un ancien sortilège... Rappelez-vous notre rêve ! »

Perturbée, je secouai la tête. Comment avait-il pu changer autant depuis notre dernière rencontre ? Il avait acquis de l'assurance et de la maturité. Il n'était plus l'adolescent tourmenté dont j'avais le souvenir.

« J'aurais aimé maîtriser le pouvoir prodigieux que nous partageons, soupirai-je. Hélas, même le Souffle des Dieux ne m'évitera pas une condamnation à mort. »

Je leur racontai les détails de mon enlèvement et la situation précaire dans laquelle je me trouvais. Quelque part dans le désert, je dormais profondément alors qu'une tempête magique se déchaînait autour de moi. Si le phénix du Sultanat Calorique ne m'avait pas encore consumé par ses flammes, qui l'en empêcherait ?

Mes interlocuteurs en furent terrifiés.

« Vous avez de nombreux ennemis, commenta le fantôme. Les plus dangereux sont les Esprits Sauvages, d'anciennes créatures détruites par les dieux bien avant l'apparition des premiers hommes. Leurs os ont été enfouis dans des prisons souterraines et les cendres de leur cœur ont été emprisonnées dans les Astres. Malheureusement, chaque année, elles donnent vie à des phénix qui ressuscitent pour quelques heures. »

La femme soupira.

« Je crois que les Esprits Sauvages ont passé un marché avec certains hommes influençables. La magie des phénix permet de creuser profondément dans le sol et de faciliter l'extraction d'obsidiennes, ces pierres précieuses que les alchimistes peuvent utiliser comme réservoirs de magie. La richesse et le pouvoir ont toujours été les meilleurs facteurs de corruption... J'ignore leurs secrets, mais j'ai beaucoup espionné les mines depuis ma mort. Je pense que leurs complices rassemblent les fragments éparpillés des squelettes maudits. Si ces monstres parviennent à se réincarner, les dieux ne seront plus là pour nous protéger et éviter qu'ils nous réduisent en esclavage. »

Elle s'éventa lentement.

« Ces êtres malveillants ont peut-être deviné que vous étiez la Messagère de Dohr'im. Le miracle qui vous a rendu la vue fait écho à une vieille prophétie qui annonce le retour d'une magie perdue dans ce monde. Quant à nos problèmes actuels, Angelo a souffert d'une manœuvre politique de la part du Royaume Minéral à qui les vif-passeurs ont juré fidélité.

— Notamment ce maudit Rébus, marmonna le prince. Mon meilleur ami m'a piégé comme un rat dans une souricière. »

Les vif-passeurs, tous fidèles au roi Björn ? Le secret d'une telle loyauté était absurde. J'avouai mon embarras.

« Je regrette, mais j'ai du mal à vous croire, murmurai-je.

— Ne m'insultez pas, se défendit le spectre. Je n'ai pas de raison de vous mentir. Je l'ai découvert peu avant de perdre la vie. Ce pays lointain a des ressources cachées… Le réseau d'influence de ses membres est largement sous-estimé. En ce qui vous concerne, je suis convaincue qu'ils ont tout fait pour déclencher une guerre meurtrière entre le Sultanat Calorique et le Royaume Végétal. Leurs forges pourraient nous fournir les armes nécessaires à une telle entreprise, qu'il s'agisse d'amulettes explosives ou de poignards volants. L'économie du Royaume Minéral serait la seule à profiter d'un tel conflit. »

Je baissai la tête et réfléchis à ses paroles. Son raisonnement se tenait, malheureusement.

« Vous semblez doublement victime, poursuivit le fantôme. Est-ce une coïncidence si vos ravisseurs vous ont emmenée dans une mine d'obsidienne ? Le squelette d'un Esprit Sauvage y est probablement enterré… Le phénix Rubis déversera bientôt son énergie dans ces boyaux souterrains. Il est possible que vos ravisseurs aient été manipulés pour que vous leur soyez livrée corps et âme. Dans les deux cas, votre mort sera atroce. »

Angelo lui lança un regard noir.

« Ce n'est pas la peine d'en rajouter, la réprimanda-t-il. Princesse, restez ici le temps que les Astres se calment. Vous êtes en sécurité avec nous. »

Je le remerciai d'un signe de tête. Sa compagne était moins prévenante à mon égard. Je sentais chez elle une animosité inexplicable ; elle me dévisageait avec une ardeur troublante.

Si elle disait vrai, j'étais plus démunie que je l'estimais au premier abord. Mes ennemis pensaient que j'étais la Messagère de Dohr'im et que je maîtrisais le Souffle des Dieux. Hélas, sans Angelo, je n'avais aucun pouvoir. Je risquais d'être dévorée sans arme pour me défendre.

À l'extérieur du dolmen, la pluie tombait dru et l'orage magique se déchaînait. La foudre fracturait le ciel et craquait jusqu'au sol. Le tonnerre roulait dans les collines et faisait trembler la forêt. Nous n'avions qu'une visibilité réduite sur les alentours : le paysage s'éclairait au gré des éclairs éblouissants qui découpaient la silhouette des arbres dans un mélange de vert et de blanc.

L'air était envahi de paillettes émeraude qui tourbillonnaient dans un ballet endiablé. Une bourrasque projeta sur nous un essaim de ces petites danseuses et le dolmen réagit aussitôt en les carbonisant. Elles tombèrent à terre et provoquèrent la cristallisation instantanée d'une touffe de brins d'herbe. Sous mes yeux ébahis, je venais d'assister à la création des talismans en quartz que nous utilisions au quotidien.

J'étais heureuse d'avoir trouvé un abri à la fureur du ciel.

La tension nous força au silence. Les heures passèrent et la violence du Jugement Dernier ne semblait pas tarir.

Près de moi, Angelo grelottait de froid. Il s'en tirerait probablement avec un bon rhume. Le fantôme qui l'accompagnait ne souffrait pas de ces désagréments et continuait à s'éventer comme au cours d'une chaude nuit d'été. Son manège exaspérait le prince qui grommelait en la dévisageant.

Au plus fort de l'orage, des flèches de magie s'abattirent sur le dolmen et le firent trembler sur ses bases. Des craquements sinistres nous poussaient à fuir avant que le monument ne s'écroule. L'acharnement du ciel n'avait qu'une seule explication : ces attaques étaient volontaires.

Soudain, un tourbillon de lumière verte se matérialisa près de l'entrée. Un immense rapace se posa sur le sol. Ses contours étaient flous, engloutis par les flammes qui couraient sur son corps. La tête du phénix se découpait nettement dans l'obscurité.

L'oiseau émit un cri puissant qui me secoua au plus profond de mon être.

« Qui es-tu ? »

La pensée éclata dans mon esprit, comme un hurlement intrusif qui se jouait des barrières du dolmen.

L'oiseau de feu cracha une boule de magie végétale qui se consuma au contact des pierres enchantées. Il tenta de détruire notre abri. En vain.

« Tu ne pourras pas te cacher éternellement ! »

Je soupirai de soulagement en le voyant s'envoler. Il dessina une trainée verte dans le ciel avant de s'éloigner.

Était-ce le visage de mon ennemi ? Comment lutter contre cet être de pure magie ?

L'orage se prolongea toute la nuit, mais la créature ne revint pas. La tension de ma poitrine se relâcha avec l'arrivée d'une accalmie.

Un rayon éblouissant trancha les nuages sombres et illumina la forêt qui s'étendait en contrebas. Nous étions en hauteur et j'eus la nette impression que cette lumière providentielle pansait les plaies de la terre. Les coulées de boues se stoppaient, les rivières regagnaient leur lit, les arbres se redressaient. Le monde guérissait du bal extravagant des phénix, retournés à l'état de cendres pour une nouvelle année.

J'osai mettre le nez dehors. Avec émerveillement, je découvris la pleine lune dans toute sa splendeur. Elle était d'une blancheur éclatante. Cette vision apaisante était un baume pour mon cœur. Angelo sortit à son tour et s'étira.

« Quelle nuit, maugréa-t-il. J'ai du mal à croire que nous ayons survécu. Je n'aurais jamais parié sur ce dolmen moisi. »

Les nuages se dissipaient comme une nappe de brume. L'aube se levait. Des oiseaux se mirent à chanter pour fêter cette renaissance. La vie émergeait des profondeurs des bois pour reprendre ses droits.

« Vous devriez faire demi-tour, dit soudain Angelo en toussant. Vous devez être transie de froid.

— Je n'ai pas pu survivre à un tel cataclysme. Je suis sûrement devenue un vrai fantôme. De toute façon, je m'étais déjà résolue à la mort. »

Une voix jaillit derrière nous.

« Pas question ! rugit la femme au chignon. Mais qu'avez-vous donc tous les deux ? Vous êtes peut-être le dernier espoir de l'humanité ! Comment puis-je vous faire comprendre que vous devez vous battre pour votre vie ? »

Elle arma son éventail d'un geste menaçant. Angelo s'interposa, mais elle traversa son corps sans cérémonie. Une lueur de folie animait les yeux du spectre.

« Grand-mère, arrêtez ! », s'exclama Angelo.

Je ne pus l'empêcher de se jeter sur moi. D'un mouvement du poignet, elle abattit son éventail sur mon front et la douleur me vrilla le crâne.

Un voile se déchira autour de moi. Je regagnai brutalement mon enveloppe charnelle et me réveillai en sursaut. Je constatai avec stupeur que j'étais bien vivante, mais que je n'étais plus seule.

40

Chapitre III

Je comprends l'obstination des fantômes.

Leur mémoire est partielle, comme la mienne. La mort a fragmenté leur passé. Ils courent après des vérités qui n'existent pas ou qui n'ont plus d'importance. Ils hantent le monde dans l'espoir de comprendre les mystères qu'ils n'ont pas résolus.

Certains gardent des souvenirs que les vivants aimeraient dissimuler : secrets de famille, trahisons passées… Les anciens membres du gouvernement profitent parfois de leur état spectral pour pactiser avec nos ennemis. Nous devons les aider à trouver la paix avec humilité… et diligence. Écourter leurs adieux est une priorité.

Comme j'ai pu le remarquer, assassiner une personnalité politique ne se fait pas sans risque. La victime s'avère parfois plus dangereuse morte que vivante.

Lamia Al'Malwib
« Mémoires d'une sultane amnésique »

« Vous avez le sommeil agité. »

Un fantôme me dévisageait de ses yeux décolorés. La lumière de l'aube filtrait à travers son corps. Par bonheur, l'homme n'avait pas de chignon ou d'éventail pour me menacer.

Je priais pour qu'il ne s'agisse pas d'un autre esprit frappeur. Barbu et courtaud, il portait un tablier de cuir et des chaussures lacées jusqu'aux genoux. Ses bras épais étaient posés sur ses hanches.

« Je vous ai observée toute la nuit, reprit-il. Vous n'arrêtiez pas de remuer. »

Il pointa le doigt vers l'extérieur.

« Vous auriez fait un bon dîner pour l'Astre Rubis, mais cet oiseau de malheur est déjà reparti. Il ne viendra pas vous chercher avant l'année prochaine. Vous avez eu de la chance de vous réfugier ici. J'étais persuadé que vous alliez mourir et que j'aurais un peu de compagnie.

— Pardonnez-moi de vous décevoir », répondis-je avec sarcasme.

J'étais surprise d'avoir survécu. Avais-je vraiment réalisé un voyage astral ? Avais-je imaginé ma rencontre avec Angelo et son fantôme acariâtre ?

À y repenser, leurs paroles n'avaient pas de sens : nous ne pouvions pas être jumeaux et le complot qu'ils dénonçaient était grotesque. Ils avançaient une histoire sans queue ni tête, où le Royaume Minéral et les vif-passeurs tentaient de réveiller des créatures cauchemardesques… La fatigue et le cataclysme m'avaient-elles causé des hallucinations ? J'avais mélangé mes craintes et le discours des Oracles.

Je m'étirai lentement. Tous mes muscles étaient endoloris. J'étais revenue au milieu d'un chaos minéral, dans un abri improvisé qui m'avait protégée de la foudre. Mes vêtements étaient intacts et n'avaient pas subi l'assaut des éléments déchaînés.

Je pris une gorgée d'eau et humidifiai mon visage pour retrouver mes esprits. Le contact glacé me confirma que j'étais bien vivante.

« Comment ai-je pu éviter le pire ? m'étonnai-je à voix haute. Personne ne survit au Jugement Dernier…

— Certaines roches enchantées forment un bouclier contre la magie des Astres. Les temples et les cités sont entourés de murailles qui ont un tel pouvoir. Le hasard a voulu que vous choisissiez une pierre de ce type.

— Je ne crois pas au hasard. Les dieux ont entendu mes prières et m'ont sauvé la vie. Ils ont attiré mon regard par ces rochers scintillants. »

Je caressai leur surface avec tendresse. Leur contact était rugueux et froid. De minces vagues de lumière coulaient entre les fissures, comme un vestige de l'orage magique qui s'était abattu cette nuit.

Le fantôme me regarda du coin de l'œil. Il me prenait pour une folle.

« Elle voit des cailloux qui brillent », marmonna-t-il dans sa barbe.

Sans relever son commentaire, je le remerciai d'avoir veillé sur moi. L'homme se gonfla et m'offrit son plus beau sourire. Il se présenta en écartant les bras.

« Je suis le marchand Tamir, de l'oasis de Timiloun. Vous avez sûrement entendu parler de moi ? »

Il soupira quand je fis la moue.

« Ça ne m'étonne qu'à moitié, admit-il dépité. Je possédais des palmiers dattiers dans une délicieuse oasis, jusqu'à ce que je fasse faillite et que mes créanciers me rattrapent... Je suis devenu mineur pour rembourser mes dettes. Les alchimistes du sultan payaient bien et je pensais que quelques mois suffiraient pour me remettre sur pied. Mais j'ai mis le nez dans leurs affaires et ça ne leur a pas plu. »

Il fronça les sourcils.

« Je ne peux pas vous raconter précisément comment je suis mort, dit-il doucement. Mon trépas a endommagé ma mémoire. J'ai l'impression que les moments les plus douloureux de ma vie ont été effacés de mon esprit. Tout ce dont je me souviens, c'est d'avoir constaté que de nombreux ouvriers disparaissaient dans des accidents inexplicables. On retrouvait toujours leur corps, mais jamais leur Talisman Totem. »

Nul ne s'en séparait jamais. Nous cherchions notre totem après avoir réussi les épreuves du Suprême, à l'aube de nos quinze ans. Les adolescents gagnaient leur majorité en dénichant ces précieux bijoux qui n'apparaissaient qu'au début de l'année. Ces talismans dissimulaient des djinns, bons ou mauvais génies qui devenaient des guides spirituels et de fidèles alliés. Ils s'accordaient au caractère de leurs maîtres et les conseillaient tout au long de leur vie.

On racontait que ces esprits étaient le dernier lien entre notre monde et celui des dieux. Le déchainement de magie provoqué par les Astres leur permettait de descendre sur terre pour quelques semaines, le temps de trouver des hôtes capables de porter leur bijou. Ils cherchaient leur alter ego, homme ou femme, en espérant partager leur existence.

Je me concentrai sur les paroles du marchand. Son témoignage me rappelait que j'avais des ennuis plus pressants qu'une chasse au trésor hypothétique. Cette mine était un lieu que j'avais hâte de fuir.

« La semaine dernière, reprit le fantôme, j'ai surpris une conversation entre un contremaître et un alchimiste du palais. Ils se sont tus à mon approche, mais je me souviens de leur embarras à mon égard... Le lendemain, mes camarades m'ont retrouvé au fond du gouffre. Tout laissait croire à une glissade accidentelle. J'étais mort et mon Talisman Totem avait disparu... Je soupçonne mes supérieurs d'avoir organisé cet assassinat. »

Il haussa les épaules avec amertume.

« Les travaux ont repris malgré l'événement. L'exploitation des filons d'or noir est exigeante. Il n'y a pas de temps pour le deuil. »

Il montra les rochers qui nous entouraient. Ces débris de quartz venaient des profondeurs de la terre. Tamir m'expliqua qu'ils formaient une épaisse couche au-dessus des veines d'obsidienne.

Il s'éloigna et je le suivis, perturbée. Mon ventre grondait et m'incitait à quitter le désert pour cesser son jeûne. Je songeais avec mélancolie au confort du palais d'Al-Hamra, à ses tentures soyeuses et ses mets délicieux.

Tamir s'assit et joua avec des gravats. Une brume blanchâtre s'échappait de ses doigts chaque fois qu'il lançait un caillou au loin. Je n'avais pas vu beaucoup de fantômes par le passé, mais je compris que sa magie résiduelle lui permettait d'influencer le monde physique.

« Je n'arrive pas à quitter ce chantier alors que mon djinn est enseveli quelque part, avoua-t-il. J'ai cherché derrière chaque repli, mais je n'ai rien trouvé. Comment a-t-il pu se volatiliser ainsi ? Il n'y a que dans ces blocs souillés que je ressens les traces de son existence. »

Son désespoir m'émut. Cette force de la nature pliait sous la tristesse. Il restait un moyen d'apaiser ses tourments.

Je jetai un œil critique autour de moi. Des milliers de pierres jonchaient ce cimetière peu commun. Avec attention, je ratissai le sol du bout de ma sandale. J'étais sûre de trouver des éclats de quartz causés par le déchargement des chariots de la mine.

Le fantôme me regarda d'un air curieux. Je me baissai pour ramasser un cube grossier de cristal, de la taille d'une mandarine. Sa surface était abîmée. Sa couleur prouvait qu'il était issu des grandes dalles qui m'avaient protégée pendant le Jugement Dernier. Il était entouré du même scintillement qui brillait dans la grotte.

Le marchand pencha la tête pour admirer ma trouvaille. Il ne semblait pas comprendre mon manège. Sans un mot, je le tendis au fantôme. Sa magie le fit léviter devant lui. Il sourit brièvement.

« Je ressens les traces de mon djinn, murmura-t-il. C'est très étrange. »

Je le repris avec délicatesse. J'avais capté son attention.

« Vous devez faire votre deuil, déclarai-je doucement. Votre génie a disparu, mais je pense qu'il reste encore un peu de lui dans cette pierre. Je vous propose de lui rendre hommage avec le rituel traditionnel réservé aux totems.

— Vous me croyez donc ? Je vous en serai éternellement reconnaissant. Je préfère cet honneur plutôt que de l'abandonner dans ce lieu maudit. »

Je lui souris avec gentillesse. Je pouvais aider cet ancien marchand à trouver la paix, à condition de quitter ce chantier aux allures de tombeau.

Je proposai à Tamir de suivre la direction empruntée la veille par mes ravisseurs, mais il m'indiqua une route opposée. Il souhaitait que le rituel ait lieu là où il avait passé le plus tendre de sa vie : l'oasis de Timiloun. Hélas, la traversée du désert était bien trop longue pour moi.

Le fantôme réfléchit et se tourna vers les dalles qui constituaient la petite grotte.

« Je connais un autre moyen de voyager, avoua-t-il. De toute façon, je ne peux pas abandonner les dernières traces de magie de mon djinn. »

Il inspira profondément et murmura **« DATTES »** en faisant un mouvement du poignet. Un filament blanchâtre jaillit de sa paume et entoura les parois de l'abri minéral.

Soudain, je vacillai lorsqu'une vibration secoua le sol. Les pierres de la grotte se séparèrent en craquant et s'envolèrent à faible hauteur. Elles se mirent à léviter devant nous comme à l'attente d'un signal de notre part.

J'observai Tamir avec stupeur. Comment avait-il pu réaliser cette prouesse sans l'aide d'un talisman ? De rares sortilèges permettaient d'alléger le poids des objets, de façon temporaire et pour un coût énergétique exorbitant.

« Il suffit d'imaginer *un bouquet de promesses sucrées accrochées au sommet d'un palmier*, me souffla-t-il. Je vous offre ce secret avec plaisir. Un de mes ancêtres s'est inspiré de ses voyages dans les Landes Étoilées du Royaume Aérien. Il est revenu avec ce poème merveilleusement pratique… Je ne vous cache pas qu'il a fait la fortune de ma famille. Il fonctionne mal sur les êtres vivants, mais il fait des miracles sur la nature qui nous entoure. »

Tamir fit un geste ample du bras et les rochers se rapprochèrent de nous. J'en décomptai une dizaine, comme des monstres de roche qui volaient sans bruit.

« Je suis heureux que cette formule fonctionne encore, avoua-t-il. J'ai constaté que la magie des fantômes était capricieuse. Elle n'obéit pas aux mêmes règles que pour les vivants. Sans talisman, j'ignore combien de temps la magie de ce poème va persister… »

Il m'invita à grimper sur les pierres volantes. Je plissai les yeux d'un air méfiant.

« Tamir, loin de moi l'intention de vous vexer, mais je refuse de monter si vous n'avez pas confiance dans la durée de ce sortilège. »

Sans répondre, il tendit la main et je m'envolai à mon tour jusqu'au sommet d'une dalle de quartz. Impuissante, je m'assis en tailleur pour limiter mon vertige.

Je me mordis les lèvres.

Mon nouvel ami vint me rejoindre avec un sourire dément. Mon cœur se serra d'angoisse. Je n'avais aucune confiance dans ce spectre qui avait vendu des dattes toute sa vie.

« N'ayez pas peur, me rassura-t-il. Rappelez-vous que vous avez survécu au Jugement Dernier. La mort ne doit plus vous effrayer. Accrochez-vous ! »

Il leva les bras et le sol s'éloigna brusquement.

Le chantier d'Alf-Laylah formait une épave sombre dans l'océan du désert. Je détournai les yeux pour oublier ce lieu terrifiant. Un groupe d'assassins avait voulu m'y noyer, sans se douter que je réussirais à m'échapper par la voie des airs.

J'étais assise sur l'équivalent minéral d'un tapis volant. Les rares oiseaux s'éparpillaient devant cette intrusion céleste. En contrebas, les dunes se déplaçaient comme de lourdes vagues de sable. Un bref sourire éclaira mon visage ; le premier depuis le jour de mon enlèvement.

Tamir était un fantôme bavard. Il me raconta les détails de sa vie de marchand et du sens des affaires qui l'avait toujours caractérisé. Il aimait les joutes verbales de la négociation, les stratégies complexes et les manœuvres qui optimisaient les revenus de ses récoltes. Il s'était marié après un contrat fructueux qui lui avait permis d'acquérir la moitié de la palmeraie de son oasis. Il se pavanait encore du résultat de dix années de politique auprès des acheteurs venus des confins du Sultanat pour s'approvisionner en dattes.

Il s'appesantit beaucoup moins sur les circonstances de sa faillite. Quand je l'interrogeai, son humeur s'assombrit et il m'expliqua qu'une maladie inconnue s'était déclarée, la *casse-feuilles*. Les palmes jaunissaient ou devenaient translucides, et se fragilisaient. Les dimensions des fruits se réduisaient fortement jusqu'à la mort de l'arbre. La contagion était rapide et l'ensemble de son domaine avait été mis en quarantaine. Sa réputation avait plongé, comme sa richesse. Pour couronner le tout, sa femme l'avait quitté alors que tout s'écroulait autour de lui.

Il retrouva son enthousiasme en approchant de sa destination. Il m'entraîna dans de nombreux détours pour me montrer des petites oasis ou des campements perdus dans le désert. Je n'avais aucun repère, mais je sentais que notre route n'était plus aussi rectiligne qu'elle aurait dû être. Nous allions moins vite. Tamir s'était transformé en guide passionné et me faisait visiter sa région.

Les rares habitants que nous croisions abandonnaient leurs activités pour nous jeter un regard stupéfait. Je leur adressais un salut gêné de la main. Je comprenais leur surprise devant le spectacle d'une jeune fille assise en tailleur au milieu de pierres volantes et en compagnie d'un fantôme.

Notre arrivée à Timiloun me provoqua une forte émotion. Une oasis verdoyante recouvrait une vallée entourée de collines ocre, presque rouges. Un village sur leurs flancs dominait les milliers de palmiers qui poussaient en contrebas. La terre était gorgée d'une eau qui continuait son chemin de façon souterraine. Aucune rivière n'était visible.

La vision de cette végétation luxuriante au milieu du désert avait un charme bouleversant. Je ressentis le même amour que Tamir pour cette région préservée.

Le fantôme contrôla notre descente jusqu'au cœur de la palmeraie. Il fit un mouvement du poignet et les blocs de quartz qui nous suivaient se plantèrent dans le sol. Il m'expliqua que l'endroit correspondait à la première parcelle qu'il avait héritée de son père. De là, il avait construit sa vie et sa fortune. Les rochers garderaient la trace de son existence.

Nous reprîmes de la hauteur pour gagner le centre du village. Tamir nous déposa près d'une mare de vif-argent qui clapotait sous le vent.

Notre arrivée ne passa pas inaperçue. Une cinquantaine de personnes s'approchèrent pour nous observer. Leur surprise se teintait d'une crainte quasi mystique. Ils voyaient une jeune fille en équilibre sur une plaque de roche qui flottait dans les airs. Cette même héroïne sautait maintenant au sol avec assurance. Elle mettait de nouveau le pied dans le monde des vivants.

Je pris conscience du silence parfait qui régnait autour de moi. L'assemblée me fixait avec émerveillement. Je n'avais jamais espéré un tel recueillement pour mon retour à la civilisation ! Les gens affluaient en nombre pour me voir.

« Pardonnez mon intrusion, m'excusai-je. Je souhaite rendre hommage au djinn qui m'a permis de survivre au Jugement Dernier et au désert. »

Des murmures traversèrent la foule. Ils se signèrent du doigt en dessinant un cercle sur leur front. Un vieil homme s'écarta du groupe et vint à ma rencontre. Il portait une épaisse barbe grisonnante.

« Je suis Essam, le doyen de Timiloun, se présenta-t-il avec une révérence. Seriez-vous la princesse Amira Al'Malwib ? »

J'acquiesçai en me demandant ce qui m'avait trahi. Autour de moi, j'entendis de nouveaux chuchotements : *« C'est la Princesse Noire ! »*, *« Un second miracle ! »*. Le spectre qui m'accompagnait s'avança à ma hauteur.

« Est-ce vrai ? Pourquoi ne m'avez-vous rien dit ?

— Vous ne m'en avez pas laissé l'occasion, Tamir »,
répondis-je en souriant.

Il accepta ma pique avec un geste d'impuissance.
L'ancien marchand de dattes se présenta au doyen. Le vieil
homme baissa la tête avec tristesse.

« Je regrette que tu nous aies quittés si vite, déclara-t-il
d'une voix peinée. Nous aurions dû être plus solidaires à
ton égard. La *casse-feuilles* nous a coûté plus cher que
quelques palmiers. Par bonheur, elle t'a mis sur la route de
notre princesse. Le Sultanat te sera toujours reconnaissant
de lui avoir sauvé la vie.

— Je refuse toute gloire dans ce miracle. Seuls les dieux
l'ont épargnée. »

J'adressai un signe de tête à Tamir avant de commencer
la cérémonie d'Immersion. Je sortis le cube de quartz de
ma poche et m'approchai de la mare de vif-argent. Après
une brève inspiration, je prononçai les paroles rituelles.

Je racontai en quelques phrases l'histoire de la vie de
Tamir : son sens du commerce, son succès dans cette oasis
merveilleuse, son amour pour sa femme. Je passai sous
silence les misères qui l'avaient fait souffrir pour ne garder
que les meilleurs souvenirs de cet homme passionné. Je
conclus par des remerciements personnels. Son djinn
m'avait aidée lors du Jugement Dernier. Il m'avait ensuite
guidée jusqu'à Timiloun par un mode de transport inédit et
offert un aperçu des trésors de cette région.

Tamir écrasa une larme lorsque j'immergeai le cube de
quartz. Une part infime de son génie y demeurait peut-être,
mais le vif-argent le reconnut comme un Talisman Totem.
Des petites étoiles dansèrent et tissèrent autour de lui un
cocon de brume.

Nous priâmes lorsqu'un tourbillon secoua la mare et
emporta le bijou dans les galeries souterraines. Quelques
minutes plus tard, le liquide s'anima de nouveau et libéra
un cristal immaculé. Ses impuretés avaient été gommées et
son scintillement avait disparu. L'esprit qu'il contenait avait
trouvé le repos.

« Prenez-en soin, murmurai-je en confiant la relique au doyen. Tamir était un marchand respecté, un mari aimant et un ami généreux. »

Le vieil homme s'inclina. Près de moi, mon compagnon spectral cachait ses larmes. Il me remercia avec chaleur et jura qu'il ne m'oublierait jamais.

« Partez en paix, lui répondis-je. La route jusqu'au Mausolée Blanc est longue, mais je suis sûre que vous trouverez un moyen de voyager rapidement. »

Il me fit un clin d'œil et se pencha à mon oreille.

« N'oubliez pas ce sortilège de lévitation, me souffla-t-il. Entraînez-vous avec les tapis du palais ! »

Le doyen de Timiloun me prit le bras et m'offrit l'hospitalité. Il me promit d'envoyer un messager prévenir mes parents de mon retour. Affamée et épuisée, j'acceptai ce délai avec joie.

Sa femme me servit un tajine d'agneau qui mijotait dans le Nectar'Miel depuis la veille. Je dévorai le plat avec un délice sincère. Elle me proposa sa plus belle djellaba, mais je refusai son cadeau. Après m'être lavée rapidement, je me contentai de dépoussiérer la mienne. Je ne pus l'empêcher de me coiffer. Ma chevelure désordonnée se transforma en boucles délicates sous ses doigts de fée. Son miroir me renvoya l'image d'une princesse aux yeux dorés.

Un vif-passeur m'accompagna bientôt dans le réseau de vif-argent pour regagner la cité d'Al-Hamra. J'avais hâte de retrouver mon palais… Mes parents, mes amis et mes instruments de musique me manquaient.

Le voyage se passa comme dans un songe. Quand la marée nous ramena à l'air libre, je vis que toute la cour s'était regroupée sur la berge. Je remerciai mentalement le doyen de Timiloun et sa femme pour leur prévenance. Grâce à leurs soins, je rentrais chez moi avec dignité.

Mon guide me prit la main et m'aida à descendre sur la terre ferme. Je me redressai pour faire face à mon comité d'accueil. Ils avaient devant eux une miraculée.

Encore une fois.

CHAPITRE IV

La découverte d'un filon d'obsidienne près de Specy a provoqué une ruée vers l'or.

J'étais beaucoup moins enthousiaste que le sultan à l'idée de traverser le désert en compagnie d'une poignée d'alchimistes et de mineurs du Royaume Minéral. Mon père m'imposait ce voyage en dépit de mon mariage imminent. Le matériel de fouille était trop volumineux pour transiter par vif-argent. L'utilisation des chameaux était inévitable...

Quelle épopée ! J'ai insisté pour suivre la route des oasis et faire halte près des palmiers, lourds de dattes gorgées de sucre et de soleil. L'ombre des arbres était un délice pour la peau brûlante d'une princesse.

Lamia Al'Malwib
« Mémoires d'une sultane amnésique »

∫

Mes parents me souriaient avec émotion. Je rêvais de me jeter dans leurs bras, mais l'étiquette interdisait de tels éclats. Avec retenue, ma mère me souhaita la bienvenue et me baisa les joues. Le turban de mon père oscilla lorsqu'il fit de même avec ma main. Le manque d'intimité nous forçait à contrôler nos effusions. Je lisais dans leurs yeux bien davantage que ces marques d'affection contraintes par le protocole. Ils me communiquaient en silence leur soulagement de me revoir saine et sauve.

Mon frère Djalil m'embrassa au mépris des règles du palais. Il tremblait légèrement et remerciait les dieux de m'avoir ramenée, alors que je revenais lui reprendre son héritage, une nouvelle fois. Avec un sourire, je le repoussai avec tendresse. Son geste venu du cœur me touchait profondément.

Le marabout Abdu psalmodiait des louanges en l'honneur de Narilah et de sa miséricorde. Son allure était aussi effrayante qu'à l'accoutumée. Une peau de bête sur le dos, il s'appuyait sur une canne en os. Son visage était couvert de tatouages menaçants et d'un cercle écarlate piqué d'un point blanc. Cet accoutrement symbolisait sa proximité avec la chaleur de la vie animale. Ses acolytes apportaient une touche de douceur bienvenue. Ils portaient chacun un lionceau mâle dans leurs bras. Obéissant au rituel, je les bénis en caressant leur fourrure.

Aucune archive ne mentionnait des survivants au Jugement Dernier en dehors des murailles d'un temple ou d'une cité. Pour les prêtres, ce miracle montrait que notre dieu protégeait les intérêts du Sultanat en épargnant la vie de sa princesse. L'un d'eux suggéra même qu'il observait le monde par mes yeux, soignés par sa magie et d'une couleur inhabituelle, comme deux pépites d'or. J'écartai vite ce sujet gênant. Si Narilah ou Dohr'im m'avait rendu la vue, il avait conservé une marque de ma différence.

Des courtisans s'approchèrent à tour de rôle. Ils m'offrirent tous un mot chaleureux.

Je saluai Hakim, le guérisseur qui m'avait suivie toute mon enfance. Ses connaissances en herboristerie et en potions étaient à l'origine de sa renommée. Son allure efflanquée était à l'opposé de celle de son confrère, Saïd, qui prétendait qu'un ventre rebondi était une preuve de bonne santé. Les deux médecins se courbèrent et m'examinèrent attentivement ; ils commencèrent aussitôt à débattre de mon futur régime pour retrouver l'énergie musculaire consommée par mon jeûne. Ils s'éloignèrent en parlant avec animation.

Je souris en apercevant Khaled en train de jouer un air de son luth. Il composait chaque jour de nouveaux poèmes à des fins utilitaires ou de divertissement. Le jeune homme séduisant savait manier le verbe comme personne. Il avait gagné mon amitié par son humour et sa prévenance, alors que le monde ne m'avait pas encore livré ses couleurs. Pendant des années, Khaled m'avait appris la beauté des mots. J'avais découvert le plaisir de la poésie en sa compagnie. Cette agilité intellectuelle m'avait permis d'acquérir rapidement les bases de la magie calorique quand elle s'était réveillée en moi.

J'étais assaillie par la foule. Tout le palais s'était mis en branle pour m'accueillir au mieux. En retrait, mon amie Nadia discutait avec le reste du personnel : gouvernantes, secrétaires, cuisiniers, domestiques… J'avais hâte de la rejoindre pour lui confier mes mésaventures.

Le dernier à me saluer s'excusa pour son retard. Il était grand et mince, avec une grimace figée. Le Grand Vizir Riad se baissa et m'embrassa la main.

Ses sourcils froncés accentuaient son attitude austère. Le bras droit du sultan avait le respect de la cour, malgré des plaintes récurrentes sur son manque de tact. Il était trop pragmatique et pressé pour être aimable. Sa loyauté avait sauvé mes parents de nombreuses fois et j'admirais cet homme efficace ; il protégeait le Sultanat avec habileté et diligence. Ses compétences prévalaient sur la politesse mielleuse des courtisans.

Il était récemment devenu mon tuteur pour m'initier à la magie. Il était dur, mais juste. Sa discipline avait été la clé de mes progrès. Doser la poésie d'une formule était un art complexe.

« Je serai très attentive à vos prochaines leçons, lui promis-je. Je veux maîtriser des sortilèges de défense avant de subir ma prochaine agression.

— Reposez-vous, princesse, m'invita-t-il en réponse. Nous nous reverrons quand l'émotion sera moins forte. Vos poèmes seraient trop affectés par le traumatisme que vous venez de vivre. »

J'acquiesçai lentement. Seul le temps effacerait les blessures que j'avais subies au cours de ces derniers jours. Étrangement, la foule qui m'entourait réveillait un sentiment de promiscuité qui commençait à m'angoisser. Le visage balafré de mon agresseur pouvait-il en surgir à tout moment ?

« Trouvez les responsables de mon enlèvement, ordonnai-je à mi-voix. Ma guérison commencera lorsqu'ils seront emprisonnés. »

Je décrivis rapidement leurs traits. Je tendis la gourde que leur chef m'avait laissée avant de m'abandonner au milieu du désert. Son seul geste d'humanité risquait de le conduire au fond d'un cachot. Le Grand Vizir s'empara de l'indice en jurant de lancer une enquête.

Ma mère me prit le bras et m'accompagna jusqu'aux portes du palais. Nous traversâmes la zone pierreuse où de rares cactus parvenaient à pousser. Quelques salamandres de feu paressaient au soleil. Leurs écailles emmagasinaient la chaleur de la journée. Ces reptiles muaient en début d'année ; nous récupérions leur ancienne peau pour en faire commerce. Seuls ces animaux survivaient à la sécheresse provoquée par l'Astre Rubis qui lévitait au-dessus de l'édifice. Pour l'instant, les cendres du phénix étaient froides et attendaient le rituel du Réveil ; l'air était d'une fraîcheur inhabituelle.

Le palais était construit à cheval sur un ravin. Des siècles plus tôt, un mouvement de terrain avait détruit une aile entière du bâtiment. Les architectes avaient intégré cette contrainte dans leurs travaux de réhabilitation pour adoucir les angles de cette blessure minérale.

Deux complexes aux murs d'argile rose se faisaient face, de part et d'autre de la fracture, avec de larges coupoles dorées à leur sommet. Les ponts de pierre formaient des arches qui s'entrelaçaient avec grâce, comme pour signifier que même la fureur de la terre ne parviendrait jamais à séparer ces deux êtres amoureux. Ils étaient auréolés de pans de tissu qui flottaient au vent et protégeaient les passants des rayons conjugués du soleil et de l'Astre Rubis. Le résultat transcendait l'âpreté du paysage.

« Je suis heureuse de vous savoir en vie », murmura ma mère.

Je resserrai mon étreinte sur son bras. La sultane marchait d'un pas vif, comme pour s'éloigner des horreurs du monde extérieur. Ses traits étaient creusés. Son maquillage fait à la hâte ne parvenait pas à effacer la trace de ses cernes.

« Je suis revenue, la rassurai-je. Nous sommes en sécurité désormais. »

Elle sourit et me jeta un regard amusé. Ses prunelles brillaient comme deux éclats de jaspe noir. Son visage était d'une beauté à couper le souffle, malgré les années. On racontait que ma grand-mère avait conservé ses attraits jusqu'à ses derniers jours, comme si notre lignée bénéficiait d'une aura de jeunesse et de séduction. Pourtant, j'ignorais tout d'un quelconque sortilège lancé à mon insu.

« Les parents doivent protéger leurs enfants et non l'inverse, rétorqua-t-elle avec regret.

— Ne vous tourmentez pas sans raison. Nul n'aurait pu prédire ces événements.

— J'étais prévenue depuis le jour de votre naissance, soupira-t-elle d'un ton amer. Je me souviens des menaces des Filles de la Lune… »

Je lui jetai un regard inquiet. Ma mère souffrait de sérieux troubles psychologiques. Amnésique, elle était sujette à des crises d'hystérie. Ses guérisseurs nous conseillaient de ne pas répondre à ses divagations. Ses périodes de lucidité étaient longues et régulières, mais une rechute survenait sans prévenir. J'acceptais parfois de suivre le chemin de ses pensées tortueuses, au risque de m'y perdre à mon tour…

« Que voulez-vous dire ? murmurai-je. Les avez-vous déjà rencontrées ?

— Ce n'est ni le moment ni l'endroit pour entamer cette discussion, reprit-elle doucement. Venez prier avec moi le soleil couchant, avant ma potion de sommeil. »

Ses soucis de santé me pinçaient le cœur. Nous avions toujours vécu en marge de notre société comme deux êtres marqués par des tares incurables. J'avais été guérie, à l'inverse de ma mère. Je ne l'en aimais que davantage.

Elle continuait à souffrir de sa différence. Les conseillers politiques n'accordaient aucun poids à ses réflexions. Le sultan gouvernait avec ses vizirs et ses autres ministres, sans elle. Sa femme était séduisante et farouche, mais trop instable pour diriger un pays.

Ma mère me quitta dans le hall du palais. Elle disparut au détour d'un couloir avec ses courtisanes.

Mon père s'approcha de moi. Il ordonna à une servante de me préparer pour les réjouissances de la soirée. Elle s'inclina devant lui et garda les yeux baissés. En sa présence, les domestiques faisaient preuve de la plus grande déférence. Défier son regard était un affront à son rang. Le dernier à avoir oublié cette règle d'or avait été condamné lourdement.

Chaque année, le sultan réveillait l'Astre Rubis après une journée de prières. Le Sultanat célébrait la renaissance du brasier ensorcelé pendant une semaine de banquets, de spectacles et de bals fastueux. Mes parents rendaient visite aux cités fidèles à leur autorité pour donner leur bénédiction. Pour la première fois, ils prévoyaient de m'emmener pour fêter mon retour avec le peuple entier.

« Ce voyage n'est pas anodin, expliqua-t-il. Il s'agit moins d'une promenade que d'un événement politique incontournable. Nos sujets constateront de leurs yeux que leur princesse a bravé la mort et le jugement des dieux. Ils seront les témoins de ce second miracle. Vous êtes l'héritière du Sultanat ; un jour, vous aurez besoin de leur soutien. Ma fille, préparez-vous à briller de mille feux ! »

Je m'inclinai devant lui. Le sultan était un fin stratège. Il disposait de ses atouts avec intelligence, qu'il s'agisse de gouvernance ou d'affaires commerciales. Nous étions des armes dont il manipulait la puissance. Ma présence à ses côtés renforcerait mon aura sur le peuple Calorique, ainsi que la sienne. Cette double victoire confortait la logique de sa décision.

Je laissai mon père et ses courtisans à leurs préparatifs. Nous avions coutume d'adresser trois prières quotidiennes à notre dieu Narilah, en cohérence avec le mouvement de l'astre solaire : à l'aube, à son zénith et au crépuscule. Pour célébrer la nouvelle année, la tradition demandait aux hommes une dévotion plus soutenue qui durait tant que le soleil traversait le ciel. Mon arrivée avait perturbé ce devoir religieux dont j'étais exemptée, comme toutes les femmes du Sultanat. Notre propre rituel consistait à nous préparer pour les festivités qui clôturaient cette journée.

La servante me présenta une paire de babouches en soie rouge, aux extrémités recourbées et bordées d'or. Je les échangeai volontiers contre mes sandales abîmées. Je suivis ma guide jusqu'à une porte gravée d'arabesques entrelacées. Elle poussa les battants et dévoila l'accès à des couloirs secondaires qui longeaient les pièces de réception et les boudoirs. Les trous percés dans le bois des cloisons permettaient d'observer ce qui se déroulait dans les différentes salles avec discrétion.

Ces constructions étaient anciennes. À l'époque, les femmes portaient le voile en toute circonstance ; aucun homme ne devait voir leur visage. Elles ne l'enlevaient qu'à l'abri des regards, dans ces espaces cloîtrés. Elles pouvaient participer aux discussions du gouvernement derrière la protection de ces persiennes.

La majorité de ces passages secrets furent détruits par le tremblement de terre qui coupa le palais en deux. Cette catastrophe bouleversa nos traditions. Les courtisanes refusèrent d'être écartées du pouvoir et insistèrent pour continuer à accéder à la salle du trône. Cette situation fit évoluer les mœurs en faveur des revendications des femmes. À l'issue des travaux de reconstruction qui durèrent deux décennies, elles avaient quitté le voile et assuré leur place parmi les conseillers du sultan.

Désormais, ces couloirs séparaient les espaces publics et privés. Ils étaient destinés aux habitants du palais ; seuls les visiteurs n'y pénétraient pas.

Mes babouches glissèrent sur le parquet exotique. Je laissai mes doigts effleurer le relief rugueux des parois. Le contact et l'odeur du bois m'enivraient et me rappelaient des souvenirs. En silence, je suivis la servante lorsqu'elle bifurqua en poussant un nouveau battant. Nous arrivâmes après quelques détours à une lourde porte. Elle l'ouvrit et une vague de brume humide s'en échappa.

J'eus un soupir de plaisir. Les thermes du palais m'attendaient de l'autre côté.

Trois bassins d'eau claire fumaient doucement. Plusieurs courtisanes se baignaient ou se prélassaient sur des serviettes, le long des murs en argile rose. Un rire traversa la pièce. Une musicienne égrenait quelques notes sur une cithare, près de grands braseros qui diffusaient des parfums capiteux.

Avec un sourire, je m'approchai des bains en remerciant le ciel d'avoir épargné ma vie. J'aimais ce temple dédié à la féminité.

Ma servante m'aida à me déshabiller. Nue, je me glissai dans les vapeurs brûlantes. Je m'enfonçai sous la surface de l'eau en m'abandonnant aux délices de la chaleur. Quel meilleur moyen d'oublier mon aventure dans le désert ?

L'eau chaude délassa mon corps et apaisa mon esprit. En sortant, une servante me proposa une tasse de tisane brûlante et un gâteau sablé. Je la remerciai d'un sourire et m'installai près des braseros.

Les thermes étaient un lieu d'échanges. Des courtisanes se rapprochèrent et s'allongèrent sur des serviettes de coton. Elles ne tardèrent pas à me noyer sous un flot de paroles.

Ma disparition les remplissait d'interrogations et mon récit les enflamma plus que de raison. Elles s'horrifièrent du comportement des mercenaires avec des grimaces dignes des meilleures actrices. Qui pouvait condamner à mort une princesse sans la moindre hésitation ? Elles tremblèrent à la description du décor lugubre de la mine d'obsidienne.

L'une d'elles, Esma, semblait particulièrement émue. Elle m'assura de sa sympathie en me frôlant le bras. Je me crispai avec un frisson. Lorsque j'étais aveugle, je détestais être surprise par un contact physique imprévu : même mes parents me prévenaient avant de me toucher. Cette phobie avait laissé des traces indélébiles.

Par retenue, je tus les détails les plus intimes de mon aventure. Je ne racontai pas les tourments de mon âme à l'approche de la mort. Je prétextai m'être réfugiée dans un abri enchanté et m'être assoupie avant le Jugement Dernier. Un ancien djinn avait veillé sur moi tout au long du cataclysme.

Mon auditoire refusa mon explication avec unanimité. Seuls les temples et les murailles des villes nous protégeaient de l'explosion des Astres. Un simple génie n'avait pas la force de s'opposer à ces vagues d'énergie dévastatrices. Par ailleurs, personne ne pouvait dormir pendant que le monde s'effondrait… Tout portait à croire que les dieux eux-mêmes étaient intervenus pour me soustraire à la fureur des éléments, notamment Narilah, le créateur de la magie calorique.

Je persistai à défendre mon opinion sans dévoiler le témoignage du marchand Tamir. Ses soupçons sur les accidents inexpliqués dans les mines du sultan étaient trop graves pour être discutés dans les thermes avec ces dames. Elles sourirent avec gentillesse mais restèrent inflexibles. Le ciel avait offert un second miracle à leur belle princesse.

Esma joua avec les boucles noires de ses cheveux. Avec un air de conspiratrice, elle baissa la voix avant de nous livrer un secret :

« Vous savez que mon beau-frère est un prêtre du Cercle et un proche du marabout Abdu. Un soir, il nous a raconté une légende très curieuse que ses maîtres se transmettent de génération en génération. Cette histoire parle d'un messager envoyé par les dieux pour guérir le monde de sa malédiction. Mi-homme, mi-dieu, cet élu réalisera trois miracles avant de recevoir leur pouvoir. Il deviendra alors leur alter ego et sera capable de prouesses merveilleuses ou de crimes effroyables… »

Elle soutint mon regard avant de conclure :

« Princesse, je suis convaincue que vous êtes cette élue. »

Son histoire me troubla. Cette déification me rendait mal à l'aise. Je tentai d'atténuer l'atmosphère de mystère qu'elle avait installée.

« Si vous avez raison, je me demande ce que les dieux me réservent encore. J'ose espérer qu'ils m'épargneront les chameaux et les truands. »

Les femmes s'amusèrent et réussirent à oublier les contes de leur compagne. Elles changèrent de sujet et discutèrent du jeune vizir qui venait de rejoindre le palais. Sa beauté exotique était incohérente avec son célibat. Elles devinaient un drame amoureux ou un terrible secret. Avec un sourire d'excuse, je les laissai à leurs ragots.

La légende qui courait parmi les prêtres du Cercle était trop proche de celle de Dohr'im pour être une simple coïncidence. Était-ce une version déformée des paroles des Oracles que nous avions reçues en rêve, Angelo et moi ? Les trois femmes nous avaient assuré que nous étions les messagers de leur dieu et qu'elles nous avaient confié un grand pouvoir. Pourtant, je ne me souvenais pas de miracles annoncés ou de mises en garde sur l'utilisation de notre don.

Je repensai à Angelo et au fantôme qui l'accompagnait. J'avais laissé de côté ses révélations en supposant qu'un voyage astral était impossible, alors que l'expérience onirique avec les Oracles était de même nature. Esma ne venait-elle pas de confirmer leur existence, d'une certaine façon ? Les légendes cachaient souvent une part de vérité.

Le prince du Royaume Végétal m'avait affirmé que nous étions nés ensemble, dans les jardins de son palais. Ma mère avait dissimulé les secrets de ma naissance, à mes yeux comme à ceux de notre peuple. Avait-elle agi sous la menace ? La sultane avait sous-entendu une rencontre avec les Filles de la Lune... L'avaient-elles contrainte au silence ?

Elle m'avait promis une conversation. J'attendais le crépuscule avec impatience pour démêler ces intrigues.

CHAPITRE V

La cité d'Al-Hamra est une île dans un océan de sable, une oasis qui dissimule ses secrets sous la surface. Ses habitants ont appris à vivre à l'abri de la chaleur étouffante qui sévit jour et nuit.

Qui pourrait imaginer que de profondes rivières coulent sous les fondations de notre cité ? Des couloirs souterrains donnent accès à la fraîcheur du sous-sol ou à des bains brûlants. Le parfum des huiles essentielles et de l'encens est omniprésent. J'ai passé mon enfance dans le sanctuaire de ces thermes naturels.

Le Royaume Végétal nous nargue par ses jardins et ses fontaines. Ils ignorent nos richesses… L'hiver est pour eux une saison glacée ; pour nous, le temps des loisirs et des ablutions.

Lamia Al'Malwib
« Mémoires d'une sultane amnésique »

∫

J'eus le plaisir de retrouver Nadia près de l'entrée des thermes. Avec un sourire, elle me tendit des vêtements fins et une tenue somptueuse en soie rouge. Des paillettes faisaient briller le pourtour des manches et remontaient jusqu'aux épaules. Je m'habillai pour regagner mon statut de princesse héritière.

Mon amie et servante avait dix-huit ans, des traits simples et une allure engageante. Une tresse brune descendait jusqu'au bas de son dos et faisait sa fierté. Des anneaux dorés enserraient ses cheveux et les mettaient en valeur.

« Je suis heureuse d'être revenue, dis-je à mi-voix.

— Nous le sommes tous, moi la première. »

Elle me porta mes babouches et s'agenouilla pour me les enfiler. Les pointes recourbées se finissaient par un triangle en or. Nadia me présenta des bijoux pour orner mon cou et mes poignets. Je choisis des bracelets dorés qui s'entrechoquaient dans des sonorités métalliques.

Elle m'invita à quitter l'humidité brûlante pour nous rendre dans une pièce attenante. Avec précaution, elle activa un cristal de charbon pour sécher mes cheveux et commença à les coiffer en boucles audacieuses. Elle seule parvenait à les dompter avec autant d'agilité.

Innocemment, je l'interrogeai sur les derniers événements qui avaient agité le Sultanat.

« Votre disparition a failli provoquer une guerre, avoua-t-elle. Les mages s'accordaient sur la responsabilité de nos voisins dans cette affaire. Qui aurait osé les contredire ? Leur enquête les a menés à la frontière du Royaume Végétal.

— Il s'agissait d'une fausse piste, assurément, puisque l'on m'a entraînée dans la direction opposée… Comment ont-ils pu croire que le roi Kiridjo ou la reine Mirabella avait prémédité cet enlèvement ? Ils ne cessent de chercher un terrain d'entente avec le sultan ! »

Nadia haussa les épaules.

« Nous en étions tous convaincus. L'inimitié qui nous sépare est historique. La plupart des gens n'ont jamais pardonné les massacres qu'ils ont perpétrés sur nos terres.

— Ces événements datent de cinq décennies… Nous nous couvrons de ridicule. Il est temps de construire une relation pacifique et durable. »

Elle termina de me coiffer et me maquilla légèrement.

« Les Filles de la Lune faisaient-elles partie de vos ravisseurs ? murmura-t-elle soudain. Je n'ai pas arrêté d'y penser depuis que vous avez disparu. »

Quelques semaines plus tôt, j'avais reçu un terrible avertissement. Ma mère avait refusé de m'en confier la teneur, mais Nadia m'avait lu avec inquiétude une lettre signée par les Filles de la Lune. Selon elles, le mariage de la sœur d'Angelo était le signe indiscutable que mon temps était compté. De la poussière d'argent s'était échappée de l'enveloppe. J'avais frotté ce sable rugueux entre mes doigts. Son crissement métallique m'avait rempli d'effroi.

Ces prophétesses jouaient un rôle dangereux. Avaient-elles été impliquées dans mon enlèvement ?

« Je l'ignore, avouai-je. L'identité de mes ennemis n'est pas claire. »

Nadia s'inclina en me tendant un miroir. Le résultat était stupéfiant et je la remerciai pour son talent. Mon compliment la gêna. Elle se détourna pour ranger ses crèmes et ses fards.

Nos retrouvailles se teintaient d'une certaine retenue. D'où venait son malaise ? Sa distance me troublait. Nous étions proches depuis de nombreuses années ; elle m'avait enseigné la patience et l'amour de la vie alors que le monde m'avait négligée.

« Je te sens distante, murmurai-je. Sommes-nous toujours amies ? »

La jeune fille répondit avec un sourire d'excuse.

« Bien sûr, mais vous êtes l'élue des dieux… Votre destin vous éloigne du commun des mortels. Je ne suis qu'une servante.

— Tu es bien davantage à mes yeux. Ne l'oublie pas. »

Les récents événements lui prêtaient une timidité que j'espérais atténuer avec le temps.

« Nous devrions rendre visite à Khaled, éluda-t-elle. Il a sûrement préparé de nouveaux poèmes pour agrémenter la fête de ce soir. »

Nous traversâmes les coursives du palais en silence pour respecter les prières qui résonnaient de l'autre côté des parois. Les voix des hommes se mêlaient dans une psalmodie langoureuse et infinie. Nos chaussons de soie étouffaient nos pas. Nous n'étions que des ombres qui glissaient derrière les persiennes.

Les salles étaient combles. En ce jour sacré, tous les nobles du Sultanat se rassemblaient pour célébrer la gloire des dieux. Leurs chants ne tarissaient pas, depuis l'aube jusqu'au crépuscule. Cette litanie exprimait à voix haute leur amour et leur espoir. Ils prouvaient leur dévotion en échange d'une bénédiction céleste.

Je m'aidai de la rambarde pour monter les escaliers. Nadia m'entraîna jusqu'au troisième étage qui donnait sur l'extérieur. Une porte ornée de salamandres s'ouvrait sur une passerelle en briques rouges et noires. Le chemin s'incurvait au-dessus du vide pour relier les deux bâtiments du palais. Une toile tendue nous protégeait du soleil. Au printemps, les domestiques accrocheraient des talismans aquatiques pour diffuser une brume humide et limiter la chaleur de l'Astre Rubis, tout proche.

Le relief de la ville se profilait en contrebas. Les habitations en argile rose s'étendaient à perte de vue. Les édifices religieux se distinguaient par leurs coupoles étincelantes. Plus loin, les stands du marché se dissimulaient sous des auvents colorés. Je devinais l'excitation qui y régnait. Toutes les femmes du Sultanat s'empressaient de finaliser leurs achats avant de préparer des banquets somptueux pour la soirée. La nourriture couvrirait les tables dressées dans les rues sur de simples tréteaux de bois. Le Nectar'Miel coulerait à flots.

Nous avions bâti notre cité sur un plateau aride et battu par les vents. Cette région désertique se montrait peu accueillante au premier abord, mais il ne s'agissait que d'un mirage. Nous avions de l'eau en abondance qui provenait de trois rivières souterraines. Certaines sources étaient brûlantes et soufrées ; leurs qualités thermales étaient prisées et à l'origine de véritables pèlerinages. Al-Hamra cachait des ressources exceptionnelles.

La seconde moitié du palais s'élevait de l'autre côté du gouffre. Elle comprenait surtout des bibliothèques et des salles réservées à l'administration du Sultanat. Les décisions politiques se disputaient près du trône et étaient appliquées entre ces murs. La séparation entre le pouvoir du sultan et celui des vizirs était le gage du bon fonctionnement du pays. Les ministres de mon père agissaient selon ses directives, mais avec autonomie.

Il n'empruntait jamais les passerelles pour s'immiscer dans leurs bureaux. Si des scandales éclataient ou si des ministres outrepassaient leurs prérogatives, le Grand Vizir représentait le sultan pour résoudre ces différends. Il reliait les deux cœurs de notre gouvernement. Son rôle de coordination était la clé de voûte de notre système.

Plusieurs pièces de ce bâtiment secondaire étaient occupées par les artistes du palais. Les musiciens y exerçaient leur talent dans l'attente d'animer les salles de réception. Les poètes avaient leurs propres chambres pour s'adonner aux mystères des mots et de leur mélodie.

Nadia me guida à travers ce dédale de couloirs et de portes closes d'où s'échappaient des sons diffus. Les musiciens se préparaient pour les festivités de la soirée ; leur ardeur enflammait déjà les luths et les guitares. Je réfrénai mon envie d'ouvrir les battants pour retrouver le contact plaisant des instruments que je chérissais tant.

J'avais passé des jours entiers dans cette partie oubliée du palais. Nadia m'y avait souvent emmenée pour apprendre la musique et la poésie. À l'époque, j'ignorais que nous n'avions pas tous la même sensibilité pour ces arts de patience. Je supposais avec innocence que nous étions tous subjugués par leur beauté. Incapable de distinguer les couleurs du monde, j'étais avide du moindre son. La musicalité des vers et les vibrations des cordes m'offraient un sentiment d'extase indescriptible. Ici, j'évoluais dans un univers dans lequel mon infirmité était un détail insignifiant.

Nadia s'arrêta devant une porte peinte dans des nuances de blanc et de bleu. Elle frappa avant d'ouvrir. Une bouffée d'encens m'assaillit les narines.

Nous surprîmes Kahled en plein travail. De nombreux parchemins étaient dépliés pêle-mêle sur le sol et des craies de couleur étaient disséminées aux quatre coins de la pièce.

« Pardonnez-moi ce désordre, princesse, me salua-t-il. Je ne m'attendais pas à vous voir ici, alors que le palais tout entier célèbre votre retour.

— Votre compagnie me manquait, avouai-je en riant, tout comme votre musique. »

Le jeune homme s'inclina devant mon compliment.

Khaled venait de fêter ses vingt ans. À ma grande surprise, j'avais découvert récemment qu'il était métis : il n'avait pas la même couleur de peau que les autres habitants de la région. Contrairement à la mienne, noire comme le charbon, la sienne était plus claire et proche du caramel. La guérison de ma cécité m'avait révélé ce secret...

Les ancêtres de sa mère étaient originaires de la Jungle d'Émeraude. Khaled ne s'était jamais plaint de sa différence, mais certaines remarques acerbes le hantaient parfois. Je comprenais mieux son dévouement pour une princesse aveugle et exclue de la société. Il m'avait initiée à la musique alors que d'autres professeurs m'avaient dédaignée. Il m'avait soutenue pour réparer les torts et l'humiliation dont il avait lui-même souffert.

Ses yeux étaient un doux mélange de vert et de brun. Il portait une tunique qui marquait sa profession : serrée à la taille par une cordelette argentée, elle s'élargissait sur son torse et bouffait au niveau de ses épaules. Son visage charmant était une autre découverte récente. J'avais enfin compris pourquoi Nadia insistait toujours pour m'accompagner lors de mes leçons. Ce jeune homme était irrésistible. Ses cheveux courts et bouclés ajoutaient une touche de séduction à ce portrait exotique.

« Vous semblez toujours aussi productif, remarquai-je en montrant les feuilles éparpillées. Avez-vous écrit de nouveaux poèmes ? »

Khaled ramassa quelques papiers et les rangea sur une étagère qui débordait de parchemins colorés. Certains menaçaient de tomber.

« J'en garde encore le secret, m'avoua-t-il. Je les présenterai ce soir pendant le banquet et je suis persuadé que vous les apprécierez. »

Je fis la moue. J'adorais ses écrits et je ne l'avais pas entendu déclamer depuis longtemps.

« Je peux toutefois vous lire ceux que j'ai préparés pour célébrer votre retour, ajouta-t-il avec malice. »

Il m'invita à m'asseoir sur un sofa, près de la fenêtre. Nadia se laissa vite convaincre à son tour. Notre hôte chercha son bonheur sur son bureau : un parchemin couvert de formes bariolées. Khaled avait l'habitude de dessiner la musique qu'il entendait dans ses poèmes. Il matérialisait les rythmes et les accents par des traits de couleur. Je n'avais pas encore déchiffré ses codes, mais je comprenais la logique que suivait son esprit.

Il nous raconta un conte des peuples des forêts tropicales qui longeaient la rive sud du Royaume Aquatique. Pour agrémenter son histoire, Khaled égrena quelques notes sur son luth. Des talismans caloriques pinçaient ses extrémités : mon ami fit varier leur chaleur pour corriger la tension des cordes et accorder son instrument. Des étincelles de magie rouge glissèrent autour de ses doigts.

Sa légende était celle d'Awa, la Mère Divine. Elle se déroulait des millénaires plus tôt, lorsque l'univers appartenait à trois dieux solitaires. Une querelle les opposait depuis toujours. Leurs désirs contradictoires les entraînaient dans une lutte sans fin.

Le premier était un esthète. Hoby modelait la matière pour sculpter des mondes gigantesques. Ses colosses de pierre et d'eau tourbillonnaient dans le vide de l'espace. Ils dansaient sur une mélodie connue d'eux seuls.

Son principal adversaire était Zamam, capable de manipuler le temps pour insuffler la vie à des êtres éphémères. Ses créatures mortelles ne respectaient aucune frontière. Elles colonisaient la terre, la mer et les cieux. Elles griffaient, creusaient, abîmaient... Hoby détestait ces parasites ! Il provoquait des séismes et des coulées de boues pour les engloutir. Hélas, Zamam continuait inlassablement son œuvre créatrice.

Son autre rival maniait la foudre et le feu. Le cœur de Narilah était de flammes pures ; son esprit se consumait sous la passion et la fièvre. Maître de toute forme d'énergie, il agitait les volcans et déchaînait de violents orages... Il détruisait ce qui l'entourait par simple jeu, sans pitié pour les montagnes et les êtres qui les peuplaient. Il aimait incendier des étoiles et sentir leur chaleur, mais Hoby s'empressait de les éteindre ou de les pulvériser.

Les dieux souffraient de leurs idéaux contradictoires. Aucun d'eux ne parvenait à prendre l'ascendant sur les autres. Les cycles se perpétuaient sans que leur conflit se calme.

Un jour, Zamam se désespéra en voyant ses adversaires harceler des dragons aux ailes diaphanes. L'un jouait avec les couleurs et la texture du ciel pour les faire tomber, l'autre les pourchassait avec son souffle brûlant. Agacé, il leur proposa une trêve.

« Je suis le dieu de l'infini, mais je perds patience ! Cette danse macabre doit cesser. Combien de mes précieuses chimères avez-vous condamnées ? N'êtes-vous pas lassé de cet éternel combat ? Notre frustration est à la mesure de notre puissance. Nous devons créer d'autres dieux pour tempérer nos pouvoirs et nous départager. »

Ses compagnons se rendirent à l'évidence. Seuls leurs semblables pouvaient briser le cercle vicieux qui les emprisonnait.

D'un geste, Hoby creusa un lac dans un monde dévasté et le remplit de métal et de pierres précieuses. Narilah souffla la chaleur de mille étoiles pour liquéfier ces minerais dans un magma brûlant. Des vagues incandescentes roulèrent avec fracas. Zamam invoqua le souffle de vie qui flottait aux frontières du néant et qui les avait eux-mêmes enfantés. Il le déposa avec prudence sur la surface en fusion. Le liquide se transforma en vif-argent au contact de l'antique magie.

Le lac ensorcelé fut parcouru d'un frisson.

Des lignes de lumière le traversèrent comme si un soleil venait d'être libéré des flots. Une silhouette de femme émergea dans un halo éblouissant. D'une beauté surnaturelle, elle se dressa devant ses créateurs et conquit leur cœur par un sourire radieux.

Awa, la Mère Divine.

Elle recueillit du vif-argent dans le creux de ses mains. Elle souffla et une nuée d'étincelles jaillit vers le ciel. L'air se condensa sous la forme d'un jeune homme élancé : le dieu des vents était né. Il rit de joie et une bourrasque secoua le monde.

Awa reprit du vif-argent et le jeta sur la berge. Le sol se craquela à son contact. Une femme corpulente se releva de la poussière : la déesse de la terre venait de naître à son tour. Elle leva la main et une montagne se dressa devant elle.

Awa continua son œuvre avec une ardeur bienveillante. Esprits marins, défenseurs du ciel, nymphes des bois… Elle peupla l'univers de divinités aux pouvoirs prodigieux.

Zamam fut le premier à revenir de son émerveillement comme on s'éveille d'un mauvais rêve. Il sonda l'avenir et comprit son erreur. Cette femme séduisante les avait déchus de leur trône. Ses enfants immortels étaient trop nombreux pour être contrôlés. Ils se partageaient déjà leurs anciens territoires.

Le règne des trois dieux créateurs était terminé.

De rage, il renvoya la belle Awa dans les méandres du temps et jura de ne jamais l'invoquer à nouveau.

« Ainsi disparut la première des déesses, la mère de notre panthéon, murmura Khaled. »

Ses doigts étouffèrent les dernières notes de son luth. Je fermai les yeux pour garder l'image de cette merveilleuse femme sortie d'un lac de magie. Son sourire était plein d'amour. J'entendais le clapotis des vagues de vif-argent sur la plage.

« C'était une histoire magnifique, le remerciai-je.

— J'ai repensé à ce conte lorsque vous êtes apparue dans le vif-argent. Vous êtes peut-être la réincarnation d'Awa, une déesse qui a retrouvé son chemin dans le labyrinthe du temps pour venir changer le monde. »

Près de moi, Nadia me prit le bras avec tendresse. J'ignorais que mon retour me prêterait une telle aura. Même mes amis me croyaient touchée par la grâce divine.

Un étrange phénomène semblait leur donner raison. Un tatouage blanc était apparu sur le dos de ma main pendant que Khaled déclamait son poème : un croissant de lune et six étoiles brillantes. Troublée, je la cachai dans un pli de mes vêtements.

CHAPITRE VI

J'exigeais les meilleures épices du Sultanat pour mon mariage. Je rêvais d'une cérémonie fastueuse et mémorable, même si Karid n'y montrait qu'un intérêt poli… Après quelques mois d'une cour assidue, il avait vite dédaigné son rôle de prince charmant. Nos véritables sentiments n'avaient aucune place dans cette union négociée par nos parents.

Les étals du marché rivalisaient de couleurs et de senteurs. Poivre, cannelle, gingembre… Ces richesses faisaient la fierté de notre pays ! La veille, la reine Natalia Achiyuka s'était extasiée en goûtant notre safran. Mon père investissait beaucoup de temps et d'énergie pour développer le commerce avec le Royaume Aquatique.

Je m'enivrais de ces odeurs. Elles me permettaient d'oublier, un instant, la passion émoussée de mon futur mari.

Lamia Al'Malwib
« Mémoires d'une sultane amnésique »

À la nuit tombante, les carillons de la ville sonnèrent l'appel à la prière. L'hiver n'était pas très rude, mais il raccourcissait les journées de façon sensible. Notre religion reposait sur les mouvements de l'astre diurne ; la brièveté de ses passages nous remplissait de mélancolie.

Je traversai la passerelle extérieure en compagnie de Nadia. Nous étions encore sous le charme de Khaled et de ses poèmes fabuleux. Avec une douceur pleine de mystère, il nous avait raconté l'origine de la Grande Fracture et celle des peuples de la Jungle d'Émeraude. Les accords de son luth avaient insisté sur la douleur, les lamentations puis l'espoir. Khaled nous avait enchantées. Nous le quittions avec des étoiles dans les yeux.

Nadia m'accompagna jusqu'au dernier étage du palais, près de la coupole dorée qui ornait son sommet. Les appartements de la sultane faisaient face au soleil couchant. Ma mère admirait toujours le crépuscule depuis son balcon de pierre. Elle avait coutume de prier pendant que l'astre du jour disparaissait à l'horizon. À cette heure, personne ne la dérangeait dans sa méditation.

Mon amie s'arrêta à quelques pas de la porte d'entrée.

« Profitez de cet instant d'intimité avec votre mère, m'invita-t-elle avec douceur. Ils sont rares et précieux. »

Je réarrangeai mes cheveux. Je frappai sur le panneau de bois et pénétrai dans ses appartements. Mes yeux s'adaptèrent à la semi-obscurité qui s'était installée. Des chandeliers et des cristaux de blé diffusaient une lumière tamisée. Trois salons meublés composaient sa suite ; des portes closes dissimulaient les pièces plus intimes.

La sultane s'appuyait contre la balustrade de son balcon. Vêtue d'une djellaba toute en plis et nuances de rose, elle savourait une tasse de thé à la menthe en fixant l'astre flamboyant. Sa silhouette se découpait sur le ciel comme une ombre plus noire que les autres.

En silence, je rejoignis ma mère dans son spectacle hypnotique. Une tasse brûlante m'attendait sur le marbre.

« Je remercie les dieux de vous avoir ramenée près de moi, murmura-t-elle. Amira, je regrette de vous imposer l'amnésie et les délires dont je souffre depuis tant d'années. Je sais qu'une princesse espère davantage de la part de sa mère... Je n'ai que de l'amour à vous offrir. »

Mon cœur se serra devant son désespoir. Je lui pris la main pour la rassurer.

« Mère, ne parlez pas ainsi. Vous êtes un modèle de courage et de vertu. Je vous admire plus que vous ne le croyez. »

Elle tourna son beau visage. Ses yeux noirs étaient humides. Un maquillage discret masquait les cernes que j'avais vus plus tôt.

« Je n'ai pas réussi à vous protéger. Ma mémoire défaillante est une malédiction qui pèse aussi sur vous. »

Elle se retourna vers la cité rougeoyante.

« Lorsque vous m'avez été enlevée, j'ai refusé de me nourrir. Je préférais jeûner et mourir de faim ou de tristesse. Toutes mes prières allaient vers vous. J'ignore si cet acte de foi vous a sauvée, mais il a dissipé une partie de mes propres souffrances. Certains voiles se sont levés dans mon esprit. Des souvenirs me sont revenus, par bribes… Je les ai d'abord pris pour des hallucinations, mais Ji'Sawan m'a confirmé qu'il se rappelait ces événements. Le traumatisme a fait revenir ces fragments de mémoire. »

Elle frôla le Talisman Totem qui pendait à son cou. Au bout d'une fine cordelette, un scarabée de jaspe et d'or scintillait dans la nuit. Le djinn Ji'Sawan s'y dissimulait et partageait les pensées de ma mère. La folie de l'un contaminait l'esprit de l'autre.

Les guérisseurs n'étaient jamais parvenus à soigner la sultane. Ils multipliaient les potions et les traitements pour limiter la fréquence et l'intensité de ses crises, mais toute leur médecine n'avait pas suffi à en résoudre la cause. Ma mère n'avait qu'une mémoire partielle de son enfance et des événements qui avaient précédé son couronnement. Parfois, elle se plongeait dans le passé et s'y perdait. Les noms et les époques se confondaient… Les guérisseurs lui prescrivaient alors un isolement complet.

Personne ne pouvait lui apporter de réel soutien lorsqu'elle souffrait ainsi. Ses désordres mentaux étaient une barrière infranchissable.

« Mère, ces souvenirs sont dangereux. Ne cherchez pas à les retenir.

— Leur retour n'est pas une coïncidence, affirma-t-elle. Quinze ans se sont écoulés depuis que la justice des dieux m'a frappée. J'ai commis un acte affreux et leur foudre m'a condamnée à cette errance. Je me rappelle enfin l'origine de ce calvaire. »

Elle baissa les yeux et soupira.

« J'étais une princesse impulsive, ivre de vengeance. La Guerre Orange s'était achevée bien avant ma naissance, mais mes parents n'avaient jamais pardonné au Royaume Végétal le massacre de notre peuple. J'avais été élevée dans la rancœur et les récits de combats. Leur colère était devenue la mienne. »

Ma mère secoua la tête.

« Un jour, mon père m'a emmenée au palais de la Citadelle Viridys pour fêter la nouvelle année avec la famille royale. Une occasion rêvée pour me venger… J'ai utilisé un charme de camouflage pour modifier la couleur de ma peau et me déguiser en servante. Le sultan est reparti sans savoir que j'avais infiltré le palais. »

Elle serra la tasse dans sa main.

« Le soir tombé, je n'ai eu aucun mal à trouver les appartements de la reine Granada. Elle écrivait des lettres sur son bureau. Elle ne m'a pas entendue avant de sentir un poignard traverser sa chair. »

J'eus un hoquet d'horreur.

« Comment pouvez-vous imaginer un acte si monstrueux ? m'exclamai-je. Il ne peut pas s'agir d'un souvenir réel !

— C'est pourtant le cas, affirma-t-elle. L'Ensorceleuse du royaume, l'équivalent de notre Grand Vizir, m'a poursuivi dans les patios luxuriants du palais. Elle m'a lancé un sortilège qui tirait sa puissance des étoiles et invoquait un des douze signes du Zodiaque : la Balance, l'allégorie de la Justice, l'équilibre parfait entre crime et châtiment. En punition de mon acte impardonnable, les dieux m'ont fait perdre la mémoire et la raison. »

Le crépuscule dessinait des ombres sur son visage tiré.

« Cette nuit aurait pu s'achever sur cette note lugubre. Par bonheur, vous êtes brusquement apparue au milieu du vif-argent. »

Elle me sourit avec tendresse.

« Vous êtes née dans ces jardins pour redonner du sens à ma vie. Lorsque je vous ai vue, un bijou étincelant autour du cou, j'ai compris que vous étiez différente. Une prophétesse s'est approchée pour recueillir un autre bébé. J'ai appris par la suite qu'il s'agissait du prince Angelo de los Calyptos. Il ne portait pas de talisman. Vous n'en aviez qu'un seul pour deux. »

Je reculai et posai la main sur ma tempe. Ses paroles faisaient écho à mon rêve du Jugement Dernier. Je ne pouvais plus nier la vérité sur ces mystères.

Nos âmes étaient jumelles ! Nous ressemblions trait pour trait à nos parents, mais notre existence était un artifice des dieux. Nous étions les fruits d'une magie perdue qui avait envoyé deux messagers par-delà le temps.

Ce lien fraternel m'avait soustrait à la folie meurtrière des phénix pour rejoindre la protection d'un dolmen de la Forêt des Fées. J'avais eu tort d'ignorer les révélations d'Angelo et du fantôme qu'il avait appelé *« grand-mère »*. J'avais réellement rencontré la défunte reine Granada et son éventail agressif. Le rôle de ma mère dans son assassinat expliquait sa mauvaise humeur à mon égard.

« J'avais oublié les détails de cette étrange naissance, reprit la sultane d'un ton d'excuse. La femme qui a recueilli le prince a revendiqué son appartenance à la secte des Filles de la Lune. Cette prophétesse m'a mise en garde : vous ne deviez jamais rencontrer le prince Angelo. Elle promettait de graves sanctions dans le cas contraire. La reine Mirabella a probablement reçu le même avertissement. Elle a veillé à ce que son fils ne vienne jamais ici. Pour votre part, vous étiez condamnée par votre cécité à ignorer la magie et les voyages en vif-argent…

— Cette Fille de la Lune vous a menacée !

— Elle avait ses propres raisons. Cette nuit-là, alors que je vous tenais dans mes bras, le talisman que vous portiez s'est illuminé et s'est envolé dans les airs. Une puissante voix a résonné dans les jardins en prétendant appartenir aux oracles d'un dieu disparu. Elle a affirmé que vous réaliseriez *des miracles qu'aucun autre ne saurait reproduire.* »

Les dernières lueurs du jour s'estompaient. Ces révélations me bouleversaient. Les légendes de Dohr'im étaient-elles bien réelles ? La reine Granada nous avait fait craindre un avenir où de dangereuses créatures se réveillaient et menaçaient le monde. Son angoisse me remplissait d'une soudaine certitude : je n'étais pas une simple princesse. Ma naissance était liée au Souffle des Dieux, tout comme mon destin.

Je venais de survivre à un sacrifice. Cette tentative d'assassinat cachait-elle davantage qu'un complot politique ? Comme la Fille de la Lune l'avait prédit, j'étais en danger depuis qu'Angelo m'avait rendu la vue. Déjà célèbre, j'avais à présent un deuxième miracle à mon actif. Les murs du palais ne dissimulaient plus mon existence. Si j'en croyais l'avertissement des Oracles, j'étais exposée aux desseins maléfiques des Esprits Sauvages qui cherchaient à se réincarner.

Les confessions de la sultane m'ouvraient les yeux une deuxième fois. Je devais partir à la recherche d'informations sur ces légendes.

« Votre sincérité me touche, Mère. Ces événements sont douloureux… J'ose espérer que la mémoire vous reviendra pour retrouver des souvenirs plus joyeux. »

La nuit tombait. Je cherchai un chandelier dans le salon et l'enflammai à l'aide d'un cristal de brin d'avoine. Je songeai aux *reflets ensoleillés d'un champ d'or et de cuivre*. Je murmurai **« AVOINE »** en ouvrant la main.

La première bougie s'embrasa de manière violente. La cire se mit à fondre à toute vitesse.

Je soufflai dessus pour l'éteindre.

Je contrôlais mal la force de mes sortilèges. Je retentai l'expérience avec moins de poésie. Les bougies s'allumèrent doucement. Je revins près de ma mère sans mentionner mon erreur.

La sultane était impatiente d'entendre le récit de mes mésaventures. Je détaillai les quatre journées qui s'étaient écoulées depuis ma disparition. Mon histoire me permit d'exprimer mes sentiments à voix haute et de m'en libérer.

Elle m'écouta avec attention, sans m'interrompre. Elle sentait que j'avais besoin de m'épancher auprès d'elle pour réussir à tourner la page sur ce traumatisme.

Je passai sous silence mon rêve partagé avec Angelo, mais je lui racontai ma rencontre avec Tamir et ses pierres volantes. Les accusations du marchand de dattes l'intriguèrent. Les alchimistes avaient obtenu la gestion de l'extraction d'obsidiennes en échange d'impôts conséquents, à condition de protéger la santé et la sécurité des ouvriers. Un simple accident n'expliquait pas la mort d'un homme et la disparition de son Talisman Totem.

Angelo m'avait aussi fait part de ses doutes sur le rôle politique des vif-passeurs qui auraient juré fidélité au roi Björn. Malheureusement, sans preuve, je ne pouvais pas accuser le Royaume Minéral d'avoir participé à mon enlèvement. Je me jurai de demander à Riad une enquête sur cette guilde dédiée au transport par vif-argent.

J'avouai à la sultane que la joie de mon retour était teintée d'une certaine réserve. Les habitants du palais me pensaient touchée par la grâce divine, comme si j'étais une déesse revenue du royaume des cieux. Leur dévotion me rendait mal à l'aise. Ils me croyaient capable de miracles et me jetaient des regards en coin... Beaucoup se prosternaient ou se signaient le front à mon passage.

« Ne soyez pas si dure avec eux, murmura-t-elle. Le palais était en deuil à cause de votre disparition. Notre peuple a prié de longues journées dans l'espoir de vous revoir. Je tremble encore en pensant que des assassins vous avaient abandonnée au milieu du désert pour affronter seule l'explosion des Astres ! Le cataclysme aurait dû vous tuer... Par bonheur, les dieux ont encore quelque pouvoir en ce monde.

— Vous savez désormais qu'il ne s'agit pas d'un miracle. J'ai survécu grâce aux enchantements du djinn d'un marchand de dattes.

— En êtes-vous sûre ? s'amusa-t-elle. La coïncidence est plus difficile à croire qu'une intervention divine. Quoi qu'il en soit, il est dans votre intérêt de préserver cette croyance. Vos ennemis hésiteront à s'approcher de trop près d'une déesse... La foi de notre peuple sera votre meilleur bouclier. Ne perdez pas d'énergie à tenter de le détruire. »

Je me promis de suivre ses sages conseils. Je devais accepter leurs prières, sans changer de comportement ou me prendre pour une déesse charismatique. Je souhaitais plutôt retrouver la complicité de Nadia et de Khaled.

On frappa à la porte. Un homme nous rejoignit sur le balcon avec un plateau et une coupe dorée. Il portait l'habit et l'insigne des guérisseurs, une salamandre enroulée autour d'un bâton. Il s'excusa de nous interrompre pour apporter le traitement de ma mère. Il posa le récipient sur la pierre et nous quitta avec un salut respectueux.

La potion fumait doucement. Elle libérait un nuage d'étoiles rouges qui scintillaient dans la nuit. Des gravures sur les bords de la coupe dessinaient les contours du palais. La sultane s'en empara avec un soupir.

« J'ai négligé ces précieuses médications, avoua-t-elle. Elles atténuent ma mélancolie et me rendent le sommeil. Je refusais leur aide alors que vous étiez menacée de mille dangers. »

Ces herbes étaient cueillies dans la Jungle d'Émeraude, sur la côte ouest du Royaume Aquatique. Nos guérisseurs utilisaient des plantes fraîchement coupées et aussitôt livrées par vif-argent pour éviter la perte de leurs arômes et de leurs propriétés thérapeutiques.

Le traitement de choc n'était pas sans effets secondaires, mais il offrait un peu de répit aux errances de ma mère. Elle but d'un trait le breuvage salvateur.

Le sultan m'attendait pour réveiller l'Astre Rubis. Les hommes avaient accompagné de leurs prières la course descendante du soleil. À l'inverse, je terminais l'ascension du palais en rejoignant son sommet.

Mon père m'embrassa devant l'entrée des combles. Ses yeux brillaient d'une ferveur inhabituelle.

« Amira, je loue le ciel d'avoir pris soin de vous. Je regrette d'avoir échoué à vous protéger.

— Je vous pardonne, dis-je dans un sourire sincère. Les dieux ont veillé sur moi. »

Il me prit la main avec tendresse.

« J'ai libéré le Grand-Vizir Riad de ses obligations, annonça-t-il avec fermeté. Je lui ai ordonné de se consacrer à son enquête. Il va remonter la piste jusqu'à vos agresseurs.

— Lui seul peut y parvenir, acquiesçai-je avec confiance.

— Il affirme que la gourde de votre ravisseur a été fabriquée et vendue dans notre capitale. Nos ennemis sont souvent plus proches qu'on ne voudrait le croire... Il interroge en ce moment même les commerçants du marché. »

Une lueur d'espoir s'éveilla dans mon cœur. J'avais hâte de connaître l'identité du commanditaire de mon enlèvement. Était-ce un agent du Royaume Minéral ? Leur roi ? Les Filles de la Lune ?

« Soyons patients, m'invita mon père. Vous êtes désormais en sécurité. Pour vous offrir toutes les armes à ma disposition, je vais vous montrer notre plus grand secret. »

Il ouvrit la porte des combles à l'aide d'une clé ensorcelée. Un escalier insolite permettait de se déplacer à l'intérieur de la coupole, sur le plafond de la salle du trône. Les marches étaient raides et étrangement courbées. Mes babouches de soie me gênaient dans cette montée.

Je débouchai à l'air libre avec soulagement. Le vent nocturne me rafraîchit le visage et joua avec ma tunique.

Une immense pierre précieuse occupait le sommet du palais. Grande comme une barque, elle semblait taillée dans un gigantesque rubis. Le sultan m'invita à grimper avec lui sur un escabeau qui permettait d'en atteindre le bord. Un tas de cendres fumantes remplissait le fond de cette coupe.

« Ma fille, voici le nid du phénix qui veille sur notre pays. Il est la clé de voûte de notre société. Lui seul peut purifier la magie souillée et la recycler en créant de nouveaux talismans. Chaque année, nous devons le réveiller à l'aide d'un puissant sortilège, le secret de notre famille… Vous êtes mon héritière. Bientôt, cette tâche vous incombera. »

Mon père me montra le pendentif en ivoire qu'il portait à son cou. Une miniature représentait un éléphant blanc. Il scintillait avec une vibration caractéristique que j'avais déjà observée autour des Talismans Totem.

« Lorsque le temps sera venu, votre djinn vous prêtera sa force pour invoquer le Quatrain Calorique et réveiller notre protecteur. Il vous suffira alors de songer à la vie qui anime chaque être dans ce monde et au temps qui s'écoule. Le chemin de l'existence suit une route de lumière, sous la chaleur du soleil et de notre magie. Il se termine dans une explosion de couleurs qui ne peut qu'être révélée par l'obscurité. »

Mon père posa la main sur son talisman et ferma les yeux. Il se concentra et oublia ma présence. Autour de lui, les nuages semblaient avoir arrêté leur mouvement. Il murmura **« HAMRA »** et déclama l'antique poème :

> *« Ton aube dissipe les ténèbres, la nuit,*
> *Jusqu'au glorieux zénith où tu chauffes et luis.*
> *Nos tourments apaisés par la course du temps,*
> *Doucement disparais, crépuscule éclatant. »*

Une brume s'échappa de son talisman et glissa dans l'immense coupe de rubis. Les cendres se mirent à rougeoyer. Des flammes écarlates apparurent brusquement et s'élevèrent dans le ciel. Une odeur de soufre m'assaillit les narines.

La chaleur nous força à nous éloigner. Des étincelles traversèrent le ciel et s'approchèrent comme des papillons attirés par la lueur d'une bougie. En silence, l'Astre absorba les sortilèges lancés par les fidèles de la magie calorique. Il s'en nourrissait.

Je frissonnai en songeant qu'un esprit maléfique était tapi dans cet immense brasier. Sa prison de rubis était d'une beauté à couper le souffle. Comment croire qu'un oiseau de feu s'y cachait et avait failli me dévorer ?

Le phénix ne se relèverait pas avant une année complète. Je me détournai en ignorant le regard brûlant qui me picotait la nuque.

CHAPITRE VII

Mes parents avaient insisté pour que j'accompagne une nouvelle délégation d'alchimistes jusqu'à Specy. Je m'étais soumise à leur ordre irrationnel. La traversée du désert était difficile à cause de l'Astre Rubis qui brûlait notre dos.

Le sultan plaçait de grandes espérances dans les réserves d'obsidiennes récemment mises à nu. Les premières fouilles laissaient penser qu'elles étaient profondes, mais le filon se prolongeait sous la frontière avec le Royaume Végétal. Nous devions négocier avec les autorités locales pour sonder leurs terres.

Le roi s'était lui-même déplacé pour appuyer son refus, en compagnie de ses ministres et de sa redoutable femme. La reine Granada de los Calyptos s'était moquée à ma vue. Elle s'étonna que le Sultanat soit représenté par une princesse aux bijoux clinquants et imprégnée de l'odeur des chameaux. Elle me confia une lettre pour le sultan du bout des doigts, comme pour se prémunir d'une maladie contagieuse.

J'étais repartie humiliée et le cœur plein de haine. Elle venait de se faire une terrible ennemie.

Lamia Al'Malwib
« Mémoires d'une sultane amnésique »

Les réjouissances en l'honneur de l'Astre Rubis m'entraînèrent dans un périple épuisant à travers le Sultanat. Ces fêtes religieuses duraient six jours, pour rendre grâce aux dieux de leur bonté passée et à venir. Mon père bénissait ses cités vassales par le truchement d'offices dans le secret des temples.

Je voyageais sur le dos d'un immense éléphant, dans un apparat somptueux et en compagnie de mon frère Djalil.

Nous étions assis sur des trônes recouverts de velours écarlate. Des cloches dorées ponctuaient chaque pas de tintements métalliques. Des milliers de banderoles et de bougies célébraient notre passage. Le peuple en liesse ne nous laissait aucun répit. L'air était saturé de fumées d'encens qui brûlaient devant chaque maison, chaque fontaine, chaque carrefour.

Les vivats des habitants formaient un tapis sonore sur lequel nous avancions lentement. Leurs prières se mêlaient aux barrissements des éléphants. L'odeur du cuir était forte et terreuse. Je plissai le nez malgré moi ; mon odorat supportait mal ces effluves bestiales.

Ma présence déclenchait des réactions extrêmes. La nouvelle de mon retour avait fait le tour du pays. La rumeur s'était étendue depuis l'oasis de Timiloun, bien avant l'annonce officielle du sultan. Ses habitants juraient m'avoir vue danser sur des rochers en lévitation et entourée d'une auréole enflammée, la marque de Narilah…

Mon regard ne cessait de croiser des miniatures à mon effigie, des poupées ou des broderies aux couleurs vives. Mon portrait tapissait les murs des rues que nous traversions. Mon histoire les avait émus. Ces festivités semblaient organisées dans le seul but de célébrer ma résurrection.

Cette démonstration de joie me surprenait plus que je n'osais le montrer. J'avais passé la majeure partie de ma vie à l'ombre du palais, comme une fille illégitime au nom maudit. Les gens baissaient la voix pour parler de la Princesse Noire, cette enfant aveugle qui ignorait les beautés du monde. Personne ne songeait à rencontrer cet être qui vivait dans les ténèbres…

Ma guérison s'était accompagnée d'une vague d'amour plus troublante que la fin de ma cécité. Du jour au lendemain, j'étais devenue la coqueluche d'un royaume, une princesse miraculée. À présent, j'étais revenue d'entre les morts.

J'étais une déesse.

Perchée sur mon éléphant, j'observais avec effarement la profondeur des croyances religieuses de mon peuple. Les prêtres du Cercle étaient mes plus fervents adorateurs. Ils scandaient des louanges à mon nom et entraînaient la foule dans leur hystérie. Leurs danses endiablées célébraient mon existence et m'offraient leur bénédiction. Certains marabouts se jetaient sous mon destrier et juraient qu'ils étaient prêts à donner leur vie pour moi.

Leur dévotion aveugle n'avait aucun sens. Ces gens vénéraient une femme qui n'existait que dans leur cœur. Je n'étais pas responsable des miracles qui fleurissaient autour de moi. Je n'étais qu'un jouet entre les mains de Narilah, Dohr'im et leurs semblables.

Mon frère Djalil devina mon malaise et se rapprocha de moi. Sans cesser de saluer la foule, il s'inquiéta du tour que prenaient mes pensées. Il savait pertinemment que ma dignité n'était qu'une façade.

« Je n'appartiens pas à leur panthéon, soupirai-je. Comme ils se trompent ! Je ne suis pas une déesse.

— Tu es une *jeune* déesse, me corrigea-t-il gentiment. Tu apprendras à recevoir leur adoration. »

Ses yeux étaient deux perles noires. Il portait un turban rouge pivoine, comme mon père devant nous.

Mon frère était grand et fin, avec la musculature d'un athlète. Il rivalisait avec les champions de course à pied qui disputaient les jeux sportifs d'Al-Hamra, au solstice d'été. Son endurance était un modèle pour de nombreux jeunes hommes. Il était capable de courir des heures sous les rayons combinés du soleil et de l'Astre Rubis.

Sa bonté à mon égard était une garantie que j'avais su apprécier. Les révélations de ma mère affectaient cruellement notre relation. Malgré moi, je ne le voyais plus comme mon unique frère… Le secret sur ma naissance et celle d'Angelo nous éloignait d'une façon pernicieuse et irrévocable.

Djalil était né à l'automne, quelques mois après moi. Il avait toujours pris soin de ne pas m'insulter en évoquant mon handicap. Il avait souvent répété à la cour qu'il devait son héritage au mauvais sort des dieux qui m'infligeaient cette souffrance. Lorsque j'avais retrouvé la vue, il s'était incliné de bonne grâce… Ce miracle lui avait arraché des larmes de joie. Au lieu de se plaindre, il avait juré que les maîtres du ciel saluaient le courage dont j'avais fait preuve pendant quinze ans.

Ma disparition l'avait profondément perturbé. Je lui avais rendu temporairement ses responsabilités d'héritier. Même si j'étais revenue saine et sauve, il avait pris conscience de n'être qu'à un pas du trône du sultan. Les intrigues et les complots pouvaient modifier notre gouvernement sans prévenir. Devait-il conserver sa discipline et son investissement, s'il devait un jour être appelé à régner ?

J'observai son visage. Une lueur d'hésitation animait son sourire. Il ignorait quel comportement adopter devant notre peuple qui m'acclamait de façon ostensible. Quelle place lui restait-il ? Ses tourments se lisaient sur ses traits.

« Ces gens ont assez d'adoration pour deux, lui assurai-je. Je suis ta sœur. Si je suis une déesse, tu as toi-même une part de divinité.

— Les dieux ne m'ont pas couronné de lumière, comme toi.

— Djalil, ton humilité est touchante, mais tu oublies mon ignorance des bases de la magie… Tu seras le seul à passer le Suprême dans quelques jours. »

L'obtention de ce diplôme nécessitait de réussir un certain nombre de tests théoriques et pratiques. Je commençais seulement mon apprentissage de la magie calorique. Il était trop tôt pour que je puisse y participer.

Ces examens avaient lieu sur l'Île Brumeuse. Le jury était composé de professeurs d'origines diverses. Leur impartialité était un vaste sujet de débat… Mon ami Khaled s'était plaint de son échec lors de son premier passage. La plupart des candidats avouaient que le niveau d'exigence du Suprême était élevé, notamment pour les spécialités les plus demandées. Il permettait de valider des compétences et d'accéder à des parcours professionnels. Certains métiers n'étaient destinés qu'aux meilleurs étudiants.

« Le Suprême n'est pour nous qu'un bout de papier, lâcha Djalil avec simplicité. Les vizirs se moqueraient de moi si je ne l'obtenais pas, mais ils n'oseraient pas discuter mes opinions pour autant...

— Seul Riad se permettrait de contredire la famille du sultan, avouai-je avec un sourire. Les autres ministres se contenteraient de te harceler de paroles à double sens pour souligner ta bêtise. »

Il rit et jura de réussir son examen pour éviter une telle situation. Les vizirs de la cour du sultan ne s'attendrissaient guère. La politique était une joute constante où le moindre faux pas pouvait nous faire chuter.

Le véritable enjeu concernait l'événement qui succédait au Suprême, la Quête des Talismans Totem. Les prêtres du Cercle assuraient la logistique des trois journées de préparation spirituelle, mais les djinns avaient tout pouvoir lors de la quatrième et dernière journée. On racontait qu'ils sélectionnaient les étudiants les plus talentueux et les guidaient vers leurs précieux bijoux...

Un sourire étira mes lèvres. La veille, j'avais fêté mes quinze ans. Mes parents avaient invité une ribambelle de musiciens et de danseurs, mais mon plus beau cadeau avait été celui du Grand Vizir. Riad m'avait confirmé l'impensable : j'avais toutes les chances de trouver mon totem dès cette année.

J'en étais encore étourdie de joie. Le monde des esprits m'ouvrait ses portes ! Mon enfance s'était passée sans la moindre étincelle de magie et sans espoir de partager un jour les pensées d'un djinn. Cette rencontre était un miracle dont je n'avais pas osé rêver.

Les génies étaient espiègles. Leur jalousie et leur malice étaient les principales causes d'échec lors de cette quête. Notre Talisman Totem pouvait se cacher n'importe où.

Pour convaincre son propriétaire de nous emmener à lui, nous devions nous prêter à leur jeu aux règles absurdes. Certaines personnes découvraient leur alter ego après plusieurs années ou se contentaient d'esprits trop faibles pour se montrer regardants.

J'avais hâte de tenter ma chance.

Les djinns se dissimulaient dans des pierres précieuses d'apparences variées. Une ancienne coutume demandait aux héritiers du Sultanat d'obtenir des talismans en forme de miniatures d'animaux. Mes ancêtres avaient déniché un lion sculpté dans une pépite d'or, un lézard en émeraude, un singe en lapis-lazuli... Certains n'avaient pas respecté cette tradition, mais le peuple ne les avait pas détrônés pour si peu. La loi était moins rigide qu'autrefois.

Seul le Royaume Végétal continuait à imposer à ses dirigeants de trouver leur totem dans un fruit. L'Histoire avait montré que la sagesse n'était pas la première qualité des djinns... Ils étaient toutefois particulièrement puissants lorsqu'ils étaient emprisonnés dans des fruits.

Les anciens nous avaient simplement transmis leurs enseignements pour identifier la force et la hiérarchie des génies selon la magie à laquelle nous étions fidèles. Notre voisin avait bien compris l'utilité d'une telle stratégie.

« Avons-nous des nouvelles du Royaume Végétal ? demandai-je alors que cette pensée me traversait. J'ai entendu dire que notre père avait présenté ses excuses pour les fausses accusations qu'ils avaient subies au lendemain de ma disparition. »

Mon frère fit la grimace.

« Il a dû s'y abaisser, cracha-t-il. Ces paysans ont menacé de réduire leur commerce de céréales en mesure de rétorsion. Leur chantage est la seule raison de sa soumission.

— Djalil, ces accusations étaient infondées ! Le sultan a fait preuve de diplomatie pour sauver les apparences et calmer leurs ardeurs. S'ils avaient commandité cet enlèvement, nous serions déjà en guerre. Par bonheur, personne ne se bat encore pour moi. »

Il haussa les épaules et marmonna que tout le monde se serait mobilisé pour me venger, si tel avait été le cas.

« Je n'en doute pas, avouai-je. D'après les rumeurs, le prince Angelo a pourtant lui-même disparu peu avant le Jugement Dernier. Leurs mages ont retrouvé des traces de magie calorique dans sa chambre... La coïncidence est curieuse, tu ne trouves pas ?

— Le complot nous dépasse. Tes ravisseurs et ceux du Petit Prince souhaitaient la guerre. Je serais presque d'avis de suivre leur conseil. »

Je le défiai du regard.

« Djalil, qui a pu te souffler de telles idées ? Nous avons d'autres priorités qu'une guerre avec un royaume aussi puissant. Nous dépendons de leur agriculture ! Sans leur blé, comment pourrions-nous nourrir nos élevages de salamandres ? Nous ne pouvons cultiver que le sorgho et elles détestent ça.

— Justement, nous pourrions conquérir une partie de leurs terres agricoles. Même sans leur magie, nous pourrions diversifier nos cultures à l'aide d'un climat plus clément.

— Nos ancêtres ont déjà sacrifié de nombreuses vies pour étendre notre territoire, de façon très temporaire. La reine Sanguine a repris en trois mois ce qu'ils avaient grignoté en plusieurs siècles de combats. Cinquante ans se sont écoulés depuis cette guerre... Nos parents ont construit une situation plus pacifique et durable. Pourquoi détruire leur œuvre ? »

Il croisa les bras.

« Je ne partage pas ton jugement, me contra-t-il. Tu as grandi sans subir leur arrogance. J'ai souffert le mépris du Petit Prince chaque jour passé sur l'Île Brumeuse ! Il n'a pas forcément tort d'être aussi hautain à l'égard de notre peuple... Nous tremblons dès que son royaume menace de stopper ses caravanes. Donnons-leur une bonne raison de nous respecter. »

Notre éléphant fit soudain une embardée pour éviter un fanatique qui s'était jeté sous ses pattes.

Je serrai l'accoudoir de mon siège. J'avais hâte de quitter la mer déchaînée de la foule. Je bénissais le ciel de pouvoir voyager sur le dos de ces immenses animaux.

« La violence n'est pas une solution, déclarai-je. Commençons par leur montrer que nous n'avons pas de rancœur pour des événements vieux de cinquante ans. Ils respectent leurs alliés et dédaignent leurs ennemis. Nouons davantage de liens commerciaux ! Nous avons de nombreuses ressources à marchander : des écailles de salamandre, de l'ivoire, de la mélasse ou encore de l'alcool de cactées. Des marchands indépendants s'en chargent déjà. Il nous suffirait de développer une industrie au nom du sultan comme nous l'avons fait pour l'extraction des obsidiennes. »

Mon frère soupira.

« Nous n'avons pas assez d'argent pour cela, se plaignit-il. Nous sommes déjà débiteurs des alchimistes... Nos mines produisent en abondance et devraient rembourser nos dettes en quelques années, mais nous devons attendre avant de lancer d'autres projets aussi ambitieux. Cela coûterait trop cher à la couronne.

— Autant qu'une guerre... »

Djalil éclata de rire.

« Tu es têtue, Amira ! J'admets que tu as raison sur ce point. Nous avons assez d'alchimistes au palais. Une guerre ne ferait qu'augmenter leur nombre et leur pouvoir. »

Sa réflexion faisait écho à mes propres pensées. Les secrets de l'alchimie étaient les plus rentables en cas de conflit.

La folie qui m'entourait aurait dû m'animer d'une profonde ivresse. Je n'arrivais pourtant pas à oublier les paroles de Djalil. J'espérais que son antipathie à l'égard de nos voisins n'était pas aussi répandue au sein de notre gouvernement. Même une déesse était impuissante à changer leurs convictions.

CHAPITRE VIII

Une lumière joyeuse caresse mon balcon. Aucun nuage ne trouble l'immensité turquoise du ciel. J'entends au loin les marchands qui sonnent leurs cloches pour attirer le chaland. Leurs étals doivent être pleins d'épices et de bibelots.

Je me souviens d'une belle journée de printemps. Une nouvelle banque d'alchimie venait d'ouvrir près du marché et je m'y étais précipitée avec mes courtisanes. L'intérieur était envahi de balances cuivrées et d'étagères qui grimpaient jusqu'au plafond. Des centaines de boîtes en quartz en occupaient les rangées. Par transparence, on devinait des galets noirs de taille variée. Des rubans colorés indiquaient le type de magie emprisonnée dans la roche.

Les obsidiennes étaient chères. Je dus échanger trois la-diams contre une pierre à peine aussi grosse qu'une datte. Le vendeur m'assura qu'elle permettrait de recharger un talisman calorique une dizaine de fois. Il me suffirait ensuite de la jeter dans le vif-argent pour m'en débarrasser.

Lamia Al'Malwib
« Mémoires d'une sultane amnésique »

Je retrouvai les délices et le confort du palais avec bonheur. Une semaine à fréquenter les thermes me permit d'oublier l'odeur entêtante des éléphants et les bruits de la foule. L'eau, la vapeur et l'encens me comblèrent de bienfaits.

Je rencontrai Riad chaque après-midi pour reprendre mon enseignement en matière de sortilèges. Nous passâmes de longues heures à travailler sur les complexités rythmiques des formules. Le Grand Vizir s'obstina à m'apprendre mille façons d'alerter des gardes, de délier des nœuds et de stopper une hémorragie. Son programme n'était guère enthousiasmant, mais je lui reconnaissais une véritable utilité. Il me préparait sans le cacher à de futurs attentats.

Son enquête sur mon enlèvement piétinait malgré tous ses efforts. Certains indices laissaient croire à la culpabilité d'un Impur connu pour ses exactions dans le Sultanat. Le vendeur de la gourde n'avait malheureusement pas remarqué de balafre sur le visage de son client. Un mandat d'arrêt circulait dans la cité.

Le Grand Vizir avait accepté de lancer des recherches sur la guilde des vif-passeurs. Il avait découvert que leur quartier général était effectivement basé dans le Royaume Minéral, mais ses agents ne tenteraient pas d'infiltrer les terres du roi Björn et de risquer l'incident diplomatique. Il ne voyait pas l'intérêt de suivre cette piste alors qu'il n'avait pas encore trouvé les agresseurs originaires du Sultanat. Je ne pouvais pas lui avouer les doutes d'Angelo sans révéler les secrets de notre magie. Ses ravisseurs étaient des vif-passeurs. Je craignais les liens qu'ils partageaient avec les miens.

Mon nouveau statut de déesse n'avait pas d'effet sur ce vizir pragmatique. Il prétendait à juste titre que les dieux ne mouraient pas, contrairement aux hommes qui se prenaient pour eux. Riad me fit promettre de ne jamais céder à de telles illusions. Il concédait que cette dévotion m'était bénéfique, puisqu'elle m'attirait les faveurs de nos sujets. Il me prévenait toutefois que leur amour n'était pas un objectif à poursuivre : une sultane devait assumer des décisions difficiles à accepter par son peuple, si la situation l'exigeait.

Mon mentor m'imposa une discipline rigoureuse. Je m'exerçai chaque soir pour maîtriser les étincelles rouges qui s'échappaient de ma paume lorsque je les invoquais. Sur son conseil, je n'utilisai que rarement des talismans. En cas de besoin, je ne pouvais pas compter sur leur disponibilité : je devais connaître des formules qui se passaient de leur soutien.

La dépense d'énergie était conséquente et me fatiguait profondément. Mon appétit se renforça de façon visible et les cuisines du sultan me proposèrent des mets délicats pour reconstituer la magie de mon organisme.

« L'endurance est une des qualités de votre famille, me dit-il au cours d'un de nos entretiens. Ayez confiance dans votre corps et dans ses capacités de régénération. Vous êtes une princesse persévérante et douée ; l'art vous viendra naturellement. »

Sa compagnie m'intimidait. Professeur exigeant, ses encouragements étaient précieux. La plupart des membres de la cour respectaient ce personnage sec et autoritaire qui travaillait dans l'ombre du sultan. Son manque de tact l'empêchait cependant d'être apprécié à sa juste valeur... J'étais moi-même soulagée de le quitter, le soir venu. Je me surprenais à remercier le ciel de me rendre ma liberté.

Riad profitait de cet apprentissage pour m'entretenir des dernières intrigues qui agitaient la toile politique de notre monde. La nouvelle année avait apporté son lot d'espoirs et de menaces... L'analyse de notre gouvernement était essentielle pour survivre à ce combat permanent.

J'étais ravie d'entendre que les relations avec le Royaume Végétal s'étaient apaisées. Le sultan avait rencontré le roi Kiridjo pour aplanir leurs dissensions. Mon père avait promis de renforcer la sécurité des villages frontaliers où de récentes émeutes avaient eu lieu. Il avait également signé un nouveau contrat commercial de talismans caloriques. La période hivernale était la plus fructueuse pour notre économie.

« Leur demande a encore augmenté, analysa Riad. Ils sont prêts à payer le double du prix pour chauffer des serres agricoles en avance de saison. Leur production de fruits et légumes sera précoce. »

L'utilisation des talismans caloriques à l'étranger ne nous protégeait pas de ses effets sur l'Astre Rubis. En plein hiver, il grossissait de façon démesurée. Sa chaleur devenait insoutenable dès l'arrivée du printemps.

Notre magie était davantage consommée au début de l'année. Nous devions répartir nos contrats commerciaux entre nos voisins pour éviter trop d'inconfort. Pour compenser l'offre faite au peuple d'Angelo, le Royaume Aérien avait perdu un tiers de son approvisionnement en cristaux. Le prix du chauffage subirait une hausse désagréable pour ses habitants.

« Il fera froid dans les Landes Étoilées, commenta sobrement Riad. Le nouveau roi de Borya en profitera pour répéter que les rebelles ont ruiné le pays... »

Mon père menait un jeu dangereux. Les talismans aériens étaient nécessaires pour nos industries textiles et la ventilation de nos habitations. Le sultan prenait le risque de subir une sanction à cet égard...

Je doutais qu'il soit sage d'irriter un peuple entier. Ma traversée involontaire du désert m'avait rendue prudente. Je n'étais pas pressée de la renouveler.

Je retrouvais chaque soir ma mère pour boire une tasse de thé sur son balcon. Alors que le soleil se couchait à l'horizon, je lui racontais mes progrès et elle me conseillait avec intelligence. D'autres fois, nous nous contentions de prier en silence Narilah.

Sa dépression était revenue brusquement. Ses idées sombres la tourmentaient sans relâche et creusaient ses traits. L'approche de la Quête des Talismans Totem l'angoissait : ses rêves se peuplaient de djinns meurtriers qui pourchassaient ses deux enfants.

La veille de mon départ, la sultane m'offrit les rares souvenirs qu'elle conservait de sa propre expérience. Sa quête avait débuté après trois journées de préparation spirituelle. Le vif-argent l'avait emmenée dans une oasis qu'elle avait beaucoup fréquentée au cours de ses voyages. Son statut de princesse héritière l'avait souvent forcée à traverser le désert pour rencontrer les villages locaux et s'assurer leur loyauté. En utilisant des chameaux pour leur rendre visite, elle leur montrait qu'elle ne pliait pas sous la chaleur de l'Astre Rubis et qu'elle partageait leur quotidien harassant.

Une tempête de sable s'était levée peu après son arrivée. Le danger était réel, mais une piste lumineuse la guidait vers les dunes. Les Talismans Totem disparaissaient au crépuscule. Ma mère n'avait pas le temps d'attendre une accalmie. Elle avait lutté contre sa peur d'être ensevelie par les tourbillons de poussière.

Les rafales avaient cessé après une heure de marche éreintante. Sa recherche l'avait menée près des ruines d'une ancienne cité. Des siècles plus tôt, ses habitants avaient dû fuir l'avancée du désert. Le vent et le sable avaient fini par engloutir le village.

La voix d'un djinn avait guidé ses pas jusqu'aux piliers d'une arche effondrée. Là, dans les pierres, elle avait découvert un scarabée de jaspe noir aux contours dorés. Des étincelles écarlates formaient un nuage au-dessus du Talisman Totem.

« Je n'ai jamais ressenti pareille extase, me confia-t-elle d'un ton rêveur. Ce trésor m'était destiné et m'attendait depuis toujours dans ces ruines. Combien de ces merveilleux bijoux sont cachés aux quatre coins du monde ? »

Elle s'interrompit alors qu'un homme apportait son traitement quotidien. Il s'excusa humblement et déposa une coupe fumante près de nous. Une brume rouge s'en échappait et diffusait une odeur mentholée. Le guérisseur s'inclina avant de quitter les appartements.

Ma mère suivit du doigt les gravures qui marquaient le bord de la coupe.

« Ces potions sont le symbole de ma maladie et de ma dépendance, m'avoua-t-elle. Elles me rappellent que mes

101

crises sont une tare incurable. Elles parviennent à peine à atténuer leur fréquence.

— Vos guérisseurs sont-ils les seuls à pouvoir vous offrir ce répit ? Des médecines plus douces peuvent vous soulager… Le Royaume Végétal ne pourrait-il pas vous fournir ses célèbres huiles d'eucalyptus ?

— Je refuserai tout ce que la reine Mirabella m'enverra, dit-elle sombrement. Ses préparations risqueraient de contenir de virulents poisons. »

Je restai silencieuse. Ses sentiments m'attristaient. Comment rapprocher nos deux pays, si ma famille haïssait le prince Angelo et ses parents ? La paix dont je rêvais ne s'installerait pas dans un tel contexte.

« Nous pourrions intégrer une clause au contrat que le sultan négocie en ce moment avec eux, proposai-je. Votre santé pourrait en être la garantie. Leurs soins ne pourraient pas être moins efficaces que les potions que vous avalez depuis toutes ces années.

— J'espère que tes liens avec le prince Angelo ne te poussent pas à un excès de confiance, me prévint-elle. Nos cultures ne peuvent se côtoyer que dans une certaine mesure. N'oublie pas que notre histoire sanglante s'étend depuis la nuit des temps. Les différentes magies ne se combinent jamais ! Leur opposition est une lutte sans fin. »

Avec un soupir, elle promit néanmoins de réfléchir à ma proposition.

Je regagnai mes appartements, l'esprit songeur. Les dieux avaient disparu depuis la chute de Dohr'im, mais leur combat subsistait. Leurs fidèles continuaient à s'affronter en brandissant leurs couleurs.

Le sommeil me refusa son réconfort. Mes pensées tourbillonnaient sans réussir à s'apaiser. Je cherchais une solution pour défaire les nœuds de ce contexte politique.

Le dessin des frontières avait été obtenu au prix du sang. Elles séparaient des peuples dont les ancêtres s'étaient combattus violemment, à l'aide de sortilèges et de talismans. La haine et le désir de vengeance se transmettaient de génération en génération, même si l'origine des querelles se perdait dans les méandres du temps...

Comment stopper cet engrenage pervers ? L'autorité du gouvernement avait une influence limitée sur l'opinion publique. Seule une longue période de paix atténuait les souffrances et la méfiance des familles. Je regrettais que cinquante années n'aient pas suffi à apaiser le Sultanat jusque dans les plus hautes sphères du pouvoir.

Je me levai aux premières lueurs du jour avec un début de migraine. Je refusai que Nadia fasse appel à des guérisseuses. Je devais me rendre au temple pour célébrer l'aube naissante. Je ne pouvais pas attendre leurs soins.

Mon père m'interdisait de me déplacer à l'extérieur du palais en dehors de cette heure matinale. Il m'ordonnait de dissimuler mon visage sous un voile pour éviter des mouvements de foule. Je suivis à la lettre ses prudentes recommandations. Le souvenir de mon agression me tourmentait encore.

La capitale comptait plusieurs édifices religieux. Leur coupole était parfois rehaussée d'un clocher. À l'intérieur des temples, des mosaïques dessinaient des arabesques sur le sol et sur les parois pour illustrer la course du soleil. De nombreuses bougies étaient allumées dans les alcôves. Un immense brasier brûlait devant nous dans un cercle de fer. Sa fumée était aspirée par des talismans aériens et évacuée par une cheminée.

Je m'installai sur les tapis qui m'invitaient à m'agenouiller en face de ce feu magnifique. Son intensité me fit plisser les yeux. Je priai Narilah, le Maître de Toute Énergie, protecteur du Sultanat.

Il était représenté sur nos icônes par un génie à l'apparence humaine, fait de flammes et de cendres.

Certaines légendes racontaient qu'il était né de la rencontre d'une comète et du Soleil. Sa magie était celle de la chaleur, qui réchauffait le monde et permettait à la vie d'éclore. Il était le symbole de la vaillance, de la passion et du foyer.

Sa célébration s'accompagnait de rituels différents selon qu'ils étaient masculins ou féminins. Les hommes priaient l'astre solaire à son zénith, lorsque Narilah était au faîte de sa puissance. Les femmes préféraient adresser leurs louanges à l'aube et au crépuscule, quand la chaleur se faisait plus douce et réconfortante. Les sublimes nuances des couchers de soleil nous donnaient du baume au cœur. Elles étaient un signe d'amour envoyé en réponse à notre adoration.

La religion du Cercle était séparée en six courants de pensée, chacun avec son panthéon. Les marabouts étaient les gardiens de notre foi. Nous savions que d'autres dieux existaient, mais Narilah était le créateur de la magie calorique. Il était le seul à influencer notre vie à travers l'énergie rouge qui coulait dans nos veines.

Nos prières renforçaient nos sortilèges. Les prêtres nous sermonnaient pour ne pas oublier cette règle essentielle. Les infidèles étaient sévèrement punis, par les maîtres des cieux ou par les défenseurs de leur parole. Notre société était intransigeante avec ceux qui négligeaient leur devoir.

Malgré cette menace, je ne pus m'empêcher d'adresser certaines pensées à Dohr'im. Ce dieu disparu n'avait plus de croyants, mais les restes de son pouvoir m'avaient rendu la vue. Il avait trouvé sa place dans mon cœur. J'espérais que le brûlant Narilah n'en prendrait pas ombrage !

Plusieurs citoyens d'Al-Hamra psalmodiaient à mes côtés. Des regards de biais me mirent mal à l'aise. Mes ravisseurs m'avaient enlevée alors que je priais dans un autre temple en bordure de la ville… Leurs visages continuaient à me hanter.

Je n'étais en sécurité nulle part.

Je raccourcis ma litanie en espérant que le dieu de la chaleur me pardonnerait ce nouvel écart. Il était temps de m'éloigner de son brasier pour regagner les murailles du palais.

La tension demeura jusqu'à ce que les gardes aient refermé la porte de l'enceinte derrière moi. Je retrouvai mon calme et mon souffle s'apaisa. Ma migraine s'était toutefois accentuée. L'angoisse de ma mère avait-elle déteint sur moi ?

$$\int$$

Nadia m'aida à terminer les préparatifs de mon voyage sur l'Île Brumeuse. Mon amie m'accompagnait, ainsi qu'une cuisinière et deux gardes du corps. Djalil et moi étions les seuls résidents du palais à participer au Suprême et à la Quête des Talismans Totem.

Je rejoignis Djalil dans les jardins. Mon frère était impatient et tendu.

« Le moment est venu de rencontrer les djinns, dit-il avec un sourire crispé. J'espère que les génies nous réserveront un bon accueil. »

Je ressentais davantage de fébrilité que d'appréhension. J'avais hâte de rencontrer mon totem, qu'il s'agisse d'un lion ou d'un rat du désert.

Un léger attroupement s'était formé près de la mare de vif-argent. Un chapiteau en toile protégeait les courtisans du soleil. Mon ami Khaled les divertissait de sa musique. Des carafes de Nectar'Miel et des coupes de fruits confits étaient disposées sur une table à ses côtés.

Une prêtresse du Cercle nous attendait dans une tunique chatoyante. Malgré sa petite taille et son embonpoint, elle rayonnait d'une aura charismatique. Elle s'inclina dans une révérence et nous tendit deux bracelets en quartz rouge.

« Portez ces talismans au cours de vos épreuves, nous ordonna-t-elle. Ne ternissez pas la pureté de votre magie en utilisant des bijoux étrangers. Sur l'Île Brumeuse, vous serez entre les mains des dieux et des djinns. Seule votre foi en Narilah pourra vous soutenir. Ne le trahissez pas ! »

Je mis son présent autour de mon poignet. Je me débarrassai des amulettes que je portais et les confiai à Nadia. La plupart étaient munies de sorts à retardement pour pallier mes faibles connaissances en sortilèges.

Mon père avait promis de venir nous saluer. Une servante alla prévenir le sultan de notre départ imminent. Khaled accorda son luth et improvisa un air léger. Les femmes qui l'entouraient s'extasièrent de sa dextérité. Le beau jeune homme les remercia par des sourires enjôleurs. J'en conçus une certaine jalousie.

Le poète croisa mon regard. Il cessa doucement de jouer et s'approcha de moi. Avec grâce, il s'agenouilla et courba la tête.

« Pardonnez-moi, princesse, ma musique vous importune. »

Je lui tendis la main pour qu'il se relève.

« Au contraire, elle est irrésistible. »

Khaled déposa un baiser sur ma main et se releva. Il tituba et se fondit dans le groupe. Les accords de son luth avaient dissipé l'étau qui enserrait ma tête, même si j'étais troublée par son comportement. Son charme était un piège pour toute femme imprudente.

La servante revint nous apporter la bénédiction de nos parents. Le sultan était incapable de se libérer pour nous embrasser et ma mère était victime d'une nouvelle crise.

La prêtresse du Cercle nous invita à partir sans délai. Le vif-argent commençait à bouillonner. La marée approchait.

Je montai sur une barque qui m'attendait près de la berge. Le vif-passeur s'inclina profondément. Une capuche brune protégeait son visage des brûlures du soleil, comme tous les membres de sa profession. Il détacha l'embarcation et s'aida d'une perche pour gagner le centre de la mare.

Djalil et Nadia firent de même dans des canots séparés. Mon frère fixait le palais et l'Astre Rubis qui brûlait au-dessus de la coupole dorée. Il regrettait l'absence de nos parents pour un dernier geste d'encouragement.

Je saluai le groupe qui nous observait sur la terre ferme. Un large tourbillon se formait déjà autour de nous. Les barques se mirent à tournoyer comme des coquilles de noix.

Je m'agrippai au rebord de bois. Mon guide pivota vers moi.

« Avez-vous un talisman pour protéger votre passage ? »

J'acquiesçai et je lui tendis le bracelet de la prêtresse. L'homme l'observa avec attention.

« Ce bijou ne vaut rien. »

Il lança le bracelet dans le vif-argent. Le talisman disparut dans les remous.

Je me relevai avec horreur.

« Qu'avez-vous fait, malheureux ? »

Le vif-passeur rabattit sa capuche en arrière et je frissonnai d'effroi. Sa balafre en zigzag dénonçait son identité. Cet homme m'avait abandonné en sacrifice au milieu du désert !

Il m'observait d'une grimace démente. Le piège se refermait sur moi.

« Les dieux vous ont épargné lors du Jugement Dernier, dit-il d'un ton glacial. Je doute qu'ils y parviennent cette fois. L'heure est venue de partir à leur rencontre ! »

L'assassin se servit de sa perche pour me frapper aux côtes. Il me poussa à l'extérieur de la barque et je plongeai dans le vif-argent.

Le liquide visqueux m'entraîna dans sa danse endiablée. Son contact était glacé. Je ne devais pas me laisser couler !

Je me débattis pour remonter à la surface. Sur la berge, la foule s'était mise à crier. La prêtresse du Cercle lançait des éclairs écarlates en direction du vif-passeur. L'air vibrait d'une magie violente et sonore. Le tonnerre d'un orage invisible couvrait le bruit de la marée.

Un deuxième coup de perche m'atteignit à la tête. Le tourbillon m'enserra dans ses spirales. Les pans de ma djellaba s'enroulèrent autour de mon corps et m'emprisonnèrent dans leur étreinte. Le courant m'attirait vers la grotte qui s'ouvrait au fond de la mare.

L'angoisse de la mort me rappela l'exhortation du fantôme de la reine Granada. Cette femme acariâtre m'avait assommée pour que je comprenne l'importance de lutter pour ma survie, même lorsque le destin s'acharnait.

Je déchirai ma tunique avec rage. Je me contorsionnai pour m'en débarrasser. Mes poumons menaçaient d'exploser. À moitié nue, je remontai à la surface pour respirer avec urgence.

Le monde n'avait plus de sens. L'atmosphère était saturée de lumière et de magie. L'embarcation de mon agresseur avait pris feu. Soudain, une flèche écarlate traversa sa poitrine et le renversa dans le vif-argent.

Juste vengeance ! Je bénis la prêtresse pour son sortilège.

Mon plaisir fut de courte durée. La mare se déchaînait sous l'emprise d'une tempête monstrueuse. Avec l'énergie du désespoir, je nageai vers la barque de mon frère avant qu'elle disparaisse dans les grottes souterraines. La magie de Djalil l'avait déjà endormi.

Un luth en bois tomba du ciel près de moi. L'instrument flotta à la surface du vif-argent.

Seul Khaled avait pu me l'envoyer. Je me précipitai vers lui. Je savais que des talismans pinçaient l'extrémité des cordes pour permettre de l'accorder.

Le maelstrom m'engloutit au moment où je l'atteignis. Je plongeai dans les ténèbres. Mon épaule se déchira contre la pierre et mon cri de douleur se noya.

Les cristaux de quartz étaient encore chauds sous mes doigts. Je récitai en pensée la Rime Ancestrale :

> *« Je brûle et m'éblouis dans le chant des sirènes,*
> *Je rêve du parfum des cités souterraines. »*

Ma tête se cogna contre une paroi rocheuse. Je sombrai dans l'inconscience sans savoir si mon amitié avec un musicien avait sauvé ma vie.

SECONDE PARTIE

L'ÎLE DES DJINNS

INTERMÈDE

Les parois tremblèrent. La flamme d'une torche fut soufflée par un courant d'air surnaturel. La femme leva la tête et serra son burin. Elle sculptait un bloc de quartz ; une silhouette humaine se dessinait sous ses doigts.

L'artiste abandonna son œuvre et quitta la pièce avec hâte. Ses cheveux blancs flottaient jusqu'en bas de son dos. Elle murmura un sortilège et s'avança dans une galerie qui plongeait dans les profondeurs de la terre. Des marches craquelées et poussiéreuses étaient taillées dans la roche. Ses souliers frôlaient le sol sans bruit. Au loin, des accords de harpe lui parvenaient doucement.

Une voix traversa son esprit :

« Ma sœur, l'as-tu perçu comme moi ? »

Elle continua sa descente et lui répondit en pensée.

« Les grottes ont tremblé, affirma-t-elle. *Un nouveau cristal a dû tomber près du Sablier du Temps. Espérons qu'Euterpe soit indemne...*

— De nouvelles fissures sont apparues sur les tablettes des deux prophéties. Même à la surface, nous avons senti ce tremblement de terre. »

La sculptrice resta silencieuse jusqu'au bas des escaliers. Le son de la harpe s'accentua et l'enveloppa dans sa musique. Elle entra dans un sanctuaire aux parois tapissées de cristaux multicolores. Le sol était couvert d'une poussière d'ivoire.

Sa sœur jouait son éternelle mélodie. Elle portait une couronne de roses fraîches sur le front. Un sablier brisé lévitait devant elle, au-dessus d'un feu qui crépitait et éclairait la grotte de ses flammèches blanches. Trois bijoux brûlants étaient échoués dans le sable.

« Un rubis est tombé, dit-elle. *Les Messagers se rassemblent...*

— *La prophétie d'or est formelle : leur magie ne doit pas offenser les dieux ! Comment les empêcher de commettre l'irréparable ? »*

Elle se baissa pour prendre un peu d'ivoire dans sa main calleuse. Le sable froid lui arracha des larmes. Il lui rappelait l'état précaire de son dieu mourant. Leurs sacrifices ne devaient pas être réduits à néant au profit des Esprits Sauvages.

« Quelqu'un doit guider nos protégés jusqu'à leur totem, annonça l'autre.

— *Nous sommes des gardiennes. Nous ne devons pas influencer le cours de l'histoire !*

— *Nos autres sœurs parcourent le monde à la solde de nos ennemis. Qui sait de quelles trahisons elles sont encore capables ? Nous devons lutter contre elles et les esprits damnés qu'elles servent. »*

La femme lâcha sa poignée de sable. Il coula au sol et resta inerte.

Elle s'arma de courage pour remonter les escaliers derrière elle. Elle n'abandonnerait pas sa propre mission. Ses sculptures étaient le seul moyen de prolonger la vie de leur dieu.

CHAPITRE IX

La folie, de nouveau… Je ne supporte plus ces crises.

Mon amnésie est sans pitié. La barrière entre mes rêves et la réalité est si mince ! Je serais perdue sans ce journal qui me sert de mémoire. Les souvenirs s'enfuient. Seul le présent demeure, sans passé ni futur.

L'Île Brumeuse me donne encore des cauchemars. On raconte que de sombres maléfices tournoient dans ses brumes… Au temps où je m'y rendais chaque matin, les écoliers étaient les uniques responsables des sortilèges qui me prenaient pour cible.

Un jour, j'ai glissé sur les marches des gradins. Mes babouches étaient devenues aussi lisses que du verre. Cet accident faillit me coûter la vie… Tout le monde était hilare sauf les deux princesses du Royaume Végétal, Mirabella et Prunelle. Elles échangeaient un sourire en coin. Ces garces m'avaient ensorcelée !

Lamia Al'Malwib
« Mémoires d'une sultane amnésique »

Je me réveillai sur un lit recouvert de coussins moelleux et de talismans chauffants. Je repoussai mes draps de soie. J'étais indemne à l'exception d'un bandage qui enserrait mon épaule douloureuse.

Où étais-je ? Qui m'avait sauvée ?

Les tentures rouges qui faisaient office de cloisons s'ouvrirent sur Nadia. Je me réconfortai à sa vue. La jeune femme apportait des pâtisseries et une théière fumante d'où s'échappaient des arômes de menthe fraîche. Ma gorge desséchée soupira de plaisir anticipé.

Mon amie m'apprit que j'étais restée plus d'une journée dans les galeries souterraines. Mes compagnons de voyage m'avaient cru perdue… On m'avait retrouvée échouée sur la berge d'une mare de l'Île Brumeuse, les vêtements déchirés et la peau gelée.

« Votre survie est un troisième miracle, s'enflamma-t-elle. Vous avez voyagé dans le vif-argent sans talisman !

— Le luth de Khaled m'a sauvée, la détrompai-je. Sans son aide providentielle, j'aurais disparu dans les profondeurs de la terre.

— Voyons, les cristaux qui permettent d'accorder un instrument de musique ne suffisent pas à invoquer la Rime Ancestrale… Votre blessure à l'épaule montre que vous n'étiez pas protégée. »

Le souvenir de mon agression me fit frissonner. Le vif-passeur était à l'origine de ma baignade forcée. L'homme au visage balafré avait failli me noyer dans le tourbillon argenté. Il avait emporté ses mystères en périssant dans l'attaque. Le Grand Vizir avait un assassin de moins à traquer, mais il ne pouvait plus l'interroger pour trouver le commanditaire de mon enlèvement.

Nadia m'apprit que le sultan avait convoqué la guilde des vif-passeurs et condamné leur manque de sécurité. Malheureusement, leur monopole l'empêchait de les sanctionner trop durement. Sans eux, toute l'économie du pays s'effondrait. Leur réseau tentaculaire s'étendait dans toutes les cités du monde. Même le gouvernement ne pouvait pas s'attaquer à cette guilde puissante. Mon père n'avait pas osé porter ses soupçons sur l'organisation entière ; il s'était contenté de rejeter la faute sur un acte personnel et isolé.

Cette nouvelle agression prouvait selon moi que les vif-passeurs étaient impliqués ou qu'ils avaient vendu leurs sortilèges à des mercenaires. J'avais confié au Grand Vizir mes doutes sur la loyauté de ces hommes envers le Royaume Minéral. Riad avait toutes les raisons de lancer une enquête sur les terres du roi Björn, à condition d'obtenir un laissez-passer… Il devrait rivaliser d'inventivité et de diplomatie pour négocier avec le seigneur des montagnes ou, en cas d'échec, pour financer une mission d'espionnage.

Mon amie m'invita à sortir et traverser notre camp composé d'une multitude de tentes colorées. Les cinq cent mille candidats aux épreuves du Suprême étaient répartis dans des camps éphémères dressés au bord de la mer. Ce lieu était réservé au millier d'adolescents issus de la noblesse, à des degrés divers. Des drapeaux flottaient au-dessus des entrées pour indiquer les blasons de leurs propriétaires et leur pays d'origine. Les emplacements étaient établis en fonction des affinités de chacun. Autour des logements attribués au Sultanat Calorique, je n'observai que des bannières brunes, jaunes ou grises. Le Royaume Végétal avait dressé ses tentes à l'opposé des nôtres.

L'Île Brumeuse était le principal lieu d'enseignement dans le monde. Les professeurs délivraient une éducation égalitaire du point de vue des six magies, mais dans des classes triées selon le rang social des apprenants. Ils formaient une corporation puissante ; leur autorité était rarement remise en cause. Ils dictaient les seules lois qui régissaient la vie quotidienne de ces terres désolées.

L'archipel de la Mer des Paillettes comptait d'autres îles, plus petites et sauvages. Le réseau de vif-argent ne s'étendait pas jusqu'à elles. Leur colonisation était difficile et malvenue. La proximité de l'Île Brumeuse était source de superstition. La brume qui se levait la nuit était peuplée d'illusions effrayantes. Personne ne se risquait à dormir sur cette terre isolée et dangereuse…

Nadia répondit à mes craintes en m'assurant que le littoral était temporairement libéré de ce mystérieux brouillard. La magie du monde avait été bouleversée par l'explosion des Astres. Le Jugement Dernier avait fragilisé l'antique sortilège qui protégeait cette île. Les cauchemars disparaissaient pendant le premier mois de l'année, appelé à juste titre le mois de la Clémence. Ce répit nous laissait l'opportunité d'organiser les épreuves du Suprême en toute sécurité.

Je découvrais l'Île Brumeuse pour la première fois. Une lande sèche et salée se jetait aux pieds des collines qui courbaient l'horizon. Nous étions au bord de la mer. Des voiliers se balançaient dans une crique, au gré des vagues. Des bannières bleues claquaient au vent pour célébrer l'œuvre du Royaume Aquatique. Les bateaux brillaient du lustre d'un bois exotique et sombre.

J'aperçus mon premier djinn en sortant du campement. Ses contours vaporeux dessinaient une silhouette humaine qui me fit sursauter. Il flottait dans les airs comme un spectre distrait, son regard émeraude perdu en direction de la mer. Son torse était nu et ses jambes disparaissaient dans un halo de brume verte.

Les génies circulaient librement, sans Talisman Totem pour les emprisonner ! J'admirai avec émerveillement cet être de lumière. Sa beauté était stupéfiante.

Je voulus m'approcher pour l'observer davantage, mais Nadia retint mon bras.

« Les djinns sauvages sont dangereux, me prévint-elle en baissant la voix. Prenez garde à leur fourberie... Ils vous causeront des troubles s'ils sont d'humeur farceuse ou si vous leur manquez de respect. N'oubliez jamais de les flatter avec déférence, aussi méprisants soient-ils. Ils sont tout-puissants sur cette île. »

Elle m'entraîna à l'écart. Je pris sa mise en garde très au sérieux. Des rumeurs nous revenaient souvent sur des accidents survenus au cours du Suprême. L'année précédente, des adolescents avaient dû abandonner pour cause de blessures graves. Certains mauvais génies jouaient des tours aux humains.

Les épreuves avaient lieu à l'extérieur du campement. J'avais raté la première à cause de mon agression. J'y assistais en tant que simple spectatrice, mais ma curiosité était piquée au vif.

Nadia m'emmena au milieu des herbes sèches et des broussailles de la plaine. Des gradins avaient été installés pour le public et le jury. Je m'apprêtais à monter les marches lorsqu'une voix grave résonna dans mon dos.

« Bienvenue, belle princesse ! »

Je tressaillis en apercevant les contours vaporeux d'un djinn écarlate. Ses bras aux muscles saillants étaient intimidants. Des sourcils noirs et une barbe taillée en pointe accentuaient la menace qui se dégageait de cet être éblouissant.

« Ji'Ihna, pour vous servir, dit-il en s'inclinant.

— Je vous salue, puissant djinn. »

Je fis une courte révérence. Son sourire s'élargit de plaisir.

« Votre humilité est touchante. Les dieux vous couvrent de miracles. Vous êtes leur protégée, leur élue ! Vos yeux brûlent d'un feu intense et divin. Je ne suis qu'un admirateur du pouvoir qui se dégage de vos traits si charmants.

— Les apparences sont parfois trompeuses, me défendis-je. Je ne suis qu'une fragile étincelle que des hommes ont tenté d'éteindre. »

Il leva le bras en l'air. Sa main se transforma en une lance étincelante, parcourue de flammes d'un rouge plus sombre que son corps rubis. Ses yeux se rétrécirent en une simple ligne de lumière.

« Je serai le plus fervent de vos gardiens, promit-il avec force. Je brûlerai vos ennemis pour jouer avec leurs cendres ! »

Mon estomac se noua devant sa déclaration. Sa voix grondante avait réduit les spectateurs au silence. Il s'inclina et s'envola dans les airs.

Nadia laissa s'échapper un soupir de soulagement. D'un geste, elle m'invita à monter les marches des gradins.

« Ce djinn est un des génies caloriques les plus puissants, dit-elle dans un souffle. Il n'accepte aucune forme d'autorité. Il méprise ses congénères et les humains… Sa protection est une heureuse surprise. »

Nous nous installâmes en hauteur, à côté de deux cuisinières qui observaient l'examen avec des gloussements stridents. Les planches de bois étaient dures et froides. Nadia utilisa un cristal d'écorce pour en ramollir les fibres. Elle murmura « LIEGE » et ma position devint plus confortable. Mon amie était pleine de ressources. Elle me chuchota qu'elle venait de penser à *la couverture des chênes frileux.*

Les candidats se présentaient par petits groupes. Des foulards aux couleurs de leur pays d'origine étaient noués autour de leur cou et formaient un triangle dans leur dos. Je devinais le contour de numéros et de lettres. Une fois leur nom annoncé au jury, ils prenaient un talisman sur une table et s'alignaient avec discipline devant des poteaux de bois.

Je compris l'enjeu de l'épreuve lorsque des hommes amenèrent des échelles pour placer des cubes de glace au sommet des poteaux. Ils complétèrent leur dispositif par quelques bûches et des herbes sèches.

Des djinns vinrent vérifier leur travail avec minutie. Leurs contours flamboyants vibraient de magie calorique. Je sentis mon cœur battre plus fort. L'un d'eux m'appartiendrait bientôt.

Je reconnus parmi eux Ji'Ihna, mon dangereux gardien. Se proposerait-il de devenir mon totem à l'issue de la Quête ? Aurais-je la gloire de voir ce prince des génies me jurer fidélité ?

« Le jury est agacé, remarqua ma voisine. Ces génies leur font perdre du temps, alors que la liste des candidats est encore longue !

— Les djinns sont également les juges des épreuves, soupira une autre femme. Ils ont tous les droits, que ça leur plaise ou non… »

Un coup de sifflet signala la fin des préparatifs et le lancement de l'épreuve. Chacun de leur côté, les candidats enflammèrent les bûches à l'aide des talismans récupérés auprès du jury. Ce choix aléatoire forçait les étudiants à maîtriser des sorts pour chaque type de cristal.

Les citoyens du Sultanat parvinrent rapidement à allumer le brasier. Avec dextérité, ils guidèrent les flammes pour faire fondre le cube de glace sans noircir le bois lui-même, une condition nécessaire à leur réussite. Un candidat au foulard vert commit une erreur et une explosion embrasa le poteau. Il sembla surpris par la force de sa formule et tenta d'étouffer une partie du feu.

Les djinns s'approchèrent et se moquèrent de lui. L'un d'eux lança un sortilège pour accélérer encore la combustion, ce qui provoqua le fou rire de ses camarades. J'étais choquée de voir que les génies interféraient dans ces épreuves.

« Le pauvre, se lamenta ma voisine. Ils ne sont pas tendres avec lui. »

Je fronçai les sourcils. Le manque de contrôle entraînait une note éliminatoire de la part des juges. Le candidat finit par s'enfuir en courant sous les rires des djinns. Ce harcèlement me gênait, mais les membres du jury ne daignèrent pas intervenir. Leur silence cautionnait cette humiliation.

Un nouveau groupe arriva bientôt. L'examen continua tout l'après-midi.

Les génies trichaient à leur guise. Les esprits flamboyants s'amusaient avec une malice qui tournait à la méchanceté. Ils visaient particulièrement les représentants du Royaume Végétal. Contrairement à ce que je pensais, les remous politiques avaient bien des conséquences sur cette île éloignée. Leur animosité était clairement dirigée envers nos ennemis historiques.

Je me redressai sur mon siège lorsqu'un candidat aux cheveux d'or s'inclina à peine. Ses yeux bleus défièrent le jury. La raideur de sa révérence semblait due à l'appréhension comme à la colère.

« Angelo de los Calyptos, prince héritier du Royaume Végétal, annonça-t-il à la cantonade. Je prie le jury d'excuser mon origine. Elle est clairement handicapante pour cette épreuve si subtile. »

Il prit un talisman sur la table et nous tourna le dos. Il vint se camper devant un poteau et croisa les bras en attendant le début de l'épreuve.

Les membres du jury discutèrent avec animation. Allaient-ils suspendre sa candidature pour son insolence ? Je comprenais l'aigreur du prince, mais il risquait de sacrifier son Suprême à cause de son comportement.

Les djinns rirent aux éclats en entendant sa déclaration. Cinq génies se rapprochèrent de lui et lui susurrèrent des commentaires qui ne présageaient rien de bon. Ji'Ihna lui tira son foulard, un autre le bouscula un peu. Angelo resta imperturbable.

Derrière lui, le coup de sifflet lança l'épreuve.

Angelo utilisa son talisman avec parcimonie pour faire apparaître quelques menues flammèches. Sa prudence était notable. Il ne réussirait jamais à allumer le brasier avant la fin du temps imparti… Avait-il adopté une stratégie pour éviter les interférences intempestives ?

Brusquement, les cinq génies s'associèrent pour provoquer une violente décharge de magie calorique qui embrasa le poteau dans sa totalité. Le bois se noircit et le cube de glace fondit d'un coup.

Mon cœur se mit à battre de colère. Leur intervention était injuste ! Angelo venait d'échouer à son examen.

Le prince n'avait pas réagi, comme s'il s'y attendait.

Il lança un nouveau sortilège sans l'aide d'un talisman. Il puisa dans ses propres ressources de magie végétale pour entourer le poteau d'un halo verdâtre. Le bois retrouva sa couleur d'origine sous les yeux du public ébahi. Une boule d'énergie se forma à son sommet. Des plantes se mirent à croître et fleurir en dépit de l'hiver. Un bouquet de chrysanthèmes blancs ouvrit ses corolles et libéra son parfum.

« Avez-vous apprécié le spectacle ? lança-t-il aux djinns avec un sourire victorieux. Les vivants auront toujours plus d'habileté que des clowns désincarnés ! »

Ses adversaires hurlèrent et mirent le feu aux fleurs. Ji'Ihna envoya une boule de magie sur le prince qui l'écarta en se brûlant la main. Un mur de flammes l'entoura pour entraver ses mouvements. Il ne tarderait pas à servir de combustible à la fureur des génies.

« Quelqu'un doit intervenir ! criai-je avec angoisse. »

Nadia posa la main sur mon bras. Une femme s'était déjà levée du jury pour s'interposer. Ses cheveux blonds frisaient légèrement. Sa tunique rembourrée avait la couleur turquoise d'une source d'eau pure.

D'un geste vif, elle dissipa le mur de flammes sans effort apparent. La juge Thaleia s'excusa auprès des djinns avec humilité au nom de l'ensemble des professeurs. Elle calma la situation en avouant les torts d'Angelo qui s'était moqué d'eux.

« Son manque de discipline devra lui coûter son diplôme, réclama un des esprits.

— Vous n'avez pas le droit, j'ai réussi cette épreuve ! »

Thaleia ordonna au prince de se taire. Ji'Ihna, le plus grand des djinns, s'approcha d'elle en croisant les bras. Son torse semblait fait de flammes pures. Son apparence était humaine, si l'on exceptait la partie inférieure qui se perdait dans une fumée étincelante.

« Ce jeune homme nous a insultés, annonça-t-il d'une voix profonde. Nous pourrions invoquer le Jugement des Djinns pour le punir de cet affront. Au nom du respect qui nous est dû sur cette île, nous pourrions le condamner au bûcher. »

Il fit un geste du poignet et deux de ses acolytes s'emparèrent d'Angelo. Sans aménité, ils l'attachèrent au poteau par une corde surgie de nulle part. Les deux autres génies ordonnèrent aux hommes de rapporter de nouvelles bûches pour alimenter le brasier.

Le jury s'agita. La femme haussa la voix.

« Reculez ! dit-elle d'un ton menaçant. La charte du Suprême est claire : les djinns ne doivent pas blesser des étudiants, quel qu'en soit le prétexte ! »

Son adversaire sourit avec malfaisance.

« Vous êtes charmante, mais vous ne faites pas le poids. »

Thaleia frôla son Talisman Totem et une lance de glace se matérialisa dans sa main. Un halo bleu entourait l'arme. La magie aquatique pulsait de façon dangereuse.

« Reculez, répéta-t-elle, avant que je ne transperce vos maudites brumes. Vous n'en mourrez pas, bien sûr, mais vous mettrez des mois avant de reconstituer vos forces et vos pouvoirs. »

Les génies se regardèrent avec hésitation. Finalement, Ji'Ihna leva les bras au ciel en signe de soumission.

« Quel éclat de la part d'une si belle femme ! On reconnaît bien la marque des guerrières de la Jungle d'Émeraude… Je vous propose un compromis : la peur sera son châtiment. Il pourra gagner cette épreuve s'il ne crie pas pendant que ses camarades répètent la même épreuve alors qu'il est attaché au poteau. À eux de ne pas roussir la peau de ce prince impertinent. »

La femme jeta un regard à Angelo. Le jeune homme n'en menait pas large. Malgré son insolence, il comprenait le péril de sa situation.

Elle fit demi-tour pour discuter avec les autres membres du jury. Le public était suspendu à l'action qui se déroulait sous ses yeux. Le conciliabule se termina et Thaleia accepta la proposition du génie.

« Nous y apposons plusieurs conditions, dit-elle avec fermeté. Cette épreuve sera collective : tous les candidats pourront interagir. Ils auront le droit d'utiliser de l'eau pour prévenir ses brûlures. Si le prince Angelo est en danger, nous mettrons fin à l'épreuve et ils seront disqualifiés. Évidemment, les augustes djinns que vous êtes ne doivent pas intervenir. »

124

La juge fit amener un récipient qu'elle remplit d'eau à ras bord. Ji'Ihna plongea sa main dans le seau. Un nuage de vapeur apparut et il la retira avec une grimace.

« Espérons que vos candidats soient aussi peu doués que ses compatriotes, accepta-t-il de mauvaise grâce. »

Des manœuvres s'approchèrent pour disposer un cube de glace au sommet du poteau et des bûches à son pied. Le jury convoqua le groupe suivant.

La nouveauté n'était pas passée inaperçue. Cet imprévu déroutait les candidats. Je reconnus Djalil parmi eux, un turban pivoine sur la tête. Il se présenta avec angoisse et se plaça près du bûcher.

Un coup de sifflet ne tarda pas à retentir. Les étudiants débattirent entre eux de la meilleure façon de procéder. Ils s'accordèrent sur le fait que Djalil était le plus à même de réaliser cette performance en tant qu'expert de la magie calorique.

Mon frère s'avança, mal à l'aise. Angelo s'amusait de l'ironie de la situation. Attaché et impuissant, il avait un sourire de dément.

« Vas-y, Djalil ! Tes rêves deviennent enfin réalité ! »

Je soupirai. Il faisait tout pour se faire tuer.

Djalil demanda à ses camarades d'asperger Angelo avec l'eau du seau, pour l'humidifier comme pour lui imposer le silence. Le liquide fut projeté sur son visage et son corps. La main de mon frère tremblait. Il lança prudemment un sortilège pour allumer les herbes sèches.

Une simple étincelle…

Une déflagration retentit et embrasa le bûcher. Les étudiants furent brûlés par le retour de flamme et Angelo se mit à hurler.

Je me levai d'un bond avec un cri d'horreur, comme l'ensemble du public et du jury. Les djinns avaient modifié le contenu du seau !

Les génies firent soudain diversion en projetant des boules de feu sur les gradins. Les planches s'enflammèrent.

Un nuage de fumée menaça de nous asphyxier. Leur attaque sema la panique dans la foule.

Nadia me prit le bras et m'entraîna vers la sortie. Arrivée au bas des marches, je me dégageai pour m'avancer en direction d'Angelo. Un colosse rouge se matérialisa devant moi.

« Ne vous approchez pas, princesse, me sourit Ji'Ihna. Cette huile minérale est hautement inflammable.

— Êtes-vous un protecteur ou un assassin ? », m'exclamai-je d'un ton choqué.

Le génie se gratta la barbe, l'air pensif. Il ne suivait pas mon raisonnement.

Derrière lui, Djalil et ses compagnons essayaient de stopper les flammes, mais l'eau qu'ils jetaient n'avait aucun effet. Des vapeurs noires s'échappaient du brasier. Angelo se tordait de douleur sur son poteau.

Mon frère comprit que leur tentative était désespérée. Il utilisa un sortilège pour briser les liens d'Angelo et le plaqua au sol. Deux étudiants du Royaume Minéral invoquèrent leur magie pour répandre une couche de poussière sur le pauvre prince. Le garçon tremblait de tous ses membres et continuait de hurler.

Ji'Ihna grimaça avec une fausse compassion.

« L'insolence a toujours un prix », conclut-il avant de disparaître.

Ses congénères ne tardèrent pas à s'évanouir à leur tour dans les airs. Je me précipitai auprès du blessé.

Angelo était dans un état lamentable. Une fumée grise entourait son corps et l'odeur de sa peau brûlée me donna des haut-le-cœur. Je ne pouvais pas l'aider, à moins d'invoquer le Souffle des Dieux et ses propriétés de guérison… Ce pouvoir m'avait soignée d'une blessure mortelle. Nous devions mélanger notre sang pour réveiller cette force prodigieuse.

Angelo eut un nouveau spasme de douleur. Je n'avais pas le choix. Je ramassai un caillou aux bords tranchants et m'approchai de lui.

« Ne le touchez pas ! »

Une femme nous rejoignit en courant. Elle lança un sortilège qui entoura le jeune homme d'une lumière bleutée. Angelo s'immobilisa et devint silencieux.

La juge du Royaume Aquatique s'agenouilla et pencha la tête au-dessus du prince. Ses cheveux d'or pâle lui effleurèrent le visage. Thaleia était la seule à avoir affronté les djinns. Malheureusement, elle avait sous-estimé leur cruauté.

« Les flammes ne l'ont pas brûlé en profondeur, annonça-t-elle avec soulagement. Nous parviendrons à le soigner. »

Mon regard passa sur ce beau jeune homme qui était censé être mon jumeau. Ses cheveux avaient brûlé et plusieurs blessures étaient à vif. Je doutais de ce diagnostic optimiste. Allait-il seulement survivre ?

Le rire des djinns résonnait dans la plaine incendiée.

CHAPITRE X

Les djinns ne sont pas aussi farceurs et insouciants qu'ils le prétendent. Leur cœur se nourrit d'intrigues politiques dont ils détestent être les spectateurs impuissants. Ils défendent leur position avec ténacité. Leurs divergences d'opinions s'expriment sous la forme de maléfices ciblés et souvent douloureux.

Le Suprême et la Quête des Talismans Totems sont les événements majeurs de leur court passage sur terre. Ils laissent alors libre cours à leur frustration. En tant que princesse héritière du Sultanat, j'ai souffert de la cruauté des champions de la magie végétale. J'ai dormi chaque nuit dans des draps déchirés par les ronces ou remplis d'orties...

Le mois de la Clémence est bien mal nommé. L'humilité et la prudence sont nécessaires pour survivre à l'oppression de ces esprits. Ils sont aussi agressifs et détestables que certains fantômes.

Lamia Al'Malwib
« Mémoires d'une sultane amnésique »

Angelo demeura alité le reste de la semaine. Il manqua les épreuves suivantes du Suprême où les djinns montrèrent moins d'agressivité qu'ils n'en avaient eu envers lui.

L'infirmerie refusa de me laisser entrer lorsque je voulus lui rendre visite. Les guérisseuses me jetèrent des regards assassins comme si je portais moi-même une part de responsabilité dans son immolation.

« Le prince a suffisamment eu de contacts avec la magie calorique », me dirent-elles avant de refermer les rabats de leurs tentes.

Je me vexai de leurs sous-entendus. Même si mon sang battait au rythme de cette magie, j'étais révoltée par l'action des génies. Je ne cautionnais pas leur agression. Comment ces femmes pouvaient-elles me le reprocher ?

La proposition de Ji'Ihna de devenir mon ange gardien n'était pas passée inaperçue. Depuis ce jour, le djinn rouge flottait à mes côtés pour assurer ma protection. Il effrayait les nobles qui s'approchaient trop près ou les autres esprits. Son meilleur jeu consistait à lancer des boules de feu à travers le campement pour m'ouvrir un chemin dans la foule. Aux yeux du monde, notre proximité prouvait que la volonté du Sultanat s'était exprimée par un bûcher meurtrier. Je répétais à qui voulait l'entendre que nous n'avions aucune responsabilité dans cette affaire et que nous étions désolés de ses conséquences.

Cet accident causait des remords à Djalil, triste et morose. Il ne se pardonnait pas d'avoir jeté un seau d'huile sur Angelo et d'avoir allumé le brasier. Il se reprochait de ne pas avoir vérifié le contenu du récipient avant d'en asperger le prince. Les djinns lui avaient joué un mauvais tour et sa crédulité le hantait. Il s'apprêtait à passer les épreuves suivantes avec une distraction dangereuse.

Le troisième jour du Suprême se déroula dans un climat tendu. Le campement entier avait été touché par l'événement de la veille. Les juges s'étaient réunis toute la matinée pour discuter de nouvelles précautions à prendre. Par bonheur, aucun incident ne survint pendant les jeux dédiés à la magie aérienne. Les génies se montrèrent curieusement discrets. Ils avaient leurs propres lois ; la rumeur courut qu'ils avaient décidé de ne plus intervenir dans les examens.

La technicité des sortilèges était plaisante à observer. Les prodiges de certains candidats me subjuguèrent et me firent peu à peu oublier le désastre du bûcher. J'ignorais que des formules permettaient de capturer le vent ou de modifier la forme des nuages !

Rien ne dépassa l'émerveillement que je ressentis pendant l'épreuve Lumineuse, le lendemain. Les gradins avaient été démontés pour libérer de la place dans la plaine humide de rosée. Un millier de blocs de marbre avaient été dispersés dans la lande, comme si une pluie de météorites avait dévasté l'île. Le soleil creusait des ombres dans les plis et les fractures de la roche. Une armée de professeurs et d'assistants avait travaillé toute la nuit pour préparer cette épreuve.

Les spectateurs étaient nombreux. Jacassant comme des pies, ils s'étaient rapprochés des candidats qui avaient chacun choisi un rocher. Des miroirs en cristal étaient placés devant eux. Ils s'en saisirent vivement lorsqu'un coup de sifflet retentit pour donner le signal de départ.

Les étudiants passèrent la matinée à tourner autour des pierres avec leurs miroirs. Des vagues de reflets blancs jaillissaient dans toutes les directions. Leurs sortilèges leur permettaient d'emprisonner ces traits de lumière à la surface des rochers. La lande se transforma peu à peu en une constellation d'étoiles de plus en plus brillantes.

Les adolescents changèrent d'outils lorsque les rayons solaires s'intensifièrent. À l'aide d'une plume de paon, ils balayèrent les mégalithes avec précaution. Des éclats de pierre se détachèrent comme si la lumière emprisonnée avait fragilisé leur structure interne. Chacun d'entre eux révéla une sculpture différente : chevaux en pleine course, danseuses au profil délicat, dieux menaçants... De nouveaux jeux de miroirs permirent de creuser et d'adoucir leurs contours.

J'étais émerveillée. Je pensais que l'épreuve était terminée, mais les candidats se munirent soudain de prismes de verre. Ces pyramides transparentes séparaient la lumière en sept couleurs. Patiemment, ils piégèrent les rayons du soleil pour colorer les pierres comme autant de bonbons arc-en-ciel. Une courbe bleue, une ligne rouge... Les apprentis peintres créaient des centaines de variations et les ajoutaient à leur œuvre.

Leur beauté m'arracha des larmes de joie. Je rêvais d'apprendre les sortilèges qui permettaient ce miracle.

Je savais que l'Empire Lumineux s'était développé grâce à ces formules enchantées. Leurs poèmes captaient la lumière pour alimenter leurs forges et éclairer leurs habitations. Comme je venais de le constater, ils exploitaient également les reflets des minerais pour dessiner et découper toutes sortes d'objets à un prix dérisoire, des ustensiles de cuisine comme des outils industriels. Leur fabrication bon marché leur offrait un monopole sur la plupart des produits quotidiens.

Les autres magies étaient tout aussi surprenantes.

Je revis la juge Thaleia à l'occasion de l'épreuve Aquatique, le lendemain. Les bras croisés et les sourcils froncés, la grande femme blonde semblait contrariée. On racontait que les djinns caloriques la harcelaient depuis son intervention en faveur du prince Angelo, trois jours plus tôt. Ils ne lui pardonnaient pas de leur avoir tenu tête.

La juge était la garante de cet examen. Au moment où elle s'apprêtait à annoncer son lancement, un groupe de génies écarlates fit irruption dans la lande sur des chevaux imaginaires qui flottaient dans les airs. Ils traversèrent le terrain dans un nuage de poussière. Les malicieux cavaliers hurlaient des chants guerriers comme une troupe de sauvages belliqueux. Près de moi, Nadia me souffla qu'ils se moquaient des tribus qui vivaient dans la Jungle d'Émeraude et dont Thaleia était originaire.

La victime de ce pied de nez renonça à toute tentative de diplomatie. La juge invoqua des lances de glace pour les jeter sur ces esprits railleurs. Les djinns se dispersèrent dans des ricanements stridents. Thaleia reprit son sang-froid et se rassit bruyamment. D'un geste sec, elle ordonna le début de l'épreuve.

Différentes substances étaient proposées aux étudiants dans des tonneaux cerclés de fer. Ils devaient identifier la nature des liquides enfermés sans les ouvrir, puis manipuler des talismans pour vaporiser les produits et les extraire à travers les interstices des planches. La juge se fendit d'un soupir désabusé en observant Djalil faire face à une situation périlleuse. Mon frère fit exploser le contenu d'un baril et des éclats de bois le blessèrent au visage. Par chance, il rattrapa le contrôle du nuage de gaz. Il le condensa et le solidifia sous la forme d'un cube qui trônait, maladroitement, au milieu des décombres.

Il eut plus de chance pour la dernière épreuve consacrée à la magie végétale. J'y assistai avec un certain malaise, car je déplorais toujours l'absence d'Angelo. La vengeance des djinns lui avait retiré tout espoir d'être diplômé...

Le sujet de l'examen était tiré au sort. Certains candidats se débattirent pour développer un écosystème dans une serre surchauffée. D'autres durent distiller des alcools et des huiles essentielles en plongeant leurs talismans dans des cuves fumantes. À la fin de la journée, des odeurs de banane et de lavande emplissaient l'atmosphère.

Les étudiants les plus malchanceux s'attaquèrent aux secrets de la pollinisation. Leur magie devait synthétiser des arômes de fleurs et attirer des abeilles enfermées dans des ruches bourdonnantes. Beaucoup d'adolescents ne réussirent qu'à les guider vers eux. Les fragrances parasites qui persistaient dans l'air les rendaient folles ou agressives...

J'étais rassurée de me trouver à une distance respectable de leur débâcle.

Le Suprême s'acheva dans une atmosphère agitée. L'annonce des résultats provoqua des démonstrations de joie ou de tristesse. Une vague d'émotions contraires balaya la plaine. Je félicitai Djalil, mais son succès ne le dérida pas.

Une fête était organisée à l'attention des nouveaux diplômés et des nombreux jurys qui s'étaient relayés au cours de cette semaine d'épreuves. Les djinns s'éloignèrent pour fuir le bruit et l'excitation du campement. Certains se vengèrent sur les candidats qui avaient raté leurs examens et qui s'étaient isolés.

Des histoires circulèrent sur des persécutions de la part des génies caloriques, manifestement les plus agressifs. Je m'étais habituée à voir leurs boules de feu s'écraser au milieu des tentes. Par chance, la protection de Ji'Ihna m'avait épargné ces désagréments quotidiens. Le colosse apparaissait régulièrement au-dessus de moi pour effrayer les hommes comme les djinns. Ses congénères semblaient craindre son pouvoir. Aucun d'eux n'osa m'attaquer en sa présence.

La foule m'oppressait. Cette promiscuité avec des inconnus m'angoissait. Je faussai compagnie à Ji'Ihna et m'éloignai avec Nadia.

Notre marche le long de la plage nous entraîna loin du campement. Les étoiles brillaient davantage que dans le Sultanat. Des vagues s'écrasaient sur les galets dans une musique rocailleuse. Leur chant était doux et rythmé.

Un mouvement près du rivage attira notre attention. Une silhouette se découpait dans l'ombre. Un djinn ? Le ciel était vide. Personne n'était là pour me protéger.

Nadia me chuchota ses peurs, mais je refusais de faire demi-tour à cause d'un génie malfaisant. Je serrai le bras de mon amie et avançai avec résolution.

Les pieds dans l'eau, une jeune femme jetait des cailloux sur la surface de la mer. Une série de claquements marquait chacun de ses lancers à mesure qu'ils rebondissaient sur les vagues. Un léger *« plouf »* ponctuait toujours cette mélodie nocturne et invisible.

L'inconnue pencha la tête pour nous observer. Ses cheveux pâles faisaient des boucles qui reflétaient la lumière des étoiles. Un Talisman Totem en ivoire scintillait à son cou.

« Vous êtes la Princesse Aveugle, n'est-ce pas ? »

Nadia s'agita et répondit d'un ton un peu sec.

« Notre dieu l'a guérie. Trouvez un autre surnom.

« — Mon intention n'était pas de vous vexer, s'excusa l'autre. Ce miracle est une bénédiction. Comment dois-je vous appeler ? La Déesse des Sables ? L'Envoyée du Ciel ? »

Je répondis avec un sourire.

« Princesse Amira, tout simplement. »

La jeune femme acquiesça et me tendit la main.

Nadia fronça les sourcils. Depuis l'agression du vif-passeur qui avait failli me coûter la vie, le sultan avait interdit à quiconque de me toucher. Un peu surprise par son audace, je serrai sa main doucement. Sur cette plage, au cœur de la nuit, la mesure de mon père perdait son sens.

« Vous pouvez constater que je ne suis qu'une femme, déclarai-je doucement. Aucun dieu n'osera vous foudroyer pour une poignée de main.

— Trois miracles ont fait de vous une déesse aux yeux du monde. Merci pour votre humilité. Je suis Elliw Achiyuka, spécialiste des champignons de l'Empire Lumineux. »

Elle s'inclina légèrement.

Son nom ne m'était pas inconnu. Khaled m'avait conté la tragédie de la famille Achiyuka qui régnait sur le Royaume Aquatique et dont Elliw était la princesse héritière. Son oncle avait provoqué un coup d'état pour tuer son père et s'emparer du trône. La reine déchue et sa fille avaient été bannies de leurs terres.

Mon ami poète avait insisté sur la violence de cet événement. Nos relations avec le Royaume Aquatique étaient encore teintées d'une certaine retenue.

« Êtes-vous la fille de la reine Natalia ? », demandai-je.

La jeune femme resta interloquée.

Elle se détourna pour ramasser un galet sur la plage. Elle invoqua un halo bleu et le projeta d'un coup sec à la surface de la mer. Le caillou enchanté rebondit plusieurs fois avant de plonger dans les profondeurs.

« Vous êtes peut-être bien une déesse, murmura Elliw. Vous avez vécu hors du temps et enfermée entre les murs du palais d'Al-Hamra, mais vous êtes la seule à vous souvenir de mon existence. »

Princesse déchue, elle avait perdu son père et son destin. Sa vie était-elle encore menacée ? L'agression de son oncle avait brisé la jeune fille de l'époque. Son exil n'avait jamais pris fin.

« Votre histoire m'a émue, avouai-je. Je n'ose pas imaginer la souffrance que vous avez subie au cours de ces années.

— Personne ne réécrira le passé. Je m'y suis faite. »

Elle prit un autre galet et le projeta dans les flots. La force de son geste démentait son affirmation. Son deuil et sa colère ne s'étaient pas encore apaisés.

Je me baissai pour ramasser une pierre plate, un disque minéral façonné par le temps et l'érosion. Nadia laissa échapper un soupir. Elle avait compris que je comptais tenir compagnie à Elliw et l'empêcher de ruminer ses sombres pensées. Ma famille ne lui avait pas porté secours, dix ans plus tôt, et je me sentais en partie responsable.

Je lançai le caillou dans la mer. Je ne créai qu'une mélodie très courte qui se résuma à quelques éclaboussures. Je fis la grimace en constatant mon échec.

« Corrigez votre position en vous penchant davantage, me conseilla Elliw en me montrant l'exemple. Votre centre de gravité doit se déplacer vers l'arrière, pour donner davantage d'élan à votre lancer. Votre mouvement doit rester aussi horizontal que possible. »

Je retentai ma chance, sans succès. Je manquai de glisser et de tomber. Nadia me rattrapa au dernier moment avec un regard noir.

Je cherchai aussitôt un nouveau caillou. Elliw s'approcha et me tendit un galet circulaire.

« Vous ne baissez jamais les bras, n'est-ce pas ? s'amusa-t-elle. Je vais vous faciliter la tâche. Avec votre magie calorique, voici une formule bien utile pour ce jeu : **"GRENOUILLE"**. Lancez votre caillou en pensant à *des grenouilles d'écume qui bondissent et coassent sans fin.* »

Je m'exécutai et la magie entoura le galet d'un halo rougeâtre. Je le lançai avec force ; il ricocha à l'infini et disparut à l'horizon. Je sautai de joie pour fêter ma victoire.

« Elliw, vous me sauvez ! m'exclamai-je. Il ne manque plus qu'un peu de lumière. Nadia, connais-tu un sortilège pour illuminer ces pierres ?

— Certainement, dit mon amie avec prudence, mais je ne peux pas le déclamer devant une inconnue.

— Voyons, elle vient de nous offrir le sien… »

Nadia resta de marbre.

Les poèmes étaient entourés de secrets. Nous devions protéger nos sortilèges et ne pas les transmettre à tort et à travers. La loi de notre société était très stricte, car la poésie était le fondement de notre économie. Des fermiers aux alchimistes, tous conservaient précieusement leurs mots chargés de magie et en revendaient les produits. Je n'avais pas le droit d'ordonner à Nadia de bafouer cette règle essentielle. Je devais en assumer la responsabilité.

Je fis un signe à mon amie pour qu'elle me chuchote le sortilège à l'oreille. Je la remerciai d'un sourire. Elle m'avait toujours soutenue, malgré mes caprices.

« Elliw, acceptez un cadeau de remerciement pour votre gentillesse. Frottez votre caillou en pensant au *sourire nocturne du ciel* et en prononçant **"LUNE"**. Je suis certaine que vous apprécierez le résultat. »

Notre magie entoura les galets d'une brume jaune pâle. D'un seul geste, nous les jetâmes en même temps : les pierres se mirent à ricocher en dessinant des arcs de lumière au-dessus des vagues. Chaque éclaboussure provoqua une gerbe de paillettes emportées par la brise. Les courbes restèrent un instant accrochées dans la nuit, en pointant vers l'horizon, avant de s'estomper doucement.

« Vous n'êtes décidément pas une personne ordinaire, murmura Elliw. Vous prenez la magie pour un jeu, dans le seul but d'ajouter de la beauté au monde. »

Près de moi, Nadia se fendit d'un sourire et se signa le front dans un mouvement circulaire. Mon amie semblait du même avis.

La princesse déchue s'étira lentement. Mon cœur se pinça de plaisir à la vision de son Talisman Totem en ivoire.

Cette nuit marquait la fin du Suprême. La chasse aux djinns se rapprochait.

CHAPITRE XI

Les vizirs débattaient violemment de l'affaire de Specy dans la salle du trône. Mon père les écoutait en se massant les tempes.

Le gisement d'obsidiennes était un casse-tête épineux. La reine Granada nous interdisait d'extraire les bijoux présents dans le sous-sol de son royaume. Elle souhaitait instaurer une zone protégée de part et d'autre de la frontière. Son but n'était pas d'exploiter ces richesses minières à son compte, mais de nous empêcher de le faire… Une mesquinerie diabolique !

Les ministres du sultan arguaient que sa mère, la reine Orange, avait massacré notre peuple pour étendre son territoire et développer des serres horticoles. Trente ans plus tôt, Specy appartenait encore au Sultanat. Ces minerais nous revenaient de droit.

Une servante me prit soudain par le bras. Elle me houspilla d'épier les membres du gouvernement depuis les persiennes des coursives.

Lamia Al'Malwib
« Mémoires d'une sultane amnésique »

Un roulement de tambours grondait dans le village de toile. La fleur rose de l'aube s'ouvrait dans une atmosphère électrique. L'excitation était palpable.

Les excès de la veille soulignaient les traits des fêtards qui s'étaient regroupés autour des prêtres du Cercle. Les religieux expliquaient le symbolisme des trois journées de préparation spirituelle qui nous attendaient. Ces étapes successives devaient nous rapprocher des dieux et des valeurs qu'ils nous incitaient à partager avant de partir à la recherche de notre Talisman Totem : écoute, fidélité, humilité.

« *Trois jours avant de rencontrer mon totem* », pensai-je avec impatience.

Des éclairs verts me firent tourner la tête. Un groupe de djinns se frayait un passage jusqu'à nous. Brusquement, le prince Angelo fit son apparition. La magie l'entourait d'une brume scintillante – un charme de protection ? Des génies flottaient près de lui et veillaient sur sa sécurité. Au-dessus de moi, Ji'Ihna se mit à jongler avec des boules de feu, l'air de rien. Ses adversaires sourirent avec complaisance et s'armèrent de branches aux épines étincelantes. La menace se passait de mots.

L'Archidruide Séquijo s'empressa d'accueillir le prince par des effusions sincères. Comme tous les druides du Royaume Végétal, un cercle émeraude piqué d'un point blanc était peint sur son front. Il accompagna Angelo jusqu'à la rangée d'honneur où je me trouvais avec mon frère. Le jeune homme nous salua d'un geste de la tête, avec un sourire pincé à mon attention et une grimace pour Djalil.

Les guérisseuses avaient fait un travail remarquable. Son visage était intact à l'exception de ses cheveux, coupés courts. Les maléfices des djinns avaient brûlé ses belles mèches blondes. Il dissimulait sa souffrance, mais son boitillement laissait penser que ses jambes le torturaient encore. Les flammes du bûcher l'avaient principalement touché à cet endroit. Malgré cela, Angelo se tenait droit et marchait sans aide.

Son allure calma l'angoisse que je ressentais à son égard. Près de moi, Djalil relâcha un peu la tension de ses épaules, malgré la dureté qu'on lisait dans le regard du prince et de ses esprits gardiens.

L'estrade improvisée était occupée par des prêtres du Cercle. Tous les courants religieux étaient représentés. Druides, marabouts, sourciers, bonzes, chamans, devins… Leur entente pacifique était un exploit de diplomatie. Leurs divergences théologiques les opposaient habituellement dans des querelles sans fin. Des légendes contradictoires racontaient la généalogie des dieux et alimentaient leur discorde.

Le marabout Abdu était reconnaissable à ses habits intimidants. Des fourrures et des lanières de cuir étaient fixées sur ses vêtements, autant de symboles pour la force vitale et la chaleur des êtres vivants. Il s'appuyait sur une canne en os dont je préférais ignorer l'origine. Ses rituels sanglants n'étaient pas qu'une rumeur. Il lisait le passé dans les flammes des temples érigés en l'honneur de Narilah, et l'avenir dans les entrailles d'animaux sacrifiés.

Près de lui, la Devineresse du Royaume Aérien était une jeune femme avenante. Ses longs cheveux d'or pâle cascadaient dans son dos. Son sourire éclatant contrastait avec les yeux noirs du marabout Abdu. Elle nous livra les secrets de la première étape de la Quête, le *Parcours des Dieux*.

Lors du Jugement Dernier, les phénix s'étaient réveillés et avaient répandu l'énergie des Astres dans tous les royaumes. Les poussières de magie brute avaient provoqué la cristallisation de nombreux éléments naturels, qu'il s'agisse de brins d'herbe, de cailloux ou de plumes d'oiseaux. L'épreuve consistait à parcourir le monde et rapporter des talismans au gré des marées de vif-argent, sans aide extérieure. Les djinns éliraient leurs compagnons parmi les candidats les plus chanceux.

« Ces trésors se dissimulent dans tous les pays, dit-elle avec gaieté. Gardez en tête que la Grande Marée est le seul moyen de revenir ici. Les retardataires et ceux qui ne rapporteront aucun talisman seront disqualifiés pour la suite de la Quête. »

Les djinns n'intervenaient pas dans cette recherche. Ils étaient prisonniers de cette île. J'étais rassurée, car j'éprouvais de la méfiance à l'égard de leurs farces.

« *L'écoute* est la clé du succès, reprit la devineresse. Soyez attentifs aux signes que vous enverront les dieux. Les marées de cette journée ne sont pas ordinaires : observez leurs reflets et leur humeur ! Si votre cœur est pur, elles vous guideront vers la gloire. L'objectif de ce parcours est d'ouvrir votre esprit au monde qui vous entoure. »

Un grand fracas ponctua son discours. Derrière elle, un geyser s'échappa de la mare de vif-argent. La foule recula prudemment. Des étincelles jaillissaient le long des vagues et dessinaient les contours du tourbillon provoqué par la marée. Le liquide changeait sans cesse de couleur et de luminosité. Ses reflets semblaient pris de folie.

En début d'année, les Astres avaient peu d'influence sur ces rivières souterraines. Ce phénomène inhabituel montrait qu'ils atteignaient désormais une taille critique, suffisante pour que leur force d'attraction se fasse sentir jusqu'à l'Île Brumeuse. Une lutte subtile se jouait entre eux. Lorsque le vif-argent se parait de vert, les voyageurs étaient attirés vers le Royaume Végétal ; quand le rouge dominait, le Sultanat Calorique leur ouvrait les bras. La destination des marées n'était plus aussi aléatoire qu'en temps normal.

Une seule barque avait été apprêtée alors qu'un millier d'adolescents attendaient le signal de départ. Avec emphase, le marabout m'appela pour commencer ce voyage. Il désigna le ciel à l'aide de son inquiétante canne en os.

« Princesse Amira Al'Malwib, les dieux ont fait de vous leur élue, annonça-t-il avec force. Par trois fois, ils ont protégé votre vie. Leurs miracles sont une preuve de leur amour. Approchez pour inaugurer leur Parcours ! »

Je dissimulai mon anxiété d'être ainsi le centre de l'attention. J'étais gênée par ce prétendu privilège.

Au moment d'enjamber le bord de la barque solitaire, je glissai malheureusement sur un carré d'herbe humide. Mes babouches se dérobèrent et je tombai en arrière. Ma tête évita de justesse un rocher qui pointait du sol et qui m'érafla l'épaule.

Un prêtre m'aida à me relever sous les rires étouffés de la foule. Je maudis la rosée scintillante qui venait de m'humilier. Le grésillement d'une boule de feu se fit entendre derrière moi – sans doute un rappel à l'ordre de Ji'Ihna.

Je détachai l'embarcation et m'y blottis avec le reste de ma dignité. Je regrettais de m'être donnée en spectacle devant mille adolescents goguenards. Ils se moquaient de la maladresse d'une prétendue déesse. Mon nouveau statut ne m'évitait pas le jugement sans pitié de mes pairs… Je préférais vite oublier cet épisode gênant.

Je murmurai la Rime Ancestrale pour m'échapper au plus vite de ces innombrables regards. Mon corps s'engourdit sous l'effet du sortilège. La marée m'emporta dans les profondeurs de la terre. L'obscurité était réconfortante.

$$\int$$

Je perdis toute notion de temps. Lorsque les rivières me ramenèrent à l'air libre, j'ignorais la durée de mon voyage comme ma destination.

Le soleil s'était levé, mais les nuages m'empêchaient d'estimer sa hauteur. Je n'avais qu'une journée pour parcourir le monde et revenir avec des cristaux créés au cours du Jugement Dernier. Je m'empressai de tirer la barque sur la berge.

Une prairie s'étendait autour de moi. Des traces de givre couvraient l'herbe grasse d'une multitude de diamants blancs. Une brise insidieuse me glaçait le corps. Je resserrai la veste qui me protégeait du froid. J'invoquai l'énergie de mon bracelet pour émettre un peu de chaleur.

Des grognements me firent tourner la tête. Non loin, une silhouette humaine produisait des bruits gutturaux. J'entendais des gammes montantes et descendantes.

Quel musicien se cachait là ? J'avançai dans la direction de ces vocalises inattendues. Ma tunique fut rapidement mouillée par l'humidité de la végétation qui m'arrivait aux genoux. Mes babouches n'étaient pas adaptées à cette traversée sauvage.

Je hélai l'inconnu pour attirer son attention. Un djinn doré se retourna et flotta dans les airs pour me rejoindre. Il pencha la tête avec surprise.

« Êtes-vous perdue ? »

Mon cœur s'arrêta. Les génies ne s'éloignaient pas de l'Île Brumeuse ! Je n'avais donc pas quitté ces terres enchantées.

« Sans doute, avouai-je avec dépit. Ma présence ici est une erreur. »

Je me dépêchai de faire demi-tour et de revenir au bord du vif-argent. Un temps précieux s'était déjà écoulé. La magie des phénix n'atteignait pas les berges de cette île ; aucun talisman ne s'y dissimulait.

Le djinn doré me suivit avec curiosité. Je remis la barque à flot pour attendre patiemment la prochaine marée. Les prêtres nous avaient assuré que leur fréquence était exceptionnellement augmentée et que nous n'aurions pas de mal à nous déplacer.

Pourtant, aucune vague ne vint troubler la mare. Le vif-argent resta d'un calme absolu.

Le génie m'observait depuis la terre ferme en croisant les bras. Il hésitait à intervenir et se contentait de hocher la tête de gauche à droite.

« Dites-moi que vous n'êtes pour rien dans cette mauvaise plaisanterie ! m'agaçai-je.

— Aucunement, chère enfant. Les pouvoirs du vif-argent me dépassent. Je peux seulement constater qu'il refuse de vous conduire en dehors de ce lieu. »

Je levai les bras au ciel.

« Ce n'est qu'un liquide sans âme ! Le vif-argent ne *pense* pas. Il obéit à des lois rationnelles, comme l'eau salée des océans sous l'attraction de la lune. Ses propriétés magiques ne le rendent pas plus vivant que le bois de cette barque. »

Un léger bouillonnement se fit entendre, comme à l'approche de la marée. Les bulles disparurent cependant aussi vite qu'elles étaient venues. Fausse alerte.

« Ne l'insultez pas, me reprocha le djinn. Il est bien plus susceptible que nous autres esprits… Je doute qu'il accepte désormais de vous transporter. »

Je me méfiais des mensonges de cette silhouette flottante. Les djinns avaient la fâcheuse tendance de déformer la réalité pour mieux l'adapter à leurs intérêts. Ils avaient joué de nombreux tours aux candidats du Suprême… Pourquoi celui-ci aurait-il été différent de ses congénères ? Je ne pris pas ses menaces au sérieux.

Il haussa les épaules et s'éloigna pour terminer ses vocalises.

$$\int$$

Je patientai une bonne heure. Le ciel se couvrit de nuages menaçants. La pluie ne tarderait plus à tomber.

Je rongeais mon frein. L'angoisse de l'attente commençait à être insupportable. Aucune marée ne venait me libérer de cette prairie inhabitée. Je risquais fort d'échouer dès la première étape de cette Quête.

Que diraient mes parents en apprenant cet échec cuisant ? Mon père comptait sur ma réussite pour renforcer l'emprise de notre famille sur le Sultanat. Les miracles qui m'avaient touchée lui permettaient de légitimer sa politique, puisque sa propre fille était l'élue des dieux. Quel serait l'accueil du sultan si je revenais bredouille de ce rituel ? Il invoquerait sans doute la cécité qui m'avait empêchée de manier la magie pendant mon enfance, mais sa déception serait profonde.

Je devais rentrer avec un bijou merveilleux autour du cou. La possession d'un Talisman Totem et de son génie était un trésor dont je rêvais depuis ma guérison. J'étais impatiente de rencontrer celui qui accepterait de se lier à moi pour le restant de ma vie. Je doutais que le brûlant Ji'Ihna soit le compagnon spirituel le plus approprié, malgré son ardeur à me protéger à tout prix. Sa brutalité et sa cruauté ne trouvaient aucun écho dans mon cœur.

J'avais découvert que ces esprits ne correspondaient pas à l'idéal que je m'étais fait d'eux. Ils étaient le reflet des humains qu'ils côtoyaient : la diversité de leurs caractères était aussi vaste que la nôtre. Je ne devais pas m'étonner de croiser des êtres agressifs, timides ou lunatiques.

Le djinn doré, qui se nommait Ji'Gu, s'était rapproché de la berge. Son chant s'était tu. Il jouait avec les brumes de son corps pour ajouter des ailes angéliques dans son dos ou matérialiser des oiseaux. Ses créations s'échappaient de lui en virevoltant dans les airs. Lorsqu'elles s'éloignaient trop, ces œuvres éphémères se désagrégeaient et retournaient à l'état de vapeur informe. Elles glissaient dans le vent pour revenir se fondre dans son corps. J'ignorais à quel point ces illusions étaient réelles.

Avec un soupir, je regagnai la terre ferme pour me dégourdir les jambes. L'air humide me gelait le corps.

Ji'Gu fit preuve de sollicitude à mon égard. Il m'assura que la chasse aux talismans était rapide et que rien n'était encore perdu. Hélas, la journée avançait et mon retard n'augurait rien de bon pour la suite des épreuves.

« Cette situation n'est pas ordinaire, admit-il. Seuls les dieux ont le pouvoir de vous exclure de leur Parcours. Leurs signes doivent être pris au sérieux. Avez-vous songé que vous n'étiez peut-être pas exclue par hasard ? L'attitude du vif-argent peut traduire leurs augustes volontés… »

Ji'Gu me raconta que d'autres adolescents échouaient à cette quête dès la première étape. Les dieux les empêchaient d'accéder à la puissance des Talismans Totem.

« Certains sont trop jeunes ou trop immatures, expliqua-t-il. Sans vouloir vous vexer, d'autres n'ont pas les qualités ou la sagesse requise. Les dieux ont leurs favoris et leurs boucs émissaires ; ils détestent particulièrement les païens et les athées. »

Je lui assurai que ce n'était pas mon cas. Je priais quotidiennement Narilah. De quelles qualités étais-je donc privée ? Les paroles du génie me choquaient.

Alors que je méditais ses insinuations, la mare se mit à bouillonner. Pleine d'espoir, je m'empressai de sauter dans mon embarcation. Le vif-argent avait-il entendu mes pensées ?

Un tourbillon se forma. Soudain, un geyser jaillit du centre et renversa ma barque. Le liquide argenté me glaça les os et m'engloutit un instant. Lorsque je remontai à la surface, tout mouvement s'était stoppé. La marée était repartie sans m'emporter.

Un cri me fit tourner la tête.

« Maudits dieux ! Persécuteurs ! »

Un adolescent blasphémateur avait été jeté sur la berge. Il essuya la terre qui maculait son visage et se leva en boitillant. Ses cheveux d'or et ses yeux bleus étaient reconnaissables entre tous.

« Prince Angelo ! »

Le jeune homme m'aida à sortir de la mare. Je lui expliquai que j'étais piégée ici depuis le début de la journée. Aucune marée ne me permettait de voyager.

« Les dieux n'ont aucune pitié, conclut-il, ou ils sont impuissants à contrer la malice des djinns.

— Montrez-nous davantage de respect, menaça Ji'Gu. Nous sommes des êtres de pure magie. Cette quête demande de la sagesse. Êtes-vous certains d'en posséder suffisamment ?

— Davantage que les mauvais génies de cette île », marmonna-t-il avec mépris.

Sa rencontre avec Ji'Ihna et son bûcher le rendait méfiant envers ses congénères. Le prince se tourna vers moi.

« Je me méfie aussi des phénix, dit-il plus sérieusement. Ils sont prisonniers des Astres, mais je crains que leur emprise sur les marées de vif-argent nous empêche de trouver nos Talismans Totem. Même réduits à l'état de cendres, ces oiseaux de malheur nous cherchent encore des ennuis ! »

Le phénix Végétal s'était matérialisé près de nous pendant le cataclysme du Jugement Dernier. Il avait tenté de détruire notre abri avant de s'enfuir dans un tourbillon émeraude. Je préférais oublier ces dangereux volatiles et leurs menaces.

Je l'aidai à sécher ses vêtements mouillés. Je murmurai **« PIMENT »** et tendis la main vers lui en songeant *à l'explosion brûlante d'une arme épicée*. Une étincelle s'échappa de ma paume et vint tournoyer autour de lui. Angelo secoua les bras comme s'il avait trop chaud. Avais-je mal dosé mon sortilège, encore une fois ?

« Par tous les dieux ! s'écria Ji'Gu avec horreur. Votre étincelle est rose ! »

Le djinn doré recula, terrifié.

« Votre exil prend tout son sens maintenant : vous êtes une Impure ! Fuyez la colère des dieux, car ils vous tueront avant la fin du jour ! »

Le djinn se transforma en une nuée de corbeaux qui s'éparpillèrent dans les airs. Leurs croassements lugubres emplirent l'air et me glacèrent d'effroi.

Au-dessus de nous, le ciel s'assombrissait encore. La prairie qui nous entourait ne recelait aucun abri à l'orage qui s'annonçait. Quels dieux vengeurs se cachaient dans ces nuages noirs ?

CHAPITRE XII

Je suis encore restée seule aujourd'hui. Le monde entier a oublié qu'une sultane se cache dans l'ombre de l'Astre Rubis... Ou bien personne ne cherche la compagnie d'une folle ?

J'aurais pu raconter à mes visiteurs le souvenir d'un grand voilier bleu. La reine Natalia Achiyuka discutait avec mes parents. Elle s'attristait d'un conflit entre le roi et son frère Aldirus. J'écoutais d'une oreille distraite. Je n'avais d'attention que pour le ventre proéminent de notre hôtesse. Être enceinte était si disgracieux ! Pourquoi ne plongeait-elle pas dans le vif-argent pour confier son bébé aux dieux, jusqu'à sa naissance ?

Soudain, un marin surgit avec un talisman dans la main. Il lança un sortilège qui traça une ligne de feu sur la robe de la reine. Un garde se jeta sur lui, mais il eut le temps de sauter du pont pour s'enfuir. Personne n'arrivait à éteindre le brasier. Ses flammes violettes absorbaient notre magie.

L'agresseur était un Impur ! Notre impuissance était terrifiante.

Lamia Al'Malwib
« Mémoires d'une sultane amnésique »

La magie calorique était en théorie d'un rouge écarlate. Je lançai un autre sortilège pour constater que la mienne était devenue rose fuchsia. Cette couleur inhabituelle avait perturbé Ji'Gu.

Que se passait-il ? Je n'avais jamais entendu parler d'une telle altération. Angelo était touché par le même phénomène. Son étincelle était d'une nuance plus pâle, vert anis au lieu d'être émeraude.

Le prince haussa les bras au ciel avec aigreur.

« Il ne manquait plus que ça, marmonna-t-il. Les dieux se moquent de moi ! On me ligote dans une forêt, on m'attache à un bûcher, et maintenant on empoisonne ma magie ! »

Les Impurs avaient accès à une facette altérée de leur magie initiale qui pouvait faire d'eux d'excellents assassins. Ils étaient capables de parasiter les talismans par des formules toxiques ; une énergie souillée suintait des cristaux contaminés et alimentait des sortilèges destructeurs. Pourchassés, ils ne trouvaient aucune porte ouverte sur leur chemin. Leur propension au crime alimentait la peur et la colère de la population.

Angelo m'apprit que l'homme qui m'avait poignardé dans ma chambre souffrait de cette tare dangereuse et se prénommait Robulus. Je frissonnai en repensant à ce terrible instant où j'avais senti ma vie s'échapper.

L'Impureté était dévoilée pendant la Quête. La majorité de ses victimes n'y survivaient pas. On racontait que les dieux eux-mêmes se lançaient à leur poursuite pour les transformer en talismans de cristal. Plus pragmatique, je supposais que ces adolescents infortunés disparaissaient dans la nature pour ne pas subir l'exil de leur peuple ou une exécution sommaire.

« Voyons le bon côté des choses, déclara mon compagnon avec cynisme. Nous allons vérifier la légende qui fait peur aux enfants. »

Ses paroles nous rappelèrent les secrets qui nous liaient depuis notre naissance. J'avais volontairement occulté les mystères de Dohr'im pour retrouver mon rôle de princesse du Sultanat Calorique. Notre étrange gémellité se dressait désormais entre nous, alors que nous étions piégés dans une prairie déserte. Je ne pouvais plus fuir cette vérité.

Avec prévenance, Angelo m'invita à m'asseoir sur un rocher.

Il me confirma la réalité du rêve qui m'avait entraînée sous un dolmen d'une forêt éloignée, pendant que les phénix libéraient leur colère. Nous étions jumeaux… Des siècles plus tôt, trois Oracles avaient lancé un puissant enchantement pour préserver le Souffle des Dieux et provoquer notre naissance.

Nous étions liés par cette force prodigieuse. Elle avait guéri ma cécité, un miracle qui avait bouleversé ma vie. Nous avions tenté d'y recourir à nouveau au cours d'un rêve partagé, mais le résultat avait été désastreux : nous avions détruit la représentation onirique du Mausolée Blanc par un ouragan de magie.

« Nos ennemis ont peur de notre puissance, affirma le prince. Nous devons tous nos ennuis à cette malédiction.

— Je ne regrette pas l'intervention des Oracles. Sans le Souffle des Dieux, je serais toujours aveugle.

— Ce pouvoir menace notre existence. Oubliez-vous les Esprits Sauvages qui nous pourchasseront dès qu'ils sentiront le retour de cette magie perdue ?

— Ils ignorent notre lien de parenté. Comme le reste du monde, ils ne voient que les miracles qui m'entourent. Ma célébrité attire leur attention et la détourne de vous. Je suis convaincue qu'ils me prennent pour l'élue de Dohr'im, alors que nous devons mélanger notre sang pour invoquer le Souffle des Dieux. »

Le prince hocha la tête et recula.

« Ne comptez pas sur moi pour réitérer cette expérience, gronda-t-il. Nous ne devons pas leur dévoiler ce secret. Seule la discrétion peut nous sauver. »

Je fronçai les sourcils. Sa naïveté me peinait.

« Permettez-moi d'en douter, nuançai-je. Nos ennemis ne s'arrêteront pas avant de nous avoir éliminés. Notre seule chance est d'apprendre à utiliser notre magie pour protéger nos vies. »

Je lui tendis la main avec un geste d'invitation. Angelo regarda ma paume comme s'il s'agissait d'un serpent venimeux.

« Sûrement pas, renonça-t-il en se levant. J'ai assez joué avec le feu ! Nous devons d'abord comprendre comment le contrôler avant de détruire le monde. Ma grand-mère peut nous guider vers le repaire des Filles de la Lune, sur une île de l'archipel de la Mer des Paillettes.

— Ces prophétesses qui nous envoient des menaces de mort ? C'est une plaisanterie ?

— Leurs secrets nous aideront à déchiffrer ces mystères. Elles pourraient même nous débarrasser de cette malédiction. »

Atterrée, je me redressai pour lui répondre.

« Sans vouloir vous vexer, est-ce de la lâcheté ou de l'égoïsme ? Les Oracles ont sauvé la seule arme capable de lutter contre des esprits machiavéliques qui tentent de se réincarner. Ne voulez-vous pas comprendre qui ils sont et pourquoi ils nous craignent tant ? »

Il haussa les bras au ciel.

« Ce n'était qu'une suggestion, lança-t-il pour sa défense. Je pense qu'il est dangereux d'invoquer la magie de Dohr'im sans savoir comment la contrôler. Attendons d'en savoir plus avant de nous précipiter et de le regretter.

— Les Filles de la Lune ne sont pas de simples diseuses de bonne aventure. Elles préféreraient nous tuer plutôt que de nous laisser découvrir notre héritage. Autant se jeter dans la gueule du loup ! »

Au-dessus de nous, l'orage éclata soudain et mit fin à notre incartade. Une pluie battante commença à tomber.

Nous fûmes contraints de retourner la barque en bois et de nous réfugier en dessous. Angelo invoqua sa magie végétale pour faire pousser un arbuste et la maintenir inclinée. La lueur vert pâle qui s'échappa de sa paume lui arracha une grimace désabusée. Les branches continuèrent leur croissance jusqu'à enserrer les planches avec force.

J'utilisai mon propre talisman pour réchauffer l'atmosphère de notre abri de fortune et nous protéger de la pluie. Notre humeur sombra malgré tout.

Un silence tendu s'installa.

Cette journée était un échec complet. L'inconfort de notre situation n'était qu'un à-côté anecdotique. Nous allions échouer à la première épreuve de la Quête. Par ailleurs, Angelo envisageait de se débarrasser de la magie qui nous animait tous les deux... Oubliait-il les miracles permis par le Souffle des Dieux ? Il m'avait rendu la vue. Je pensais, à tort, qu'il partageait mon émerveillement pour ce précieux cadeau.

Le temps passa, sans amélioration des conditions météorologiques. La pluie tambourinait contre les planches de bois dans une musique lancinante.

Mon compagnon d'infortune s'était recroquevillé contre l'arbuste. Angelo serrait ses jambes entre ses bras et dodelinait légèrement la tête. Lorsqu'il finit par s'assoupir, les muscles de son visage se détendirent.

La tentation était forte de passer outre son refus d'invoquer la puissance de notre magie commune. Je devais trouver une solution à notre impasse... Nous devions partir d'ici et collecter des talismans. Devais-je échouer à cette épreuve par la faute d'un adolescent incapable d'accepter la transcendance de son destin ?

Convaincue du contraire, je m'approchai lentement.

Plusieurs fois, je crus qu'Angelo allait se réveiller. Je finis par atteindre sa main et la prendre dans la mienne avec délicatesse. Nous devions mêler notre sang pour invoquer le Souffle des Dieux, mais lui couper la main n'était pas une option raisonnable... Le prince ne se remettrait pas d'un tel réveil.

Ma paume avait été égratignée par ma récente chute. Je priai pour que cela suffise. Doucement, je plaçai mes doigts autour de ceux d'Angelo et fermai les yeux.

L'urgence de notre situation méritait les plus étranges expérimentations. Je créai une étincelle de magie rose dans le creux de ma paume, en visualisant une marée de vif-argent qui nous transportait en dehors de l'Île Brumeuse.

Un frisson me parcourut le bras.

J'attendis avec anxiété une tempête ou un cataclysme. Rien ne vint.

Je rouvris les yeux après quelques minutes. La pluie s'était arrêtée. Un grand soleil resplendissait à l'extérieur.

Surprise, je lâchai la main du prince endormi et sortis de notre abri improvisé. Des montagnes enneigées avaient surgi de nulle part. En lieu et place d'une prairie d'herbe grasse, je me trouvais désormais sur le flanc escarpé d'un massif rocheux. Je me retournai pour prévenir Angelo.

Il avait disparu et la barque avec lui.

J'étais entourée de pierres et de congères. La glace avait étendu son empire sur l'ensemble du versant. Les rayons du soleil étincelaient sur les cristaux gelés.

Étais-je en train de rêver ? J'étais consciente et libre de mes mouvements, mais je ne ressentais pas le froid. Des animaux avaient laissé des empreintes de sabots et de pattes griffues dans la neige. Un peu plus loin, je repérai des marques plus profondes et fraîches qui ne pouvaient provenir que de chaussures humaines. Je suivis le chemin qu'elles indiquaient en espérant trouver de l'aide.

Ce voyage avait un aspect réel qui me perturbait. Les détails du paysage étaient trop précis pour un simple rêve. Je n'avais jamais vu de neige auparavant : comment avais-je pu l'imaginer ? Les contes de Khaled ou des autres poètes ne suffisaient pas à l'expliquer.

La magie de Dohr'im s'était manifestée sous une nouvelle forme. Étais-je de nouveau sur le point de rencontrer les Oracles ? Ces trois femmes avaient-elles un message à me transmettre ?

Une silhouette humaine se déplaçait un peu plus loin. Des rochers dissimulaient un adolescent accroupi. Il me tournait le dos et tentait de décrocher une stalactite à mains nues. Ses efforts étaient vains.

« Essayez de la briser avec un caillou. »

Le jeune homme sursauta et tomba en arrière.

« Excusez-moi, je ne voulais pas vous effrayer ! »

Il se releva avec maladresse et secoua ses vêtements couverts de paillettes blanchâtres. Il avait des yeux bleus et des cheveux couleur d'ébène. Ses sourcils noirs accentuaient la finesse de son visage. Ce jeune homme avait beaucoup de charme.

Il passa la main dans ses cheveux d'un air gêné.

« Je ne vous ai pas entendue arriver, avoua-t-il. J'étais trop concentré pour décrocher ce talisman. »

Je regardai la stalactite d'un œil neuf. Un halo gris scintillait le long du pic de glace. Il s'agissait d'un morceau de quartz.

« L'explosion des Astres a des effets jusqu'aux régions les plus reculées, expliqua-t-il. Des cristaux de magie ont été créés dans tous les royaumes. Je dois en trouver d'autres avant la fin de la journée pour réussir la première étape de la Quête des Talismans Totems.

— J'aimerais tant vous imiter... »

L'adolescent me sourit avec gentillesse.

« Pourquoi un fantôme en aurait-il besoin ? »

Ses paroles me forcèrent à examiner la situation avec lucidité. Je ne m'enfonçai pas dans la neige pour une très bonne raison : je n'avais plus d'enveloppe charnelle. Mon corps était aussi transparent que celui d'un spectre.

« Ce n'est qu'un rêve, murmurai-je. En réalité, je suis piégée sur l'Île Brumeuse en plein orage, avec pour seule compagnie un garçon entêté. »

Je tendis le bras pour toucher la pierre. Ma main passa au travers.

« La foudre a dû vous tomber dessus, s'excusa l'adolescent.

— J'espère bien que non ! rétorquai-je. Je ne veux pas rater la chasse aux djinns ! »

Son air peiné me serra le cœur.

« Je peux ramasser des talismans pour vous et votre compagnon, proposa-t-il. Ainsi, vous pourrez partir en paix. »

Je lus dans ses yeux ce qu'il prenait pour une vérité : il me croyait morte. Il souhaitait soulager ma peine pour me laisser rejoindre le royaume des dieux. J'avais agi de même pour Tamir, le marchand de dattes.

Il détacha plusieurs cristaux de glace et les rangea dans une sacoche qu'il portait en bandoulière. Il m'invita à le suivre sur le chemin de crête. Le vent soufflait à travers moi. La sensation était étrange…

La vue était splendide. Les pics enneigés dessinaient un tableau en noir et blanc, parfaitement silencieux. Un nuage en forme de lentille s'accrochait sur la plus haute des cimes. Il amorçait sa descente dans les vallées endormies.

Le jeune homme traversa un éboulis avec précaution. Des pierres roulèrent sous ses pas et dégringolèrent loin en contrebas. Il avança lentement, presque assis au milieu de la pente. Sa respiration haletante formait de la buée devant lui. J'espérais ne jamais l'imiter dans cette dangereuse expérience. Flotter dans les airs avait ses avantages !

Il finit par atteindre une grotte étroite qui déchirait le flanc de la montagne. Il essuya la sueur de son front avec soulagement.

Un rai de lumière s'infiltrait dans les interstices de la roche. Il éclairait une minuscule mare de vif-argent, un miroir liquide caché dans le sol de pierre. Elle était parcourue d'éclairs de couleurs vives qui témoignaient de la lutte de pouvoir des Astres.

Je m'accroupis pour l'effleurer des doigts. À son contact, des étincelles explosèrent à sa surface et me blessèrent. Je reculai brusquement en fermant mes paupières.

Lorsque je rouvris les yeux, la pluie était revenue. Les gouttes d'eau frappaient la barque qui nous servait d'abri. Angelo somnolait toujours. Je lâchai sa main avec gêne.

Avais-je vraiment provoqué un rêve ? La magie de Dohr'im avait des ressources cachées… Les montagnes enneigées semblaient si réelles ! Je doutais d'avoir pu inventer un paysage avec un tel niveau de détail.

J'avais déjà vécu une expérience semblable lors du Jugement Dernier. À l'approche du cataclysme, j'avais quitté mon corps pour rejoindre Angelo et le fantôme de sa grand-mère. La reine Granada pensait que ce voyage astral était lié à notre gémellité, mais je savais désormais que Dohr'im était la clé de ce mystérieux phénomène. Le Souffle des Dieux n'était pas son unique héritage. D'autres formes de sa magie perdue avaient survécu au passage des siècles.

Cette certitude me gonfla d'espoir. Je devais retrouver le chercheur de talismans et le guider jusqu'à nous.

Avec précaution, je repris la main du prince. J'invoquai une étincelle de magie et me concentrai sur le charmant visage du jeune homme de mon rêve. Avec confiance, je me laissai m'endormir…

Un éclair m'aveugla et je détournai le regard.

Lorsque l'éclat de la lumière diminua, le paysage avait de nouveau changé. Je flottais au-dessus d'une plage de sable fin. Les vagues de l'océan s'écrasaient sur le rivage dans un roulement régulier. Un chœur de mouettes tournoyait sur les flots et emplissait l'air de leurs cris perçants. L'atmosphère invitait à la détente et à la contemplation.

Je souris en apercevant l'adolescent aux cheveux noirs. Il longeait la grève, le dos courbé, et inspectait la ligne de coquillages échoués sur le sable. Je l'appelai pour ne pas l'effrayer. Ma prévenance ne l'empêcha pas de sursauter à ma venue.

« Encore vous ! s'écria-t-il. Je vous pensais partie pour de bon.

— Je reviens souvent d'entre les morts, commentai-je avec humour. On ne se débarrasse pas de moi aussi facilement. »

Le pauvre bredouilla des excuses. Il n'avait aucune chance de comprendre mon allusion. Gênée par sa réaction, je m'empressai de le rassurer.

Pour me prouver qu'il ne m'avait pas oubliée depuis notre dernière rencontre, il ouvrit sa sacoche remplie de talismans en trois exemplaires. Il ne lui manquait que ceux du Royaume Aquatique pour compléter sa collection et s'attirer les faveurs des djinns les plus puissants.

Je me plaçai à ses côtés pour rechercher les derniers cristaux. Le soleil descendait à l'horizon. Le temps avait coulé de façon inégale, comme dans tous les rêves.

Je repérai rapidement un scintillement inhabituel dans le sable. Je l'indiquai à mon compagnon, qui fouilla à l'aide d'un bâton et déterra un coquillage effilé. Un halo de magie pulsait autour de lui.

« C'est un couteau, dit-il. Il dépassait à peine du sol, vous êtes douée ! »

Je balayai son compliment avec un sourire gêné. Nous reprîmes la recherche de plus belle. Je détectai bientôt une porcelaine nacrée et une coquille en spirale. À chaque fois, je remarquai les étincelles caractéristiques des talismans. Cette chasse au trésor était plaisante !

Le garçon fit une moue admirative. Il m'assura que ce talent n'était pas à la portée de tous. Déceler les cristaux perdus dans la nature demandait une excellente intuition, même au cours d'une journée où les dieux intervenaient pour nous guider. Mon ancienne cécité m'avait-elle rendue perceptive au moindre détail ? Je gardai mes pensées pour moi.

La proximité de l'océan était apaisante. Nous restâmes silencieux sur le chemin du retour jusqu'à trouver une mare de vif-argent cachée derrière une dune. Je me tins à bonne distance du liquide argenté.

« Dites-moi où vous rejoindre, m'invita l'adolescent. Je vous amènerai ces talismans que vous avez contribué à trouver.

— Nous sommes dans une prairie déserte de l'Île Brumeuse. Je suis incapable de vous décrire précisément cet endroit.

— Il me suffira de demander de l'aide. Je maîtrise le sortilège du vif-passage. »

Sa remarque me refroidit. Était-il à la solde de mes ennemis ?

L'enjeu me poussa à prendre le risque de l'amener jusqu'à nous. Je lui détaillai l'étendue d'herbe grasse, la barque retournée et les deux adolescents réfugiés en dessous.

Le jeune homme me garantit que cela suffirait à le guider dans les rivières souterraines. Lorsqu'un tourbillon se forma pour annoncer la prochaine marée, il invoqua sa magie et se glissa dans le vif-argent.

Avec appréhension, je me contentai d'effleurer sa surface… Des étincelles me brûlèrent et je reculai d'un coup.

∫

Mon épaule buta contre une planche de bois. J'avais réintégré mon corps de façon brutale, comme réveillée en sursaut.

« Bien dormi ? »

Je bondis une deuxième fois. Angelo me dévisageait, les bras croisés sur sa poitrine.

« Vous avez tenté d'invoquer le Souffle des Dieux, m'accusa-t-il. Lorsque je me suis réveillé, votre main était dans la mienne. Simple coïncidence ? Vous aviez peut-être peur de l'orage ?

— Non, je l'avoue, déclarai-je agacée. La magie de Dohr'im s'est manifestée sous une nouvelle forme. J'ai rêvé d'un jeune homme qui ne devrait pas tarder à nous apporter des talismans.

— Sans blague ! J'espère que vous lui avez demandé une livraison rapide. J'ai hâte de quitter cet endroit. »

Je ne répondis pas à sa mauvaise humeur.

La pluie avait cessé. Je sortis à l'extérieur pour détendre mes jambes. La position assise m'avait engourdie. Malgré les menaces d'un djinn, aucun dieu ne nous avait foudroyés pour condamner notre Impureté.

« Ce garçon en valait la peine ? continua le prince dans mon dos. Vous faites de drôles de rêves quand vous me tenez la main… »

Gênée, je détournai les yeux. J'avais profité de son sommeil et trahi sa confiance. Je le laissai s'éloigner pour digérer sa colère.

La nuit tombait. Mon sauveur viendrait-il avec une sacoche pleine de cristaux ? La magie de Dohr'im nous avait-elle aidés à contrer le sortilège qui nous emprisonnait sur cette île ?

Un grondement fit écho à mes pensées. Un bouillonnement agita la surface de la mare de vif-argent. Un adolescent en émergea comme un dieu de l'antiquité. L'argent liquide coula sur ses cheveux d'encre et caressa sa peau. Il m'adressa un sourire timide qui fit battre mon cœur. Il s'agenouilla devant moi et me tendit son sac.

« Princesse, je ne vous avais pas reconnue plus tôt, dit-il avec déférence. Je suis heureux de constater que vous êtes bien en vie. Vous avez accompli un nouveau miracle.

— Relevez-vous, ordonnai-je avec douceur. Je ne vous remercierai jamais assez pour ce que vous venez d'accomplir. »

Le bel adolescent me montra les talismans qu'il avait récoltés. Toutes les régions du monde étaient représentées : stalactites des Monts Tempêtes, coquillages du golfe de l'Arche Perdue, crocus des Derniers Prés, roses des sables du Désert de Damio, bruyère des Landes Étoilées, galets de la confluence d'Erijan. Chacun d'eux émettait une lueur colorée qui pulsait doucement. Lorsque deux cristaux différents se touchaient, un halo sombre perturbait leur aura.

« Voyez-vous comme les talismans se repoussent ? lui montrai-je avec un crocus et une rose des sables. Leurs magies s'altèrent et ne se mélangent pas. »

L'inconnu aux yeux bleus me jeta un regard singulier.

« Pardonnez-moi, princesse, mais je ne vois rien…

— Vous ne percevez pas l'aura qui les entoure ? »

Il hocha la tête avec perplexité. J'étais persuadée que nous pouvions tous déceler le scintillement des particules de magie autour des cristaux de quartz. Étais-je la seule dans ce cas ? Était-ce un effet secondaire de l'Impureté qui me menaçait ?

J'appelai Angelo pour lui présenter notre sauveur. Le prince ignorait que nous avions réussi le Parcours des Dieux. Il pardonnerait bientôt mes ruses pour invoquer la magie de Dohr'im…

Je n'avais pas anticipé sa réaction. Lorsqu'il parvint à notre hauteur, son expression se figea et il perdit le contrôle de lui-même.

« TRAÎTRE ! TU AS VOULU M'ASSASSINER ! »

Avec un cri de rage, il se rua sur l'adolescent et le plaqua violemment au sol.

CHAPITRE XIII

Karid m'a fait la surprise de sa visite. Cette rare occasion mérite d'être notée ! Le nom de mon mari apparaît peu dans mon journal. Son amnésie à mon égard est bien moins célèbre que la mienne.

Son bref passage me rappelle l'anniversaire de mes vingt ans. Le palais d'Al-Hamra accueillait un bal merveilleux où les convives dansaient en riant. Les musiciens et les poètes rivalisaient de dextérité et d'humour pour nous divertir. Les tables étaient chargées de mets délicieux. Je devais me marier quelques semaines plus tard, mais j'étais l'objet de toutes les convoitises. N'étais-je pas la princesse héritière ? J'apportais le trône à mon époux…

Curieusement, Karid disparut bien avant la fin de la fête. Quand je m'en étonnai auprès des servantes, leur silence gêné me fournit une vérité douloureuse à comprendre. Il n'était pas parti seul. Les pâtisseries avaient soudain un goût de cendre dans ma bouche.

Lamia Al'Malwib
« Mémoires d'une sultane amnésique »

Angelo était d'une fureur sans bornes. Il resta sourd à mes appels au calme.

Il abattit son poing dans la mâchoire de son adversaire et lui arracha un cri de douleur. Le prince se releva et donna de méchants coups de pied dans les côtes de sa victime en hurlant des insultes. L'autre tentait vainement de se protéger.

L'adolescent à terre réussit enfin à le repousser et à se dégager de son emprise. Sa lèvre était fendue et du sang coulait sur son menton. Il murmura un sortilège qui s'enroula autour d'Angelo. Des lianes noires se resserrèrent sur ses jambes et ses bras et l'immobilisèrent au sol.

« Libère-moi, espèce de lâche ! »

Cette violence me terrifiait. Mon cœur battait à tout rompre. Les scènes de mon enlèvement me revenaient brutalement à l'esprit.

« Angelo, je vous en supplie, calmez-vous ! le priai-je avec effarement. Vous faites erreur, c'est le garçon de mes rêves ! Pourquoi l'agressez-vous ?

— C'est lui, le méchant dans l'histoire, cracha-t-il avec véhémence. Rébus était mon ami, mais il m'a trahi et tendu un piège. Son frère et lui m'ont ligoté au milieu d'une forêt, le jour du Jugement Dernier. Ils m'ont condamné à mort ! »

Le charme du beau Rébus s'était brusquement terni. Je tendis une main vers lui. Un poème tourna à la lisière de mon esprit, prêt à se transformer en sortilège paralysant. Mon bracelet de quartz se mit à chauffer mon poignet.

La menace était claire. Le jeune homme recula.

« Donnez-moi une bonne raison de ne pas vous ensorceler à mon tour, déclarai-je d'une voix tendue. Quelle responsabilité avez-vous dans ce sacrifice ?

— Aucune.

— MENTEUR ! »

Rébus foudroya le prince du regard.

« Tu m'accuses de mensonges alors que tu m'as caché ta véritable identité ? As-tu essayé de considérer les choses depuis mon point de vue ?

— TRAÎTRE ! ASSASSIN ! »

Je ne savais plus où donner de la tête. La violence de leurs échanges me déstabilisait. Étaient-ils incapables de se calmer ?

Les éclats d'Angelo m'empêchaient d'interroger Rébus. Je rêvais d'une trêve et d'un peu de silence…

Le prince se remit à crier. Je n'avais pas le choix.

Je pointai le doigt dans sa direction et lançai un sortilège qu'il connaissait bien : « **ROSSIGNOL** ». Un éclair rose traversa les airs et le percuta. Plaqué au sol, Angelo ouvrit la bouche pour protester, mais aucun son n'en sortit. Il se débattit comme un enragé, le visage rouge de fureur. J'éprouvais un profond malaise à lui imposer cette situation.

« Pardonnez-moi, Angelo, m'excusai-je péniblement. Je dois entendre sa version des faits. Je vous libère dès que possible. »

Je menaçai Rébus du même sort s'il ne se dépêchait pas de me donner une explication. L'adolescent soupira et me confia son histoire.

Angelo lui avait avoué son identité très récemment, alors qu'ils étaient amis depuis de nombreuses années. Le mensonge l'avait choqué. Il savait qu'Angelo avait un statut social plus élevé que le sien, mais il n'imaginait pas qu'il puisse être l'héritier du trône. Son héritage était une trahison et une barrière qui interdisait leur amitié. Rébus était un fils d'immigrés du Royaume Minéral, sans argent et sans avenir. Comment pouvait-il entretenir une relation avec le futur roi ?

Je tressaillis en apprenant que son frère était le fameux Robulus qui avait tenté de m'assassiner deux mois plus tôt. Il me jura qu'il n'avait rien à voir avec ses activités clandestines. Ses crimes étaient bien plus insignifiants. Il se contentait de voler certains marchands lorsqu'il était dans le besoin.

Sa famille était coutumière de l'Impureté. Son aîné était un tueur recherché pour sa magie dangereuse et exotique. Je n'osai pas repenser à la lueur rose qui émanait de ma main.

Rébus était lié à la guilde des vif-passeurs. Lex, le bras droit de son frère, lui avait révélé le sortilège qui contrôlait la destination des marées. En échange, il devrait prêter serment au roi Björn après avoir trouvé son Talisman Totem.

« Le monarque doit payer très cher les services des vif-passeurs, fis-je remarquer.

— Vous vous méprenez, me rétorqua-t-il. Cette guilde a été *créée* par la famille royale. Ses membres ont toujours été soumis à l'autorité de la couronne. Leur loyauté se renforce chaque fois qu'ils prononcent le sortilège du vif-passage.

— Aucun poème ne peut influencer l'esprit des gens ! »

Le jeune homme passa la main dans ses cheveux avec fierté.

« Ce n'est pas un simple poème, s'amusa-t-il. C'est le secret le mieux gardé de notre royaume. Il s'agit du Quatrain Minéral. »

J'en restai bouche bée. Angelo lui-même arrêta de se tortiller sur le sol. La révélation de Rébus était singulière. Les Quatrains étaient l'apanage des rois, car ils pouvaient influencer un royaume entier.

Les marées de vif-argent étaient liées à la taille des Astres qui aspiraient l'énergie usée des talismans. Leur croissance était permanente et imprévisible. Rébus nous expliqua que ce sortilège avait un effet direct sur l'Astre Minéral afin de contrôler la destination des voyages souterrains.

Je déglutis avec difficulté. Le roi Björn n'avait pas acheté la loyauté des vif-passeurs comme de vulgaires mercenaires : ils étaient tous ses sujets. Ces hommes régnaient en maîtres incontestés sur les rivières argentées. Notre dépendance à la magie des montagnes du Nord me glaça. L'économie mondiale reposait sur l'exploitation de leur réseau de transport.

« Vous avez raison de craindre les vif-passeurs et leur loyauté infaillible, admit-il d'une voix sombre. Le roi Björn lui-même a commandité votre enlèvement. »

La colère m'enflamma brusquement.

« C'est une déclaration de guerre ! Ce royaume minuscule n'a aucune chance contre notre armée !

— Comment atteindrez-vous les cités souterraines sans l'aide du vif-argent ? Comment défendrez-vous vos arrières ?

— Nous trouverons un moyen. »

Rébus haussa les bras au ciel.

« Le roi Björn n'a jamais voulu d'un affrontement direct, me confia-t-il. Son objectif était plus subtil : il souhaitait provoquer une guerre entre le Sultanat Calorique et le Royaume Végétal. Ce conflit aurait affaibli votre économie, sans dommage collatéral pour sa part. »

Les plans de mon ennemi m'apparaissaient dans toute leur horreur. Prêt à sacrifier les héritiers de deux royaumes, il espérait redonner un nouveau souffle aux conflits qui se déroulaient à nos frontières depuis des centaines d'années. La trame de ce complot était d'une simplicité désarmante. Ma disparition aurait poussé mon père à déclarer la guerre au Royaume Végétal ; celle d'Angelo aurait eu exactement l'effet inverse et condamné le Sultanat Calorique.

Rébus me jura qu'il avait découvert la vérité trop tard. Trompé par Lex et Robulus, il pensait qu'Angelo avait été enlevé pour faciliter une négociation politique entre le roi Björn et la reine Mirabella. Quand son frère avait agressé son prisonnier, il avait placé un talisman au doigt d'Angelo avec un sort destiné à apaiser ses blessures. Il ignorait que son ami allait être emmené dans la forêt pour y être ligoté et attendre le cataclysme du Jugement Dernier.

Le jeune homme serra les poings de colère.

« Je suis aussi naïf qu'Angelo, grinça-t-il. Je regrette d'avoir joué le mauvais rôle dans cette histoire. J'ai perdu un ami, même s'il est un sacré menteur. »

Il jeta un regard au prince qui grimaçait d'un air peu amène. J'étais touchée par sa tristesse, mais je n'oubliais pas que son frère et ses acolytes avaient tenté de nous tuer.

« Nous sommes désormais prévenus du danger qui nous guette, soupirai-je. Je n'ai qu'un conseil à vous donner, évidemment : éloignez-vous du Royaume Minéral ! Ce nid de vipères brûlera bientôt dans les flammes de notre colère.

— J'ignore comment poursuivre mon apprentissage sans jurer fidélité à un roi meurtrier, avoua-t-il en baissant les yeux. »

En dépit de ses erreurs de jugement, ce garçon m'avait émue. Je portais un sac de talismans qu'il avait lui-même rapporté, en gage de réussite pour la première étape de la Quête. Je lui étais redevable de son geste. Je ne l'empêchai pas de partir.

L'adolescent se détourna en direction de la mare qui s'était mise à tourbillonner. Il se glissa dans le vif-argent. Un poème flotta dans les airs et l'entoura d'une brume chatoyante. Le grondement de la marée surgit et l'engloutit bientôt.

Je regrettais que mon beau sauveur eût été le complice de mes assassins.

Des gémissements me rappelèrent qu'Angelo était toujours immobilisé dans l'herbe. Je murmurai un sort pour le libérer de ses entraves invisibles. Il s'étira et me lança un regard venimeux.

« Prenez votre temps, surtout, dit-il d'un ton acide. Vous ne vouliez pas prendre le thé avec lui, non plus ? »

Il s'épousseta en grommelant. Le sol était gorgé d'eau à cause de l'orage. Des taches de boue salissaient les vêtements du prince.

« J'aurais voulu dire deux mots à cet idiot de Rébus, grinça-t-il.

— À coups de pieds ? Vous cherchiez à lui casser une côte, pas à partager des souvenirs d'enfance.

— C'est vrai. Dommage que vous m'ayez arrêté dans mon élan, ça me faisait du bien. »

Il me défia du regard et je détournai les yeux. J'étais gênée d'avoir dû l'ensorceler pour le bâillonner.

Je comprenais sa colère devant la trahison de son ami. Ses révélations étaient pourtant précieuses. Grâce à lui, nous connaissions désormais l'identité de notre ennemi.

« Je vais prévenir mon père de cette affaire, déclarai-je avec impatience. Le Royaume Minéral doit payer pour ses crimes.

— Quelles preuves donnerez-vous au sultan ? Rébus était notre seul témoin. Je vous l'aurais rappelé, si votre délicieux sortilège ne m'avait pas rendu aphone… »

Mes joues se mirent à piquer. Je n'avais pas pensé à cette éventualité.

« On me prend pour une déesse. Nul ne mettra ma parole en doute.

— Vous avez de la chance, tout le monde me prend pour un crétin. Quand je suis rentré au palais après avoir survécu au Jugement Dernier, je pensais être accueilli à bras ouverts… Mon mentor Acacia m'a plutôt plaqué contre un mur en hurlant que ma naïveté était une honte pour la royauté. Je n'en menais pas large, tout ça à cause de Rébus. J'aurais adoré le capturer à mon tour et le livrer aux mages !

— Angelo, il a montré qu'il regrettait son erreur. »

Une lueur moqueuse éclaira le visage du prince.

« Vous n'êtes pas insensible à son charme, n'est-ce pas ?

— Ne soyez pas ridicule. Rappelez-vous simplement que votre ami nous a permis de réussir cette première étape de la Quête. »

Il se renfrogna.

« Ce n'est pas mon ami, princesse. Seulement une erreur de parcours. »

L'intervention de Rébus avait apaisé le vif-argent. La Grande Marée mit fin à notre exil et nous ramena à notre point de départ.

Angelo était trop prudent à mon goût. Comment le convaincre d'invoquer le Souffle des Dieux ? Les mystères des Oracles de Dohr'im excitaient mon esprit. Les Esprits Sauvages n'étaient encore qu'une menace lointaine, mais j'avais hâte de tester l'arme dont nous disposions. Le temps nous manquait pour tergiverser.

Angelo avait même qualifié notre pouvoir de malédiction. S'en débarrasser était pour lui une option envisageable. Les tentatives d'assassinat des Filles de la

Lune et du roi Björn avaient-elles eu raison de son courage ? Notre magie l'effrayait-elle, par sa puissance destructrice et par les responsabilités qu'elle impliquait ? Il rêvait sans doute de devenir l'héritier du Royaume Végétal et d'oublier les maléfices d'anciennes prêtresses disparues.

Il avait frôlé la mort dans une forêt avant d'être condamné à brûler vif... Ses récentes mésaventures l'incitaient à chercher un rôle moins exposé. Pour moi, cette discrétion n'était pas une option. Où me cacher après les miracles qui m'avaient rendu la vue et sauvée du Jugement Dernier ? Les Esprits Sauvages avaient sûrement deviné mon identité. Je devais anticiper leur prochaine attaque.

La magie de Dohr'im ne se résumait pas au Souffle des Dieux. Je venais de découvrir un nouvel usage du pouvoir que nous partagions. Comment persuader Angelo d'en explorer les capacités avant qu'il ne soit trop tard ?

Je me sentais seule devant l'imminence du danger. Loin du palais du Sultanat, j'étais isolée sur une île peuplée de djinns malicieux. Des assassins pouvaient facilement se dissimuler dans la foule...

« Détendez-vous, princesse. »

Nadia coiffait mes cheveux avec patience. Elle dénouait les boucles noires qui avaient souffert de l'orage. Cet acte simple me rassurait. Ce rituel était un repère dans cette succession d'événements éprouvants.

« La première étape de la Quête est un succès, continua mon amie. Vous avez rapporté six talismans, ce qui est un exploit. Beaucoup de candidats n'ont trouvé qu'un ou deux cristaux. Les djinns doivent déjà se battre pour devenir votre compagnon de vie ! »

Je regardai son visage dans le grand miroir qui décorait l'intérieur. Son sourire me réconfortait. Sa tresse brune ornée de bijoux se balançait devant la lumière des bougies.

« Nadia, sais-tu combien de mages surveillent cette tente ?

170

— Suffisamment pour assurer votre sécurité. Oubliez les tourments qui vous hantent. »

Je le souhaitais de tout mon cœur, mais j'étais persuadée que les espions du Royaume Minéral rôdaient à l'extérieur. Ou d'autres ennemis... Étais-je en train de devenir paranoïaque ?

« J'ai hâte de regagner le Sultanat, murmurai-je. Même notre désert est plus accueillant que cette île glacée et peuplée de dangereux génies.

— Prenez patience, princesse. Vous reviendrez bientôt à Al-Hamra avec un Talisman Totem comme merveilleux souvenir. »

Nadia se mit à masser mes tempes douloureuses. Elle soupira en constatant dans quel état de tension je me trouvais.

Je me laissais aller à son massage apaisant. Je n'osais pas lui avouer que je craignais pour ma vie. Mes parents étaient impuissants sur cette île éloignée. Le roi Björn ne devait pas apprendre que j'avais éventé son complot. Je devais garder ce secret quelques jours de plus.

Mes pensées s'envolèrent vers le beau Rébus qui m'avait fourni la clé de cette énigme. J'espérais ne pas avoir commis d'erreur en le laissant partir, comme me l'avait reproché Angelo. Je songeai à l'éclat de ses yeux, aux couleurs d'un lagon ensoleillé. Leur pureté turquoise avait réveillé d'étranges sentiments au plus profond de moi. Les sujets du Royaume Minéral semblaient s'être donné le mot pour tourmenter mon cœur par des voies détournées.

Quand un visiteur fut annoncé à l'entrée de la tente, je ne pus m'empêcher de croire qu'il s'agissait de lui. Un autre jeune homme tout aussi attrayant fit cependant son apparition.

Nadia arrangea sa tresse et la rejeta en arrière avec un clin d'œil discret dans ma direction.

CHAPITRE XIV

Un festin est organisé par les alchimistes pour fêter la découverte d'un nouveau filon d'obsidienne consécutive à l'explosion des Astres. Ils ont oublié de m'envoyer une invitation... J'ai pourtant passé beaucoup de temps en leur compagnie, quelques années plus tôt.

Les alchimistes avaient eu gain de cause dans l'affaire de Specy. Le sultan les avait autorisés à exploiter le gisement de pierres noires à la frontière du Royaume Végétal. Il était prêt à avancer les frais de matériel en échange du revenu des premières années. Certains vizirs avaient déconseillé à mon père de jouer ainsi avec le feu. La reine Granada était connue pour son intransigeance et sa rancœur. Refuser sa proposition de zone neutre était un acte politique dangereux.

J'étais heureuse de faire ce pied de nez à mon ennemie. J'avais cependant deviné qu'elle trouverait un moyen de se venger.

Lamia Al'Malwib
« Mémoires d'une sultane amnésique »

Des feux de joie brûlaient au milieu du campement. Leurs flammes donnaient naissance à d'audacieux serpents qui partaient à l'assaut du ciel étoilé. Des étincelles rouges s'échappaient de leur gueule et s'envolaient dans la nuit.

Des tentes avaient été déplacées pour ménager un espace près de la Mer des Paillettes et préparer un véritable festin. Les habitants du village de toile se précipitaient vers les tables dressées sur les rives. Des centaines de personnes déambulaient de l'une à l'autre pour se servir des spécialités en provenance du monde entier.

Une estrade avait été installée directement sur la plage de galets. Éclairée par des lanternes qui flottaient dans les airs, la scène était occupée par des danseuses qui évoluaient au rythme d'une musique endiablée. Les tambourins et les violons les entraînaient dans un ballet hypnotique qui contribuait à l'ambiance festive de la soirée.

« La musique vous manque ? »

Mon ami Khaled me dévisageait, comme pour lire mes pensées. Le poète me rendait visite sous le prétexte d'obéir à mes parents. En vérité, je le soupçonnais de s'inquiéter pour moi et de chercher à dissiper ma solitude.

« Ils sont trop habiles pour moi, avouai-je.

— Je ne m'y avancerais pas… Même si leur talent est certain. »

Khaled croqua dans un biscuit filiforme couvert de sésame. Son visage grimaça. Le goût n'était pas à la hauteur de ses attentes. Il plongea le bâtonnet dans un bol de sauce épicée pour améliorer le résultat. Il grommela sur les mets du Royaume Aérien, bien trop secs pour lui plaire.

Le poète m'apprit que mes parents avaient hésité à me faire rentrer au Sultanat à cause de l'agression du vif-passeur et de sa tentative de noyade. Ils savaient aussi combien les djinns pouvaient s'avérer désagréables, si l'envie les prenait de montrer leur autorité sur ces terres. Khaled désigna un génie qui planait au-dessus de la foule. Un halo turquoise le dissimulait aux regards alors qu'il s'amusait à lancer des ballons remplis d'eau sur les fêtards. Je souris malgré moi.

« Certains sont plus dangereux que d'autres », fit une voix à nos côtés.

Le prince Angelo s'approcha en boitant légèrement. Un écusson vert brillait sur sa toge et dessinait deux feuilles d'eucalyptus entrecroisées.

Il était accompagné de son amie Elliw et de ses deux cousins Tim et Aldo. Le premier avait des cheveux blonds et des yeux émeraude. Le second était brun aux yeux noirs ; il était réputé pour être le fils illégitime du duc des Derniers Prés. Elliw me salua d'un sourire. Je n'avais pas oublié notre nuit passée à faire des ricochets sur les vagues. Un pas derrière elle, un garde du corps surveillait les alentours.

« Ils devaient considérer ce bûcher comme une distraction, suggéra Khaled. J'ignorais que les djinns pouvaient se montrer aussi hargneux.

— Il l'avait un peu cherché, précisa Tim. Mon cousin a un don pour s'attirer des ennuis. »

L'intéressé passa la main dans ses cheveux, cruellement raccourcis par les flammes.

« Ces mauvais génies s'acharnaient sur les étudiants du Royaume Végétal, rappela-t-il. J'ai cru bon de rappeler au jury qu'ils devaient garantir l'équité du Suprême. J'ai gagné un séjour à l'infirmerie et une nouvelle coiffure. »

Khaled sourit devant l'humour du prince. Je frissonnai au souvenir de cette violente épreuve. Angelo avait été puni avec sévérité. Ses souffrances physiques s'atténuaient peu à peu, mais son inaptitude lui avait coûté son diplôme.

« Ji'Ihna a agi de façon brutale, commentai-je. Personne ne cautionne ses actes.

— Les djinns sont des hôtes susceptibles, admit-il. Je suis le seul responsable de mes malheurs. À l'avenir, je ne vous en voudrai pas si vous me bâillonnez avant que mes paroles causent un autre scandale. »

Il me lança un sourire penaud. J'étais rassurée de recevoir son pardon par ces mots. Je m'en voulais d'avoir dû l'ensorceler pour interroger Rébus. Il semblait avoir compris mon impasse.

Nos invités restèrent un moment avec nous. J'étais ravie de revoir Elliw. Elle était intarissable d'anecdotes sur ses compagnons. Elle me raconta les péripéties qui s'étaient déroulées sur cette île, pendant les années d'études d'Angelo, Tim et Aldo. Les trois cousins étaient bien moins innocents que leur physique d'anges le laissait croire…

Tim semblait intimidé par ma présence. Je surpris son regard fuyant à plusieurs reprises. Notre dernière rencontre datait du mariage de la sœur d'Angelo, au palais du Royaume Végétal. J'avais été insultée par un prince subitement devenu muet. Le jeune homme ne comprenait pas l'évolution de notre relation.

Ma nouvelle amie me racontait une histoire croustillante lorsqu'une lanterne tomba du ciel et me fit renverser mon verre. Du jus de mangue éclaboussa nos tuniques. Le garde du corps lança un sort au génie responsable de cette farce.

Khaled vint à mon secours, mais je le repoussai gentiment. Je murmurai une formule qui invoqua un halo rose et sécha le vêtement instantanément.

Le poète marqua un temps d'arrêt. Il me prit le bras et se pencha à mon oreille.

« Princesse, n'invoquez plus de magie jusqu'à nouvel ordre, murmura-t-il. Personne d'autre ne doit en voir la couleur. Vous comprenez pourquoi, n'est-ce pas ? »

Sa frayeur était telle que j'acquiesçai en silence. Ma magie avait encore pâli. Le spectre de l'Impureté flottait au-dessus de moi comme un couteau qui menaçait de frapper. Cette particularité pouvait signer mon arrêt de mort si des étudiants ou des juges s'en apercevaient.

Elliw n'avait pas remarqué cet incident. Elle s'essuya en maudissant les mauvaises plaisanteries des djinns. Elle jura qu'un simple sort pouvait les dissuader de s'approcher davantage, même s'ils restaient les maîtres du jeu sur cette île.

« J'ai beaucoup moins de hâte à trouver mon Talisman Totem, avouai-je. Comment pourrais-je me lier à un de ces esprits frappeurs ?

— Rassurez-vous, votre djinn oubliera sa nature sauvage lorsqu'il sera emprisonné dans une pierre précieuse. Vous deviendrez aussi inséparables que deux amoureux transis. »

Khaled leva la main pour l'interrompre.

« Vous m'attristez… Je n'ose pas croire que les djinns volent ainsi le cœur des jeunes filles. Quelle chance resterait-il aux pauvres hommes que nous sommes ? »

Elliw rougit devant son numéro de charme. Elle glissa une main dans ses cheveux blonds et les réarrangea sans y penser. Un picotement désagréable traversa ma poitrine. Khaled n'était qu'un ami, mais je ne pouvais réprimer un soupçon de jalousie.

Je détournai mon regard vers l'estrade de bois. Une danseuse se donnait en spectacle devant des garçons subjugués par son ballet. À sa manière, elle les avait ensorcelés… Ses oreilles étaient ornées de grandes boucles d'or et ses bracelets étincelaient dans la nuit. Sa robe noire virevoltait en marquant le rythme des tambourins de ses camarades de scène. Avec assurance, elle claquait des pieds et des mains, à mesure que la musique l'enveloppait de sa magie.

Comme le reste de sa troupe, elle appartenait à un peuple nomade originaire des Landes Étoilées. Jongleurs, chanteurs, marionnettistes… Ces gens voyageaient de par le monde et vivaient de spectacles. Fiers de leur liberté, ils campaient autour de grands feux et dormaient à la belle étoile. Ils refusaient toute forme d'autorité. Différents, ils étaient méprisés par la plupart des citadins qui ne voyaient en eux que des clowns ou des brigands. Leur gaieté était toutefois communicative.

L'air s'acheva et la danseuse s'immobilisa. Avec grâce, elle s'inclina et disparut derrière un rideau. Un groupe de saltimbanques vint la remplacer et la musique reprit. Le sifflement strident des instruments à cordes s'ajouta au vacarme de la foule. Ma tête commençait à bourdonner, fatiguée par ce tumulte.

« Ne sentez-vous pas une odeur bizarre ? », s'écria soudain Angelo.

Je regardai en l'air à la recherche d'un djinn malicieux. Le ciel était vide.

« Ça se rapproche. Je crois que je vais m'évanouir !

— Ça ne surprendrait personne, on a l'habitude », répondit une voix d'un ton tranchant.

Djalil surgit de la foule, un turban rouge sur le front. Il foudroya Angelo du regard. Je n'avais pas imaginé à quel point les deux adversaires se haïssaient. Le prince étranger avait compris que mon frère ne l'avait pas volontairement immolé, mais leur relation ne s'en était pas améliorée.

Elliw s'excusa auprès de moi et prit Angelo par le bras pour le traîner à l'écart. Tim et Aldo me saluèrent rapidement et disparurent à leur suite.

Djalil était accompagné d'un jeune homme qui se présenta comme Marafa Al'Wed, un aristocrate originaire des Grandes Fractures. Sa carrure athlétique le désignait comme un des compagnons de course de mon frère. Sa peau et ses vêtements étaient aussi noirs que la nuit qui nous entourait.

Je ne m'attendais pas à ce qu'il m'offrît un sac en tissu orné d'un ruban. Je le remerciai de son attention. Son cadeau était léger. Je déliai le nœud pour trouver une barrette recouverte d'écailles écarlates. Elles brillaient tant qu'elles semblaient incandescentes.

« Aussi brûlantes que les flammes de vos yeux. »

Je cherchai la malice dans son regard. Je n'y vis qu'un plaisir partagé. Il était le premier à complimenter mes iris dorés qui troublaient tant mon entourage.

« Les crocodiles rouges ne muent qu'une fois dans leur vie, expliqua-t-il. Il est très rare de trouver leurs écailles dans la nature. »

J'étais flattée par ce précieux cadeau. Je levai les bras pour accrocher la barrette dans mes cheveux. Khaled intervint brusquement pour arrêter mon geste.

« Attendez, princesse ! Il peut s'agir d'un piège. »

Mon admirateur fronça les sourcils d'un air choqué.

« Je ne suis pas un criminel.

— Qui sait ? Je ne voudrais pas qu'elle tombe dans la gueule du crocodile — si vous me pardonnez l'expression… »

Avec sérieux, il ausculta l'objet sous toutes ses coutures pour vérifier l'absence de danger. Un halo de magie se mit à pulser doucement autour du trésor. De minuscules explosions se déclenchèrent à sa surface.

La minutie du poète enrageait Marafa. Il serra les dents et prit patience. Mon frère posa la main sur l'épaule de son ami et l'empêcha d'interrompre le processus.

Khaled finit par me rendre mon cadeau avec un sourire d'excuse. Il jura qu'un excès de prudence ne pouvait nuire à personne.

Son manège avait cassé mon émerveillement initial. Mal à l'aise, j'accrochai rapidement le bijou dans mes cheveux et changeai de sujet, sans tenir compte de l'animosité qui électrisait l'atmosphère entre un Marafa furieux et un Khaled triomphant.

« Vous vivez donc près des Grandes Fractures ? demandai-je pour relancer la conversation. Je ne connais pas encore cette région. »

Le noble se racla la gorge pour reprendre contenance.

« Les terres de mon père comprennent une partie des canyons. Vous le savez sans doute, ces formations géologiques sont dues au cours des rivières et à d'anciens mouvements de terrain. Les parois rocheuses ont des couleurs fascinantes, dans des dégradés de jaune, d'orange et de rouge… Certains précipices sont si profonds qu'il est impossible d'en voir le fond.

— Vous me donnez envie de les découvrir ! On raconte des contes fabuleux sur leur création, parfois l'œuvre d'un dieu en colère, parfois le résultat d'une intrigue amoureuse entre la terre et le ciel…

— Vous êtes la bienvenue dans ma demeure. Votre visite ferait la joie de mon vieux père. »

Khaled haussa les sourcils.

« Si je ne m'abuse, votre cité est située à proximité des marécages ? s'exclama-t-il. L'odeur de décomposition doit être insoutenable. Je n'aimerais pas m'enfoncer dans ces lieux insalubres ! »

Les yeux de Marafa se rétrécirent.

« Rassurez-vous, mon invitation ne s'adressait qu'à notre charmante compagne.

— Je doute qu'elle accepte de passer une soirée au milieu des charognes et des moustiques.

— Ça lui épargnerait l'ennui des musiciens qui lui sont imposés au palais. »

Je toussai pour leur rappeler ma présence. Leur dispute m'amusait plus qu'elle ne m'agaçait. Je voyais en eux deux jeunes coqs qui se battaient à coups de bec et de plumes.

« La princesse n'a encore rien promis, déclarai-je. Je vous déconseille de parier sur ses préférences. »

Les deux hommes se trémoussèrent, gênés. L'air de rien, Djalil grignota un biscuit en spirale. Mon frère semblait prendre plaisir aux déboires de son ami. Il me fit un clin d'œil et me laissa mener la discussion comme je l'entendais.

« Vous avez raison, s'excusa Marafa. Je comprends mieux pourquoi le peuple vous considère comme une véritable déesse.

— Vous en doutiez ?

— Ne vous vexez pas… Les rumeurs qui courent à votre sujet sont parfois incroyables. Certaines prétendent que l'eau de la mer s'évapore lorsque vous êtes en colère.

— Quelle imagination ! avouai-je avec un sourire. Les prêtres deviendraient fous si je réalisais un nouveau miracle de cette envergure.

— Ils vous sont déjà dévoués corps et âme… Ils prétendent que vous avez voyagé dans le vif-argent sans protection magique pour venir sur cette île. Mes amis vif-passeurs m'ont affirmé que c'était tout bonnement impossible. »

Sa référence me hérissa. Ces espions du Royaume Minéral avaient menacé ma vie.

« Ils n'ont pas tort, dis-je d'un ton sec. Avec un peu d'aide, je pourrais me noyer très facilement. »

Marafa s'étrangla. Le regard perdu, il s'interrogeait sur l'origine de sa maladresse.

« Le danger est permanent, s'empressa d'ajouter Khaled. Vif-argent, canyons, marécages… Une bonne poussée et hop ! Une chute mortelle ou la noyade.

— Loin de moi cette idée, se défendit l'autre. Je soulignais simplement la ferveur de vos admirateurs. »

Je repris mon sang-froid. Marafa n'était pour rien dans mes tourments. Je m'empressai de m'excuser de ma remarque acerbe.

« Et je vous en remercie », dis-je dans un sourire.

Le jeune homme paraissait rassuré.

« Votre indulgence vous honore, susurra Khaled. Notre ami songeait déjà à se terrer dans ses marais pour le restant de ses jours. »

Cette joute verbale n'en finissait pas. J'avais aimé les flatteries de Marafa et la jalousie de Khaled, mais leur jeu de séduction usait ma patience. La tête me tournait. Je m'éloignai à la recherche d'un jus de fruits.

Sur l'estrade, des jongleurs avaient remplacé les violonistes. Leurs balles colorées s'envolaient dans le ciel comme des oiseaux enflammés. Un sortilège éclaira la scène et le nombre de balles doubla. La sueur coula sur le front des saltimbanques. La foule encouragea bruyamment leurs efforts.

« Qu'en pensez-vous, princesse ? »

Je sursautai. Khaled et Marafa s'échangeaient encore des piques.

« Pensez-vous que l'air soit plus pur près de l'océan ou près de la mer ? »

Je soupirai et me massai les tempes.

« Je pense que vous êtes responsables de ma migraine. Demandez à Djalil de choisir le vainqueur. »

Sans tenir compte de leurs bredouillements d'excuse, je m'écartai en direction de la plage. L'étau qui enserrait ma tête n'était pas seulement dû au bruit de la fête. Leurs querelles participaient à ce désagrément.

Cette journée avait été éreintante. Les éclats de voix de la foule ne m'aidaient pas à relâcher l'angoisse liée à la première épreuve de la Quête. Le Parcours des Dieux ne s'était pas déroulé comme prévu, même s'il avait été couronné de succès. Je n'oubliais pas les révélations de Rébus et le risque de contamination par l'Impureté.

Mon malaise empira à chacun de mes pas. Nadia me proposa un peu d'eau, sans effet. Un éclair de douleur me vrilla le crâne en passant près de l'estrade.

Je tombai à genoux dans le sable.

Nadia appela du secours. Des garçons s'approchèrent en courant. En me reconnaissant, nul n'osa cependant me toucher. L'interdiction du sultan était formelle. Soudain, une jeune fille traversa le groupe et me tendit la main.

« Que les hommes sont bêtes, lâcha-t-elle. Venez, princesse ! »

Je reconnus la danseuse aux grandes boucles dorées qui s'était produite un peu plus tôt. Sa bouche était une simple courbe rouge au milieu d'un visage parfait. Ses cheveux noirs tombaient librement sur ses épaules.

« Merci », murmurai-je en acceptant son bras.

La jeune fille cligna des yeux comme pour chasser une poussière. Ses iris de jade renvoyaient l'éclat des feux de joie qui illuminaient la nuit.

Soudain, Elliw et son garde du corps se précipitèrent vers moi.

« Princesse ! »

L'homme écarta la danseuse sans ménagement pour me soutenir à sa place ; la jeune fille eut une exclamation vexée. Elliw me serra les mains fermement et me chuchota des paroles réconfortantes. Son regard était glacé et l'angoisse crispait ses traits. Vigilante, elle se méfiait elle-même des représentants du Royaume Aquatique qui se trouvaient sur cette île. L'exil prononcé par son oncle s'accompagnait probablement de menaces de mort et de tentatives d'assassinat.

Ma migraine s'était miraculeusement dissipée. Rassurée, Elliw eut un pâle sourire.

« Tout va bien, annonça son garde du corps avec force. Dispersez-vous ! »

La foule s'éloigna en murmurant. J'eus à peine le temps de remercier mes sauveurs... Nadia m'entraîna vite à l'écart, en refusant de me lâcher malgré la disparition de mes symptômes. Elle ne voulut rien entendre et me raccompagna jusqu'à ma tente. Pour nous deux, la soirée était terminée.

Mes ennemis étaient-ils responsables de ce mal de tête passager ? Les vif-passeurs m'avaient-ils à nouveau agressée ?

Le visage de la danseuse ne s'effaça pas de mon esprit. Je me retournai plusieurs fois, mais je ne vis que des fêtards et des djinns qui les ensorcelaient. De quel sortilège étais-je moi-même prisonnière ?

CHAPITRE XV

Les djinns sauvages ne connaissent pas la pitié.
Les journées qui précèdent la Quête des Talismans Totem en sont la preuve. « Écoute, humilité, fidélité. » Les prêtres se rengorgent à l'idée d'une préparation spirituelle alors que leurs rituels n'ont qu'un seul but : déceler l'Impureté avant la recherche des précieux talismans.
J'ai vu un étudiant échouer dès le second jour. Les génies l'ont brûlé vif, aux yeux de tous et sans autre forme de procès. Les prêtres ont cautionné ce châtiment en empêchant ses camarades de lui porter secours.

Lamia Al'Malwib
« Mémoires d'une sultane amnésique »

∫

La nuit me porta conseil. Au petit matin, j'avais pris la résolution de confier à ma mère les révélations de Rébus sur la responsabilité du roi Björn dans mon enlèvement. L'envoi d'une lettre risquait de m'attirer des ennuis si elle était interceptée... Je devais choisir un code qu'elle pourrait déchiffrer.

Ma cécité m'avait empêchée d'accéder à l'art de l'écriture comme à celui de la lecture. Le Grand Vizir avait dépêché un professeur pour m'apprendre les rudiments de l'alphabet, mais des mois ou des années risquaient d'être nécessaires avant d'en maîtriser les secrets.

Sans faire allusion à mes difficultés, Nadia s'installa sur un bureau improvisé. Elle déplia une feuille de papier blanc et s'arma d'une plume d'oie en cristal. Avec un sourire, elle m'invita à lui dicter ma lettre. Je lui étais redevable de sa prévenance et de son amitié.

« Chère mère,

Retenez Khaled loin des montagnes glacées de cette île où d'impitoyables djinns menacent la vie des princes. Ses futurs poèmes porteront-ils sur ces indésirables ou sur le Troisième Miracle dont le monde a été témoin ? Le vif-argent remplit d'obscurs souterrains ; ma noyade a confirmé mes doutes en la matière. Ces rivières minérales voulaient m'arracher à vous. Aucune grâce royale ne pouvait me sauver, bien au contraire…

Malgré mon angoisse, la Quête des Talismans Totems a enfin commencé. J'ose espérer qu'elle se terminera par mon triomphe !

Votre fille qui vous aime, Amira »

Nadia plia la lettre et la glissa dans une enveloppe. Je pris une paire de ciseaux en argent et me coupai un cheveu brun. Je murmurai **« CHEVEU »** en songeant à *l'écriture en dentelle des cœurs soupirants*. Une lueur rosâtre jaillit de ma paume et s'enroula autour du cheveu, qui m'échappa des doigts et se posa sur le papier. Il se tordit et scella l'enveloppe en tissant mon prénom de façon subtile.

La sultane devrait rompre cette broderie capillaire pour lire mon message. Si le fil était abîmé, elle devinerait qu'il avait été ouvert avant elle. Ce sortilège discret était une maigre garantie, mais je n'avais pas d'autre moyen à ma disposition…

Cette lettre sibylline avait un sens caché. J'espérais lui faire comprendre que mes doutes sur la relation entre les vif-passeurs et le Royaume Minéral s'étaient confirmés. L'Île Brumeuse n'avait pas de montagnes glacées, un détail qu'elle savait pertinemment. Entendrait-elle mon avertissement ? Inciterait-elle le Grand Vizir à approfondir son enquête ?

Je confiai l'enveloppe à Khaled. Il accepta sa mission avec un sourire pincé. Il était déçu de rentrer si vite au palais d'Al-Hamra alors qu'il pensait profiter des festivités organisées pour la Quête des Talismans Totems. Le poète avait apprécié le banquet de la veille et le spectacle des saltimbanques. Il se racla la gorge avant de s'excuser pour son comportement envers Marafa, pendant la soirée.

« Je regrette, princesse. Ce nobliau vous indisposait et je pensais vous en débarrasser. »

Je balayai ses excuses avec un sourire mi-figue mi-raisin.

« Soyez mon messager pour vous faire pardonner. Comme signe de bonne volonté, je vous autorise à ne pas mentionner cet épisode dans le compte-rendu détaillé que vous ferez à la sultane. »

J'ouvris mon coffret à bijoux et pris la barrette en écailles de crocodile rouge que m'avait offerte Marafa. Je la plaçai dans mes cheveux avec ostentation, avant d'admirer le résultat dans un miroir. Le poète s'inclina avec raideur et me salua.

« Soyez prudente, princesse. Ces écailles ont une couleur qui m'inquiète. »

Il s'éloigna en reculant. Près de moi, Nadia ne put s'empêcher de pouffer. La jeune femme avait adoré le visage dépité du pauvre Khaled.

Je savais toutefois que ses paroles cachaient un inquiétant sous-entendu.

$$\int$$

Nous sortîmes après un copieux petit-déjeuner en compagnie de Djalil. Mon frère avait demandé aux cuisinières de préparer une montagne de crêpes brûlantes pour nous aider à affronter le froid qui sévissait sur l'île. Le parfum du sirop d'érable et des confitures enchantait encore mes papilles.

Une grisaille menaçante avait envahi le ciel, à peine illuminé par la présence de Ji'Ihna qui flottait au-dessus de nous dans un halo écarlate. Maussade, le djinn invoquait des boules de feu pour nous ouvrir le chemin. J'avais perdu tout espoir de lui faire arrêter cette démonstration excessive de ses pouvoirs. Il tenta de carboniser tous les passants qui tardaient à se dégager de notre route.

Le vent nous força à rabattre nos manteaux et serrer les lèvres. La marche à travers le campement me glaça les os. Nadia m'assurait que la proximité de la mer limitait la chute de température, mais seule la magie de mon bracelet parvenait vraiment à me réchauffer. J'étais nostalgique. L'hiver était plus doux dans mon palais, à proximité de l'Astre Rubis.

Près de la mare de vif-argent, les prêtres discutaient avec agitation. On chuchotait qu'ils étaient en désaccord sur le déroulement de la journée et qu'ils débattaient ainsi depuis l'aube. Le conflit s'éternisait notamment entre le marabout Abdu et l'Archidruide Séquijo.

Leur dispute fut finalement interrompue par la juge Thaleia. Elle écarta la foule pour monter sur l'estrade et se poster près des deux hommes. Avec un geste agacé dans notre direction, elle leur montra le millier d'adolescents qui grelottaient en attendant leur bon vouloir. Sa veste bleue se soulevait sous l'effet du vent et de son impatience.

La juge eut gain de cause. Elle se détourna et fit voltiger ses boucles blondes derrière elle. Elle laissa les prêtres se débrouiller pour nous expliquer le contenu et les modalités de la deuxième étape de la Quête. Comme si Thaleia avait agi au nom du Royaume Aquatique, la sourcière de Guazu fut désignée par ses confrères pour s'adresser à la foule.

Cette femme menue avait une voix stridente. Le sortilège qui amplifiait son volume sonore ne corrigeait malheureusement pas son caractère suraigu.

« Cette journée peut vous être fatale ! cria-t-elle. La mort accueillera les plus faibles d'entre vous ! »

Je frissonnai en entendant son annonce. Des murmures enflèrent derrière moi. Son discours était peu engageant. Séquijo se permit de lui chuchoter quelques mots à l'oreille. Elle hocha la tête avec aigreur.

« Cette deuxième étape de la Quête doit être prise au sérieux, se reprit-elle. Elle est le témoignage de votre *fidélité* à la magie de vos ancêtres et à leurs dieux. »

Elle se racla la gorge.

« Votre contexte familial est déterminant. Si vous partagez déjà la magie de vos parents et de vos grands-parents, n'ayez aucune inquiétude. Votre famille est fidèle depuis deux générations à l'énergie qui colore le moindre de vos sortilèges... Par contre, si l'un de vos aïeux est fidèle à une autre magie, votre héritage métis peut se révéler à vous. Votre mère vous a transmis son sang et son pouvoir à la naissance, mais le choix définitif vous appartient. »

Elle lança un sort dans le ciel. Six boules de lumière se matérialisèrent, comme des répliques miniatures des Astres qui tourbillonnaient lentement.

« Choisissez la magie à laquelle vous souhaitez vous lier pour les jours et les années à venir, sans oublier que la moindre hésitation au cours de ce rituel est dangereuse. Votre sang risque d'être contaminé par l'Impureté, une tare mortelle... »

La sourcière marqua une pause dramatique pour appuyer son discours. Djalil m'expliqua à mi-voix que Marafa était visé par cette menace : son grand-père était originaire du Royaume Aquatique, contrairement au reste de sa famille qui vivait près des Grandes Fractures depuis des générations. Son ami devait ainsi choisir entre la magie calorique et la magie aquatique.

Le marabout Abdu s'avança sur la scène. Son collier d'os et de plumes renforçait l'aspect squelettique de son visage. Des traces de cendre marquaient son manteau rapiécé, comme si les anneaux de feu à l'intérieur des temples l'avaient brûlé.

L'homme était réputé pour son fanatisme. Son temple d'Al-Hamra était prisé des extrémistes religieux qui exerçaient des rituels sanglants pour s'approprier la force vitale d'animaux sacrifiés. J'avais toujours été fidèle à

Narilah, mais je refusais ce culte glauque et primitif. Il était surtout apprécié par la gent masculine de la capitale. La vision du sang répandu réveillait des instincts et une excitation que je ne comprenais pas.

Le marabout pointa l'index en direction des boules de lumière qui flottaient dans l'air. Un éclair rouge les foudroya et les réduisit en fumée noire.

Sa violence stoppa tout chuchotement. Il avait capté l'attention de la foule.

« Avant de rêver à changer de magie, rappelez-vous que la mort est le seul châtiment que méritent les Impurs. La justice des dieux s'abattra sur ceux qui oublieront cette règle ! »

Ses paroles me glacèrent. Derrière lui, l'Archidruide sortit de sa léthargie. Séquijo assura à haute voix que personne ne serait tué sur cette île.

« Prenez le temps de réfléchir, déclara-t-il avec douceur. Cette décision ne concerne que vous ! L'Impureté apparaît lorsqu'un candidat n'assume pas son choix. »

Il nous invita à nous disperser. Avec un regard noir à l'attention de son confrère, il descendit les marches et s'éloigna.

Djalil bailla à s'en décrocher la mâchoire. Il avait veillé tard pour profiter du banquet et faire oublier à Marafa les manigances du poète. Son compagnon de course regrettait de ne pas m'avoir revue de la soirée. Je portais toutefois sa barrette en écailles de crocodile rouge, ce qui allait sûrement le réconforter. Je n'osai pas avouer à mon frère que je l'avais mise uniquement pour rendre Khaled jaloux.

Une légère bruine commença à tomber. L'odeur de sel laissait croire que le vent s'amusait à soulever les embruns des vagues jusqu'à nous. Au-dessus de moi, Ji'Ihna s'excusa et disparut en maudissant le ciel. Les autres génies caloriques l'imitèrent et s'évanouirent dans les airs.

Je m'apprêtais à rentrer à l'abri de ma tente, quand j'aperçus la silhouette familière d'Angelo. Il portait une veste piquée d'un écusson vert. Ses chausses en cuir étaient renforcées d'une épaisseur de laine.

« Ne vous battez pas », murmurai-je aussitôt à Djalil.

Mon frère grimaça sans répondre. Il laissa le prince s'approcher et nous saluer.

« Les djinns n'aiment pas la pluie, remarqua-t-il. Espérons qu'ils nous épargnent leurs farces aujourd'hui. »

Je partageais son avis. Leurs mauvaises plaisanteries usaient ma patience.

« Ce rituel est presque décevant, reprit-il. Je suppose que vous n'avez pas non plus de doutes sur la magie de vos ancêtres ? »

Angelo me lança un regard appuyé. Mon cœur se serra. Je lisais une réelle inquiétude dans ses yeux bleus.

Djalil ne remarqua rien et lui répondit sèchement par la négative, comme si les paroles du prince le vexaient d'une quelconque façon.

« Rentrons, Amira. Ce mauvais temps m'indispose. »

Angelo se raidit sous l'affront et crispa la mâchoire. Il fit preuve d'une maturité inhabituelle en ne répliquant pas.

Son intervention réveillait mes propres peurs. Je ne maîtrisais la magie calorique que depuis quelques semaines, mais je la considérais comme mienne. Sa couleur rubis avait mis du baume à mon cœur après des années passées dans l'ombre et la solitude.

Songeuse, je frottai mes paumes l'une contre l'autre. Une minuscule étincelle rose s'en échappa. Pourquoi s'altérait-elle ainsi ?

Je partageais l'angoisse d'Angelo. Ce rituel menaçait nos vies si l'Impureté en était l'issue.

« Je te rejoins, Djalil, affirmai-je avec douceur. Je voudrais marcher seule un moment. »

Sans attendre sa réponse, je me dirigeai vers la plage. J'avais découvert que la contemplation du paysage marin apaisait les tourments de mon âme. J'aimais me promener au bord de l'eau, parfois aussi sombre et agitée que mes pensées.

Les nuages peignaient l'horizon de lignes noires. Les vagues roulaient doucement jusqu'à la rive, entraînant sable et coquillages dans une mélodie régulière. Elles ramenèrent le souvenir d'un poème de Khaled sur les berges de ma mémoire.

Son chant racontait l'histoire d'une femme coupable d'un amour interdit avec un djinn de l'Île Brumeuse. Chaque nuit, elle profitait de l'obscurité pour naviguer jusqu'aux criques et rejoindre son amant dans un écrin de sable et d'étoiles.

L'œil argenté de la lune trahit leurs aventures. Un soir, les génies condamnèrent leur couple en provoquant une violente tempête. L'esquif de la jeune femme fut déchiqueté par le vent et la mer. Voyant que sa dulcinée allait se noyer, son compagnon fut contraint de la transformer en écume pour qu'elle puisse flotter à la surface de l'eau. Depuis, les vagues ramenaient sans cesse son âme sur les abords de l'île. Le ressac était l'écho de sa voix.

La pluie fine me battait le visage. Je récupérai une dent de cristal dans mon sac de talismans. Je murmurai « LIONNE » en songeant aux *flammes exaltées de l'instinct maternel*. Un sortilège m'entoura d'un bouclier de chaleur qui dissipa l'humidité.

Je soupirai avec mélancolie. Ma magie s'était encore décolorée.

« Aussi rose que les fleurs d'un cerisier, commenta Angelo derrière moi. Curieux, non ? »

Le prince me rejoignit en quelques pas. En silence, il invoqua une sphère de magie devant lui. Sa couleur vert pâle était loin de l'éclat émeraude que je lui connaissais. Le jeune homme passa la main dans ses cheveux mouillés.

« Encore un coup de ce cher Dohr'im, se plaignit-il avec désespoir. Son pouvoir est mélangé à notre sang depuis notre naissance... Son interférence risque de nous tuer tous les deux.

— Seule l'hésitation peut nous nuire. Il est l'heure de choisir notre destin. Oserons-nous réveiller la magie perdue qui a présidé à notre naissance ? »

Il me fixa d'un air désarmant.

« Je suis avant tout le prince héritier du Royaume Végétal. S'il faut choisir, je ne tiens pas à changer de magie. Il sera toujours temps de réveiller le Souffle des Dieux et de courir après des chimères. Tant que je n'aurais pas compris ce que l'on attend de nous, je ne m'engagerai pas dans des choix irréversibles.

— Si votre avis était aussi tranché, vos sorts ne seraient pas aussi pâles...

— Nous pourrions nous pencher sur votre propre cas, remarqua-t-il avec justesse. Êtes-vous prête à renoncer à votre héritage ? Choisissez Dohr'im et vous serez reniée par votre famille et votre peuple. D'une déesse intouchable, vous deviendrez parjure. »

Angelo avait raison, même si je ne l'admettais qu'à contrecœur. L'héritière du Sultanat devait posséder la magie calorique. Sans elle, je devais renoncer au trône.

Trois miracles m'avaient prêté le rôle d'une princesse protégée des dieux. Des Oracles m'avaient envoyé un rêve pour m'offrir une légende vieille de plusieurs millénaires. J'étais leur élue, leur Messagère. Elles prétendaient que le monde était menacé par les Esprits Sauvages qui cherchaient à se réincarner et à réduire les hommes en esclavage. La puissance des phénix montrait qu'ils n'étaient pas inoffensifs... On m'implorait de lutter contre ces êtres machiavéliques.

Mon âme vibrait devant la beauté de cette quête mystique, mais elle m'imposait un sacrifice : je devais renoncer à mon existence au sein du palais d'Al-Hamra.

Un dieu m'avait confié son pouvoir. En retour, il me demandait de lui consacrer ma vie.

J'y étais prête.

« J'ai foi en Dohr'im, confiai-je au prince. Ne m'a-t-il pas rendu la vue ? Je ne peux pas ignorer son appel. Je suis l'héritière du Sultanat depuis quelques semaines à peine. Ce ne sera que justice de rendre le trône à Djalil, après lui avoir volé… Mes parents accepteront ma décision.

— Je vous le souhaite, soupira Angelo. Les miens ne me le pardonneraient jamais. Ma sœur a quitté le royaume et m'a laissé comme seul héritier. J'ai eu du mal à l'accepter, mais je crois que les responsabilités m'effraient moins qu'auparavant. Je suivrai les traces de mon père pour porter la couronne.

— Êtes-vous sûr d'être né dans ce but ? »

Il haussa les épaules.

« À nous de choisir notre destin, déclara-t-il. Il n'est pas écrit à l'avance ! Les Oracles ont eu l'intelligence d'engendrer deux enfants. Elles n'ont besoin que d'un Messager pour leur quête. »

Je n'avais plus d'hésitation. Mon cœur brûlait de les suivre. Je savais au fond de moi que ce choix était juste.

Je m'inquiétais cependant de la décision du prince. Comment invoquer le Souffle des Dieux sans son aide ?

J'avais découvert que la magie de Dohr'im possédait d'autres formes tout aussi étonnantes. J'avais survécu grâce à elle au Jugement Dernier. Plus tard, j'avais rejoint Rébus en rêve pour le convaincre de m'apporter une collection de talismans. Le pouvoir du dieu disparu ne se résumait pas à l'invocation de forces destructrices, mais Angelo avait toujours été impliqué dans ses manifestations. Quel que fût son choix, il était la seule personne capable de me comprendre et de m'accompagner dans cet apprentissage. En renonçant à la magie calorique, je me coupais du reste du monde.

« M'aiderez-vous dans cette aventure ? demandai-je avec anxiété. J'aurai peu d'alliés et de nombreux ennemis…

— Je refuse de changer de magie, me dit-il doucement, mais je n'oublie pas la quête de Dohr'im. Je veux comprendre ses mystères avant de commettre une erreur irréparable. Son pouvoir est trop grand pour être libéré sans garde-fous. Le rituel d'aujourd'hui va vous offrir la pleine étendue de sa magie, à l'exception du Souffle des Dieux. Je vous aiderai à l'invoquer quand les Filles de la Lune nous auront expliqué comment le contrôler. »

Son raisonnement nous amenait à un consensus. Angelo invoqua un sortilège pour tracer « **LIBERTÉ** » dans le sable. Son étincelle de magie était d'un vert presque aussi vif que d'ordinaire. Il sourit en constatant cette amélioration.

$$\int$$

L'averse se calma pendant que nous faisions demi-tour. Il était temps d'annoncer publiquement notre choix. Un dieu m'avait ouvert à la beauté du monde. Je lui prouverais ma gratitude en renonçant à mon héritage princier.

Je devais apprendre à utiliser cette magie perdue. La veille, recroquevillée sous une barque, il m'avait suffi de me concentrer sur mon objectif… J'avais eu la sensation de m'endormir dans un songe qui m'était apparu de lui-même. L'inspiration et les contours du rêve s'étaient manifestés sans acte conscient, en simple réponse à mon désir profond. Étais-je capable de réitérer l'expérience ?

Nos pas nous ramenèrent près de la mare de vif-argent. Une grande table avait été dressée sur l'estrade. Six plumes de couleurs différentes reposaient dans des encriers de cristal. Les adolescents étaient invités à s'en rapprocher. Ils faisaient la démonstration d'un sortilège destiné à impressionner les djinns et les prêtres du Cercle, avant de signer leur choix sur le parchemin d'un large registre. Lorsque la plume grattait le papier, des étincelles s'échappaient pour dessiner d'éclatantes arabesques dans les airs.

De nombreux génies étaient présents pour observer le rituel. Une centaine d'entre eux flottaient en gardant le silence. Je n'en avais jamais vu autant. Ils formaient un arc-en-ciel bigarré.

Aucun n'était d'humeur farceuse. Même les djinns caloriques participaient à l'exercice en entretenant un immense bouclier de chaleur au-dessus de la foule. Leur allure sérieuse était déroutante. Ils en semblaient presque menaçants.

« Ah, vous voilà ! »

Quelqu'un me prit par le bras. Une cascade de cheveux blonds m'entraîna en avant.

La juge Thaleia me sourit. Ses yeux verts avaient un éclat fascinant. Elle me guida pour dépasser la file indienne qui s'était constituée devant l'estrade.

Le temps de la réflexion était terminé.

J'étais terrorisée.

« Ne craignez pas l'inconnu, princesse, murmura-t-elle. Fermez les yeux et écoutez votre cœur. La méditation est la clé… Concentrez-vous et votre nouveau dieu fera le reste. »

La grande femme me lança un clin d'œil énigmatique. Comment avait-elle deviné la teneur de mes pensées ? Je n'eus pas le temps de la questionner sur ses paroles sibyllines. Elle me laissa seule en face du registre. Le parchemin était recouvert de symboles écrits à l'encre.

Les prêtres du Cercle se levèrent avec respect. Je fus frappée par leur déférence. Étais-je vraiment une déesse à leurs yeux ?

Je jetai un regard en arrière, en direction de la foule qui m'observait en silence. Angelo m'encouragea d'un sourire et d'un signe de tête.

Je m'apprêtais à déclarer ma fidélité à Dohr'im, au risque d'attirer les foudres de nos ennemis. L'enjeu de cette décision faisait battre mon cœur. Il ne restait plus qu'un problème à résoudre.

« Il manque une plume. »

Ma déclaration troubla les religieux. Le marabout Abdu fronça les sourcils.

« Aucun mélange n'est possible, vous ne l'ignorez pas, dit-il calmement. Il n'y a jamais eu davantage que six plumes. »

Je pris une large inspiration. La magie de Dohr'im pulsait dans mes veines. Le monde avait oublié son existence ! Toute trace de son passage avait été détruite !

Je fermai les yeux pour mieux ressentir son désir de répondre à cette insulte qui durait depuis des siècles. Il était temps d'y mettre un terme.

J'invoquai une étincelle dans ma main. Comme me l'avait conseillé Thaleia, je ralentis ma respiration et me concentrai sur mon objectif : annoncer le retour de la magie de Dohr'im. Un picotement me parcourut le corps.

Soudain, comme si le soleil perçait une épaisse couche de nuages, je me sentis illuminée par une force extraordinaire.

∫

J'ouvris prudemment les yeux.

Je me trouvais dans le cratère d'un ancien volcan, près d'un lac turquoise survolé par une nuée de hérons. Le reflet des nuages dans l'eau se mêlait à celui des oiseaux dans un camaïeu de bleu et de blanc. La brise secouait les roseaux près des berges, mais aucune vague n'altérait la surface du miroir.

Un sentiment de sérénité emplissait l'atmosphère. Une musique inconnue résonnait doucement, entre le murmure d'une harpe et les accords plus chauds d'une flûte de pan. Le vent m'offrait cette mélodie intemporelle et fragile.

Un héron traversa soudain le ciel pour venir à ma rencontre. Plus léger que l'air, il se posa devant moi. Ses yeux avaient l'éclat de deux pépites d'or. J'y lus une connaissance qui n'appartenait pas à ce monde. Sagesse, dignité… Sa beauté me subjuguait.

« SOUVENIR »

Les mots d'un sortilège se bousculèrent à mon esprit, comme un écho oublié.

« L'éternité d'un instant. »

L'oiseau merveilleux déploya ses ailes et s'envola dans le ciel. Je l'observai s'éloigner avec une grâce merveilleuse.

Je clignai des paupières et quittai mon rêve éveillé.

J'étais revenue sur l'île des djinns. La brise sentait l'humidité et le sel.

J'ignorais combien de temps s'était écoulé. Mon étrange rêve m'avait comblé de confiance et d'amour.

Les génies flottaient au-dessus du registre. Leurs visages étaient empreints de curiosité et d'une certaine gravité. Ma démonstration de magie devait les impressionner suffisamment pour les inciter à devenir mon totem. Ils ne risquaient pas d'être déçus…

Je prononçai le sortilège que je venais d'apprendre. Un halo de brume se matérialisa au-dessus de ma main. Soudain, une longue plume de quartz blanc se cristallisa entre mes doigts. Un craquement résonna dans l'air comme l'éclat d'un miroir brisé.

Les prêtres reculèrent avec effroi. J'avais fait ressurgir un talisman inattendu du passé.

Mon cœur était gonflé d'innocence et de fierté. Je me penchai sur le parchemin et signai mon nom de façon approximative : **AMIRA**. Une fontaine d'étincelles s'échappa du livre. Les particules de magie s'envolèrent et tourbillonnèrent autour de moi dans une danse joyeuse. Elles m'enveloppèrent et m'entraînèrent au-dessus du sol.

La foule poussa des cris stupéfaits.

J'avais réussi ! Je lévitais avec un ravissement émerveillé. J'étais certaine d'avoir fait le bon choix. Mes pensées formèrent une prière à l'attention de Dohr'im. Sa Messagère était prête à défendre ses couleurs.

« Amira, je vous en supplie ! »

Un regard en arrière me montra un spectacle déroutant. Angelo flottait également dans les airs. Il se débattait comme un beau diable au milieu d'éclairs blancs.

« Arrêtez ça ! »

Que se passait-il ? Une corde de lumière surnaturelle se dessina soudain entre nous. Elle vibrait en bourdonnant.

Un regard en contrebas me confirma l'invraisemblable. Dans le registre des prêtres, la plume en cristal avait écrit d'elle-même d'autres lettres en dessous de mon paraphe : **ANGELO**. Mon cœur se pinça en comprenant que le prince ne pouvait pas refuser la magie de Dohr'im. Par mon choix, j'avais forcé le sien. Notre gémellité nous obligeait à suivre la même voie.

Angelo en pleurait de rage.

La magie finit par s'apaiser. Mon nuage se dissipa et je regagnai le sol. Les dernières étincelles s'envolèrent dans le ciel comme de minuscules oiseaux blancs.

Le silence était tangible. Des centaines de djinns et d'hommes m'observaient, tétanisés. La stupeur et l'incompréhension se lisaient dans leurs yeux. Aucun d'eux n'avait imaginé que la princesse du Sultanat choisirait un autre héritage que celui de ses parents et de son peuple.

J'inspirai profondément.

« Mon choix m'entraîne sur la voie de l'inconnu et du mystère, déclarai-je avec ferveur. Je suis fidèle au dieu Dohr'im et à sa magie perdue. Le monde l'a oubliée depuis bien trop de siècles. Je consacrerai ma vie à lui rendre sa gloire et son pouvoir ! »

La sourcière de Guazu tourna de l'œil. La pauvre femme tomba sur les planches de l'estrade avec un bruit mat. Les autres prêtres du Cercle n'étaient pas sortis de leur mutisme. Ils ne bougeaient pas, immobilisés par la surprise ou la peur.

Le marabout du Sultanat grimaçait avec colère. Il serrait si fort sa canne en os que les jointures de ses doigts en partageaient la couleur. Mon serment était une trahison envers sa religion. Je craignais les pensées meurtrières qui agitaient probablement son esprit.

Je m'éloignai avec dignité. J'avais le sentiment d'être auréolée de lumière. Mon sang pulsait d'une énergie nouvelle et pure. J'étais fière d'avoir annoncé la résurrection d'une magie perdue, même si mes ennemis me pourchasseraient pour cet affront.

« Vous n'aviez pas le droit ! »

Angelo me faisait face, les poings serrés. Des larmes de fureur coulaient sur son visage. Il invoqua une flamme d'un blanc nacré dans le creux de sa paume.

« Comment osez-vous m'imposer ce fardeau ? Je rêvais de régner sur le Royaume Végétal… Vous avez ruiné mon avenir ! »

Je le regardai avec tristesse. Notre lien de parenté avait eu un effet inattendu. Les secrets de nos origines nous rattrapaient encore.

« Angelo, j'en suis navrée, lui affirmai-je avec sincérité. J'ignorais que mon choix allait forcer le vôtre. »

Il repoussa la main que je lui tendais.

« M'auriez-vous sacrifié, si vous l'aviez su à temps ? »

Sa question me déstabilisa. Malheureusement, je ne pouvais pas le contredire. J'aurais choisi Dohr'im quel qu'en fût le prix. Le Royaume Végétal pouvait trouver un autre héritier, mais notre dieu aurait dû patienter un siècle supplémentaire avant de rencontrer la génération suivante de Messagers.

« Je vous assure que je l'ignorais », répétai-je avec impuissance.

Ma réponse ne lui suffit pas. Le prince comprit que j'étais prête à tout pour suivre une mission divine. Il se détourna, brisé. J'avais perdu sa confiance.

Les hommes et les djinns m'observaient avec terreur. L'intensité de leurs regards m'emplit soudain d'angoisse.

Ce choix changeait ma vie pour toujours.

Ainsi que celle d'Angelo.

TROISIÈME PARTIE

TALISMAN TOTEM

INTERMÈDE

Le sol de la grotte était recouvert de poudre d'ivoire. Un feu brûlait doucement, éclairant à peine les parois envahies de cristaux. Des étincelles blanches s'échappaient du brasier et s'envolaient en silence.

La harpiste jouait en continu. Son instrument égrenait les notes d'une mélodie qui n'admettait aucune distraction. La musique était la clé de sa survie. Elle ne s'était jamais arrêtée, malgré les tremblements de terre qui avaient secoué son sanctuaire.

Six joyaux brillaient désormais dans le sable. Ils étaient tombés du plafond comme pour se rapprocher du feu. Leurs couleurs chatoyaient de mille éclats. La proximité des flammes les réchauffait depuis plusieurs jours. Un halo entourait chacun d'eux.

Les trois derniers étaient tombés ensemble. La magie de Dohr'im n'avait pas encore manifesté son influence, mais le temps de la révélation approchait. Le brasier finirait par consumer l'innocence des cristaux échoués dans le sable.

Et son dieu reviendrait.

CHAPITRE XVI

La mine de Specy s'est écroulée après un mois d'exploitation.

Les alchimistes accusaient le Royaume Végétal d'avoir provoqué l'explosion des souterrains depuis la surface. Ils admettaient avoir dépassé la frontière, par erreur, mais était-ce une raison pour tuer une vingtaine de mineurs ? L'attaque était volontairement meurtrière. Les dégâts étaient considérables.

La reine Granada montrait là son vrai visage. D'un geste, elle avait ordonné notre ruine. Je n'acceptais pas la faiblesse de mes parents qui rejetaient la faute sur les alchimistes. Ils se trompaient d'ennemi.

Lamia Al'Malwib
« Mémoires d'une sultane amnésique »

∫

Protégée par une armure de coussins, je fixais tristement le brasero enchanté qui chauffait ma tente. La chaleur s'échappait des cristaux de braises dans un halo flou.

La culpabilité me rongeait. La colère d'Angelo était compréhensible. Par ma faute, le prince devait renoncer à ses prétentions au trône. Je le condamnais à un exil forcé… Comment diriger le Royaume Végétal sans en posséder la magie ?

La loi des Astres ne laissait pas de place à l'hésitation. Notre nationalité était dictée par la couleur de l'énergie qui circulait dans notre sang. Angelo et moi étions brusquement devenus apatrides ; aucun pays ne pouvait nous accueillir en son sein. La magie de Dohr'im n'existait plus dans ce monde. Si notre dieu avait un jour eu un royaume, il avait disparu avec lui.

Cette dure réalité me choquait autant qu'Angelo. Le Sultanat Calorique était ma patrie. Devais-je quitter la sécurité et le confort de mon palais ? J'étais devenue une étrangère aux yeux de ma propre famille. Je ne regrettais pas mon choix, mais l'angoisse de l'inconnu avait éclipsé l'euphorie du moment.

« Princesse ? »

Nadia m'apportait un plateau de pâtisseries. Je grimaçai en les refusant.

« Vous n'avez rien mangé de la journée, me réprimanda-t-elle en fronçant les sourcils. Faites-moi plaisir, prenez une friandise.

— Je suis écœurée à cette simple pensée. »

Mon ventre était serré d'appréhension et d'angoisse. La douleur me coupait la faim.

Nadia soupira et s'installa à mes côtés. Elle s'assit sur le lit où j'étais allongée. En silence, elle passa tendrement sa main dans mes cheveux. Que pensait-elle de moi ? Je l'avais trahie, comme tous les autres fidèles du Sultanat. Notre amitié souffrait de mon terrible choix.

Des larmes perlèrent à mes yeux.

« Pardonne-moi, Nadia, soufflai-je avec remords. Cette étape de la Quête s'achève d'une sombre façon. »

Ses doigts s'arrêtèrent un moment. Immobile, je retins mon souffle dans l'attente de son jugement.

« Elle se conclut de façon inattendue, corrigea-t-elle. Nul ne s'attendait à ce serment de fidélité. Princesse, vous maîtrisez la magie depuis quelques semaines à peine... Aucun de nous n'imaginait que vous aviez eu le temps d'en découvrir une autre forme.

— Je suis née ainsi, confiai-je. Cet héritage était caché en moi depuis toutes ces années.

— Vous avez été touchée par la grâce des dieux. Le monde a été témoin des miracles qui vous ont rendu la vue et arrachée à la mort. La résurrection d'une magie disparue est une nouvelle preuve de votre incroyable pouvoir. »

Je serrai un coussin contre ma poitrine.

« Comment les prêtres ont-ils réagi à ma déclaration ?

— Vous avez ébranlé leurs convictions religieuses. Ils se défendent d'être les derniers intermédiaires entre les hommes et les dieux, et voilà que vous vous présentez comme l'ambassadrice d'un dieu oublié ! Le pouvoir qui vous a entourée a carbonisé les herbes sous vos pieds. Je crois même que les djinns étaient effrayés. Pour quelqu'un qui ne maîtrise pas la puissance de sa magie, vous avez fait une démonstration impressionnante... »

Je me relevai à demi.

« La magie de Dohr'im m'est inconnue, avouai-je. J'ai le sentiment que mon existence a pour but de lui rendre sa splendeur, mais ses secrets m'échappent encore. »

Nadia tendit le bras pour récupérer une brosse. Avec tendresse, elle s'employa à lisser ma chevelure. Ses gestes nous apaisèrent toutes deux.

« Parlez-moi de cette magie perdue, implora mon amie. Comment le monde a-t-il pu oublier son existence ?

— Des millénaires se sont écoulés depuis sa disparition. Ses héritiers apparaissent chaque siècle sous le nom des Messagers de Dohr'im. Leurs ennemis les ont détruits avant qu'ils atteignent l'âge de rechercher leurs Talismans Totems.

— Des ennemis ? »

Le brasero brûlant attira mon regard. Malgré la chaleur qu'il diffusait dans la tente, je frissonnai en songeant aux phénix qui dormaient dans les braises des Astres. Ils menaçaient mon existence et celle d'Angelo. Ils n'hésiteraient pas à attaquer nos rares amis.

« Je dois te protéger de ces secrets, murmurai-je avec prudence. Sache que mes adversaires sont des êtres de pure magie, bien plus puissants que des djinns. Mieux vaut que tu ignores leur identité pour éviter leurs foudres.

— Je resterai toujours à vos côtés, assura-t-elle. Peu importe la menace, je vous accompagnerai là où vous déciderez d'aller. »

J'esquissai un sourire. Son amitié me touchait.

« Tu seras la seule à me soutenir dans mon exil… »

La brosse s'immobilisa.

« Personne ne me pardonnera cet éclat, expliquai-je. Je serai forcée de quitter le palais et ma famille. Mes parents et leurs vizirs ne toléreront plus ma présence. Ils me renieront dès qu'ils auront eu vent de ma trahison.

— Laissez-leur le choix d'en décider, me coupa-t-elle durement. Vos angoisses vous tourmentent alors qu'aucun d'eux ne vous a encore rejetée. Le sultan et la sultane vous ont protégée jusqu'à ce jour. Pourquoi vous condamneraient-ils brusquement, sans états d'âme ? Leur amour est plus fort que vous ne le pensez.

— J'ignore s'il résistera aux obstacles qui se dresseront pour me faire chuter de mon piédestal. Notre religion est intransigeante avec l'Impureté et toute forme de différence. Elle ne fera pas de cas de conscience avec la magie de Dohr'im.

— Cessez de vous inquiéter. Vous aurez le temps de vous en soucier lorsque le moment sera venu. »

Mon amie avait raison. Le sol ne se dérobait pas encore sous mes pieds. Je devais tenter d'en consolider les fondations – ou fuir avant qu'il ne s'écroule.

Je n'étais pas habituée à me morfondre ainsi. Ma volonté m'avait permis de surmonter les contraintes de la cécité avec courage et dignité. Le tourbillon d'émotions de ces derniers jours avait fragilisé la muraille mentale que je dressais en continu. Comment en colmater les fissures ? Je devais être forte. Dehors, des milliers d'hommes et de djinns m'observaient.

Mes ennemis profiteraient de la moindre faille pour m'abattre. Ils ignoraient par bonheur que je ne maîtrisais pas totalement la magie de Dohr'im. Mon dernier enchantement avait fait illusion. Hélas, aucun professeur ne pouvait m'apprendre les poèmes qui canalisaient sa puissance. Les mots anciens avaient disparu depuis des millénaires…

Je repensai à la vision qui m'avait permis de matérialiser une plume de cristal et d'écrire mon nom dans le grimoire des prêtres. J'avais simplement laissé mon esprit glisser dans un état de rêve éveillé. La magie qui pulsait en moi avait trouvé d'elle-même le chemin pour m'emmener près d'un lac merveilleux, au sommet d'un volcan endormi. Un héron blanc m'avait murmuré mon premier sortilège.

Un souvenir me perturbait. La juge Thaleia m'avait encouragée à fermer les yeux et à méditer avec confiance. Comment avait-elle deviné cet usage propre à la magie de Dohr'im ? Elle m'avait poussé à choisir cette voie mystérieuse. Avait-elle un lien avec les Filles de la Lune, les seules à connaître l'identité des Messagers ?

Je devais cesser de ronger mon frein et la revoir au plus vite. Angelo en avait suggéré l'idée, à juste titre : il était dans notre intérêt de rencontrer ces dangereuses prophétesses. Elles détenaient les clés de notre étrange magie. Nous devions apprendre ses secrets avant de recroiser le chemin des phénix.

Je repoussai les coussins et me levai avec assurance. Nadia rangea sa brosse à cheveux avec un sourire. Elle ne dit rien, mais je devinais son plaisir de me voir ragaillardie. Mon amie m'avait réconfortée.

« Sortons, proposai-je. Je sais où trouver des réponses.

— Prenez patience, princesse. Nous devons attendre que la neige arrête de tomber. »

Mon cœur manqua un battement. Mes yeux gagnèrent en éclat.

« Il neige ? »

Nadia me sourit avec gaieté.

« J'oubliais que c'est pour vous une nouveauté ! s'excusa-t-elle. Venez vite ! »

Elle me prit la main et m'entraîna vers la sortie de la tente.

Nadia me força à m'habiller d'un manteau de laine rouge et de babouches de neige. De minuscules talismans étaient incrustés sur le bord des chaussures pour en réchauffer le tissu. Mes pieds ne tardèrent pas à en apprécier le confort.

À l'extérieur, tout était blanc. Le campement disparaissait sous une mince couche de poudre nacrée. Des paillettes de glace dansaient sous le vent et se déposaient sur le sol de l'Île Brumeuse. La terre et le ciel avaient la même teinte d'albâtre.

Je m'avançai en riant, les bras levés. Je virevoltai dans un nuage de poussière d'ivoire qui me piquait les joues. Je tendis la langue pour sentir le goût de la neige. Ses caresses gelées me firent frissonner de plaisir. J'avais tant rêvé de voir cette beauté éphémère !

Khaled m'avait chanté de nombreux contes sur les blizzards qui soufflaient sur les montagnes du Nord et qui recouvraient les villes d'un tapis de glace. Pour lui, le temps se figeait pendant toute une saison. Les hommes et les animaux apprenaient à vivre au ralenti. Leur cœur battait moins vite, comme touché par l'enchantement qui endormait la nature.

Sa poésie et son sens de l'exagération m'avaient incité à ne le croire qu'à moitié… Le poète avait cependant toutes les raisons du monde de s'extasier sur cette merveille. La neige sublimait notre environnement.

Nadia vint me rejoindre, un sourire radieux accroché aux lèvres.

« Votre joie de vivre est un merveilleux cadeau, dit-elle doucement. Envoyée du ciel ou non, vous avez l'âme d'un enfant. »

Nadia m'invita à rentrer pour nous protéger du froid. Elle jura que les talismans perdraient rapidement leur énergie si nous restions trop longtemps à l'extérieur. Même sur cette île lointaine, des alchimistes accepteraient de les recharger en échange de diamants sonnants. Des obsidiennes leur permettaient de réalimenter les cristaux en magie calorique – et d'enrichir ses propriétaires. Ils devaient sans doute aimer la neige autant que moi.

Cette pensée me raccrocha au souvenir du chantier d'Alf-Laylah. Mes cauchemars me renvoyaient parfois dans cette mine abandonnée, à l'aube du Jugement Dernier... L'exploitation d'un filon d'obsidienne avait fourni le cadre d'un sacrifice presque parfait. Le fantôme de Tamir, le marchand de dattes, m'avait rappelé le danger inhérent à cette activité. Sa mort n'avait pas empêché les alchimistes de continuer l'excavation de ces trésors.

Une bourrasque acheva de geler ma bonne humeur. La menace était toujours présente. Elle se dissimulait derrière le voile blanc qui s'était abattu sur le campement. On avait tenté plusieurs fois d'attenter à ma vie. Je devais me hâter et préparer mes armes.

« Je dois revoir la juge Thaleia au plus vite, annonçai-je avec fermeté. Le temps ne s'y prête guère, mais accepterais-tu de m'accompagner ? Je t'assure qu'il ne s'agit pas d'un caprice. »

Nadia fit la moue. Elle ne semblait pas convaincue. Elle s'inclina néanmoins.

« Acceptez seulement que je nous évite trop d'inconfort. »

Elle partit chercher des boucles d'oreilles dans la tente. Les cristaux avaient la forme de longs piments rouges. Elle m'offrit les talismans en me montrant comment les frotter pour déclencher leur pouvoir. Les bijoux s'entourèrent d'un halo de magie et me réchauffèrent peu à peu le visage.

Mon amie avait une autre astuce pour lutter contre l'hostilité du climat. Elle murmura **« GRIZZLY »** et secoua son poignet. Une étincelle quitta sa paume et vint dessiner une bulle écarlate autour de nous, comme un voile de chaleur suspendu dans les airs. Les cristaux de neige fondaient à son contact avec un léger grésillement. Nadia m'expliqua doctement qu'elle avait songé aux *chercheurs d'or rose qui tamisent les rivières*.

Elle me prit le bras et m'entraîna à sa suite. Son sortilège nous permit de marcher dans le campement sans difficulté. Nos babouches de neige étaient ensorcelées pour traverser ces flots d'ivoire à l'instar de bateaux brûlants. Un sillon d'eau et de boue se formait derrière nous. Une pellicule de glace les recouvrait aussitôt.

Les nobles du Royaume Aquatique logeaient sur des voiliers, mais les juges et les sourciers avaient dressé leurs tentes au cœur du village de toile. Leurs blasons bleus disparaissaient dans le blizzard qui soufflait tout autour de nous. Des pancartes en bois annonçaient l'identité de leurs habitants. Nadia dut en frotter plusieurs avant de reconnaître celle de Thaleia. Elle souleva le rabat de tissu et nous rentrâmes à l'abri avec soulagement.

Une forte odeur d'encens régnait à l'intérieur. Des herbes et des bâtonnets brûlaient dans des bassins de pierre d'où s'échappaient de fines colonnes de fumée grise. La chaleur était étouffante. Nadia m'aida à défaire mon épais manteau.

Quand nous appelâmes, deux hommes au teint basané surgirent dans l'entrée. Leur torse bronzé était nu à l'exception d'un large torque en or. Rien ne dissimulait le tracé ciselé des muscles de leurs bras et de leurs poitrines. Leurs yeux noirs me sourirent avec insolence.

Gênée, je détournai le regard. La juge avait des exigences exotiques envers ses domestiques. Je me retins de ne pas me scandaliser devant l'accoutrement particulièrement limité de ses beaux serviteurs.

Un frôlement de tissu annonça l'arrivée de Thaleia. Elle claqua des mains et les deux hommes s'inclinèrent avant de disparaître. Sa robe échancrée laissait voir sa jambe droite au galbe parfait. La soie turquoise flottait avec légèreté sur ses épaules. Ses cheveux blonds étincelaient tant que j'y devinais la marque d'un sortilège.

« Princesse, vous enchantez ma journée, me salua-t-elle doucement. Votre beauté est la bienvenue chez moi. »

Je la remerciai du compliment.

« Ma visite sera brève, annonçai-je d'un ton d'excuse. Je souhaitais vous revoir à la suite du rituel de ce matin.

— Regrettez-vous votre choix ?

— Non. »

D'un geste, la belle femme m'invita à pénétrer dans un salon attenant. Des banquettes en coton étaient entourées de bibelots dorés et de statuettes en ébène. Des masques en bois sombre étaient suspendus aux parois. Leurs visages sculptés se fendaient de grimaces extravagantes et bariolées.

La pièce était envahie d'une végétation dense et touffue. J'avais le sentiment d'entrer dans un sanctuaire perdu dans la jungle et rempli de trésors. Des fleurs se paraient de leurs plus vives couleurs, du bleu saphir au rouge écarlate. Elles diffusaient un parfum enivrant qui se mêlait à l'encens, omniprésent. Dans un coin, un immense bananier portait des régimes de bananes mûres. Des talismans de magie végétale entouraient son tronc d'un halo émeraude. L'enchantement occultait les effets de la saison hivernale qui rugissait au-dehors.

Thaleia proposa à Nadia de rejoindre ses serviteurs dans la pièce voisine. J'approuvai son invitation et mon amie s'éloigna pour retrouver les troublants éphèbes. Je m'installai sur un coussin moelleux.

« La nature est pleine de merveilles, commenta la juge en surprenant mon regard vers ses plantes luxuriantes. La Jungle d'Émeraude préserve des espèces rares et uniques au monde.

— On raconte que certaines sont carnivores ?

— Bien sûr. Les oiseaux pullulent et sont des proies faciles. »

Elle balaya son commentaire d'un geste de la main. J'ignorais si sa remarque tenait de l'ordre de la plaisanterie.

Je lui fis part des pensées qui m'amenaient jusqu'à elle. Plus tôt dans la matinée, elle m'avait suggéré de fermer les yeux pour méditer et trouver un moyen d'écrire mon nom dans un grimoire. Son conseil n'était pas anodin.

« Êtes-vous une Fille de la Lune ? », demandai-je à brûle-pourpoint.

La femme lança ses cheveux en arrière et éclata de rire.

« Non, certainement pas. Je ne m'amuse pas à prédire d'obscures prophéties que personne ne comprend.

— Vous connaissez donc leur existence. Si vous n'êtes pas l'une d'elles, comment avez-vous pu me guider pour invoquer la magie de Dohr'im ? Que savez-vous de cette magie disparue ?

— Je pourrais vous retourner la question. Vous vous êtes engagée sur une voie dangereuse dont vous ignorez l'issue. »

Je fronçai les sourcils.

« Le monde a oublié l'existence de Dohr'im, déclarai-je. Je dois l'aider à regagner ses lettres de noblesse. Je suis la seule gardienne de ses pouvoirs.

— Avec le prince Angelo », nuança-t-elle.

Un homme rentra dans le salon pour nous proposer des boissons rafraichissantes. Il se pencha pour nous servir un breuvage fruité. Son geste délicat contrastait avec sa musculature. Ses mains puissantes me tendirent une coupe de cristal sans trembler.

Thaleia vivait dans le luxe et la richesse. La neige tombait dehors, mais elle chauffait sa tente avec démesure. Était-elle incapable de surmonter la nostalgie de son pays natal ? Ses serviteurs à demi nus évoluaient dans cette atmosphère suffocante. Son sens aigu de l'esthétisme s'appliquait à l'ensemble de ses possessions.

« J'avais deviné votre différence, avoua-t-elle lorsque l'homme fut reparti. La magie de Dohr'im est la seule à pouvoir rendre la vue, même si ce miracle n'est que temporaire. »

Mon cœur manqua un battement.

« Temporaire ? m'alarmai-je.

— Je pensais que vous le saviez, s'excusa-t-elle en pinçant les lèvres. Votre vision ne devient-elle pas plus floue de jour en jour ? »

Je secouai la tête.

Sa révélation était insupportable à entendre. J'avais retrouvé la vue depuis quelques semaines à peine. Ma plus grande frayeur était de la perdre à nouveau. La beauté du monde était un cadeau que je refusais de rendre.

Ses paroles me forçaient à réfléchir à la qualité de ma vision. Était-elle déformée d'une quelconque façon ? Mon esprit fut envahi par un doute glacé. Je songeai à Rébus, l'ami d'Angelo qui m'avait apporté des talismans pour réussir la première étape de la quête. Selon lui, les halos de magie que je voyais autour des cristaux n'étaient pas naturels. Personne ne les distinguait... Thaleia me laissait penser qu'ils n'étaient qu'une distorsion lumineuse que mes yeux inventaient.

Je reposai ma coupe de jus de fruits avec un pincement au ventre. Mon hôtesse m'avait déstabilisée.

« Les légendes qui entourent la magie de Dohr'im m'ont toujours passionnée, déclara Thaleia. Les Filles de la Lune m'ont raconté quelques-uns de leurs secrets, mais nous avons peu d'affinités.

— Elles ont tenté de nous assassiner, murmurai-je. Angelo a été la cible de leurs attaques, tout comme moi.

— Ces femmes vivent en communauté fermée. Elles se cachent sur une île à moitié sauvage et prétendent agir dans l'intérêt d'une idéologie absurde. La frontière entre le Bien et le Mal est pourtant aussi fine que le cheveu d'un enfant. Tous les points de vue se défendent. »

Elle joua avec ses boucles blondes sans me quitter du regard. Ses yeux bleus étaient emplis d'une dureté que j'attribuais à sa profession juridique.

Distraite, je pris une gorgée du cocktail exotique. Je préférais oublier l'existence de ces dangereuses prophétesses qui agissaient dans l'ombre. Leurs secrets n'étaient qu'une goutte d'eau dans l'océan de menaces qui me submergeait. Les complots du Royaume Minéral et des vif-passeurs étaient plus urgents à résoudre. Ils étaient à l'origine de ma visite à cette belle et étrange femme.

« Pouvez-vous m'apprendre à utiliser la magie de Dohr'im ? demandai-je avec espoir. Votre aide m'a été précieuse pour réussir le rituel du Choix.

— Cette magie est plus ancienne que les manuscrits de ce monde. Aucun grimoire ne décrit la poésie qui permet d'en invoquer le pouvoir. Je sais simplement que la méditation est un état nécessaire à son invocation. »

J'étais déçue par sa réponse. Elle eut une grimace d'excuse en voyant mon visage.

« Ne craignez rien, princesse. Le djinn de votre Talisman Totem sera en mesure de vous aider. Réussissez cette Quête et vous trouverez les réponses à ce mystère.

— Les génies n'étaient pas ravis d'apprendre la résurrection d'une magie disparue... »

Elle serra le poing avec humeur.

« Ce sont des êtres suffisants, dit-elle avec violence. Leur magie décadente est à la mesure de leur arrogance. Seuls les Talismans Totems peuvent museler leur stupidité ! Un bon djinn est un djinn apprivoisé. Leur liberté est le plus grand danger de l'humanité. »

Elle se calma lentement.

« Le vôtre sera différent, murmura-t-elle. J'ai hâte de découvrir la forme de votre Talisman Totem. Il apportera la clé d'une vieille énigme que j'adorerais résoudre. »

Elle claqua soudain des mains pour rappeler ses serviteurs. Les deux éphèbes bronzés rentrèrent dans la pièce et s'inclinèrent avec déférence. Nadia apparut à leur suite avec raideur. Je croisai son regard perturbé. Mon amie semblait aussi à l'aise qu'un appât dans un banc de poissons.

Je me levai avant que Thaleia ait pu commander de nouveaux jus de fruits. L'encens et le parfum des fleurs saturaient mes sens. Je devais retrouver la quiétude de mes appartements. Je prétextai la fatigue pour m'échapper de cette atmosphère tropicale.

« Une dernière chose avant que vous ne partiez, me confia la juge en lissant sa robe. Ne laissez pas le prince

Angelo vous tourmenter. Il ne sera bientôt plus un obstacle pour votre quête.

— Que voulez-vous dire ? »

Elle soupira.

« Demain, le prince regagnera son royaume pour prier ses anciens dieux dans la Forêt des Fées. Si son vœu se réalise, il retrouvera l'usage de la magie végétale. Sinon, la barrière enchantée qui protège le temple le réduira en cendres. Dans tous les cas, vous serez bientôt la seule fidèle de ce mystérieux Dohr'im. »

Je frissonnai malgré la chaleur ambiante. Angelo ne pouvait pas agir ainsi ! La juge ignorait qu'un pouvoir autrement plus puissant se déclenchait lorsque notre sang se mélangeait. La disparition d'Angelo ou sa conversion religieuse m'empêcherait d'invoquer le Souffle des Dieux.

Nous quittâmes Thaleia et ses beaux serviteurs. Le blizzard s'était calmé. La différence de température nous fit toutefois un choc. Je me serrai contre Nadia durant notre traversée du retour.

Je regrettais que la juge n'ait pas pu m'aider à mieux comprendre la magie de Dohr'im. Ses paroles m'avaient plutôt empli de doutes sur mon avenir. Que se passerait-il si Angelo mourait ? Je ne pouvais pas le laisser pénétrer dans ce maudit temple. Le risque était trop important pour nous deux.

En arrivant devant notre tente, mes pieds glissèrent soudain sur une plaque de glace. J'entraînai Nadia dans ma chute dans la neige.

« Misère, nous voilà trempées », maugréai-je.

Ma cheville était douloureuse. Je m'aperçus en me relevant que le sol brillait d'un éclat surnaturel. Un halo de lumière recouvrait la glace sur laquelle je venais de tomber.

Je fermai les yeux avec angoisse. La crainte de Thaleia était justifiée : ma vue changeait.

CHAPITRE XVII

Je n'avais pas le cœur à la fête. Je remerciai à peine le prince d'Edelstener pour ses cadeaux, de précieux couteaux en argent. Mon âme était aussi froide et dure que les lames de métal.

Mon mariage n'avait aucun sens. J'épousais un homme qui n'aimait que mon héritage et le titre qu'il lui conférait. Les rumeurs allaient bon train sur ses escapades nocturnes… Comment avais-je pu rester aveugle si longtemps ? Le palais était un terrain de jeux pour ses plaisirs coupables.

Le sultan s'était endetté pour une mine d'obsidienne qui ne verrait jamais le jour. Mes parents avaient dû réduire les coûts de mon mariage. La malice de la reine Granada m'avait fait renoncer à l'apparat dont je rêvais pour cette cérémonie.

Le Nectar'Miel était ma seule consolation. La boisson m'aidait à oublier l'acharnement du destin.

Lamia Al'Malwib
« Mémoires d'une sultane amnésique »

Ma cheville me lançait. Les cataplasmes que Nadia m'avait appliqués s'étaient révélés inefficaces. Ma tente embaumait l'eucalyptus et le camphre, des odeurs puissantes qui m'avaient empêchée de dormir à défaut de soulager ma douleur.

Je ruminais mon impatience. L'aube s'était levée depuis plusieurs heures mais Nadia m'interdisait le moindre mouvement. Je craignais qu'Angelo ait rejoint sa capitale pour renier la magie de Dohr'im. Dans quelle mesure risquait-il de me priver du Souffle des Dieux ? Le rituel de la veille nous avait montré que nous ignorions les conséquences de notre gémellité. Les secrets de nos origines nous enchaînaient de façon insidieuse et troublante.

Le sort des Oracles avait traversé les âges pour provoquer la naissance artificielle de deux Messagers. De quelle liberté disposions-nous depuis ? Leur enchantement nous guidait vers un destin pour lequel nous ne maîtrisions rien. J'avais le sentiment de longer un ravin par temps de brouillard. Je suivais un fil mystérieux en espérant qu'il ne m'entraîne pas dans les profondeurs de l'abîme.

Les trois prêtresses nous avaient transmis leurs volontés au cours d'un rêve. Leur discours avait offert un sens à ma vie : une mission divine exaltante, restaurer une magie disparue. Elles s'étaient cependant adressées à un unique Messager. Étaient-elles incapables de deviner que des jumeaux allaient naître, un jour, pour recevoir leur don ? Angelo et moi partagions le Souffle des Dieux. Aucun de nous n'en possédait la totalité, mais ensemble nous étions en mesure d'en invoquer le pouvoir.

Cette dualité était un sujet de discorde depuis plusieurs jours. Je brûlais d'envie d'en explorer le potentiel, à l'inverse d'Angelo qui prônait la prudence. Le rituel du Choix l'avait désormais convaincu de s'en débarrasser. La force qui nous animait reposait comme un dragon endormi. Le prince s'apprêtait à lui couper la tête.

Je remuai avec agacement. La douleur me vrilla le pied et m'arracha un gémissement. Comme je regrettais ma maladresse ! Elle me handicapait alors que le temps me manquait.

« Princesse ? »

Mon amie et servante s'était redressée sur son siège. Elle veillait sur moi avec dévouement.

« J'aimerais sortir, suppliai-je. Je ne peux pas rester ici toute la journée !

— Il le faudra bien. Vous n'êtes pas en état de vous promener. Je regrette de vous avoir fait traverser le campement en plein blizzard. Je suis responsable de votre sort.

— Cette visite auprès de Thaleia était très instructive.

— Sur ses mœurs condamnables, si vous voulez mon avis… »

Nadia reprit sa broderie avec intensité. Elle évita mon regard. La nudité des serviteurs de Thaleia avait choqué mon amie. Elle frissonnait à l'idée de servir un jour comme domestique à moitié dévêtue.

Le silence retomba entre nous. Je songeais distraitement aux paroles de la juge. Sa remarque sur ma vision me perturbait autant que la désertion d'Angelo. Son ton empreint de pitié me condamnait à imaginer le pire : redevenir aveugle après avoir goûté au bonheur de la lumière et des couleurs. J'avais déjà le sentiment que ma vue s'altérait. Les halos que je distinguais autour des talismans s'étaient intensifiés.

Le retour de mon handicap me guettait. Mon sang se glaçait à l'idée de replonger dans un univers sombre et solitaire. N'avais-je pas assez souffert pendant toutes ces années ? La crainte me hantait depuis l'annonce de la juge.

Un carillon mit fin à mes pensées tourmentées. Nadia m'interdit de bouger et se leva pour éconduire l'impudent qui osait déranger sa princesse.

Son ardeur s'évanouit en découvrant son identité. Avec déférence, elle revint en compagnie de mon frère Djalil. Il ôta son turban et le déposa sur un sofa. Il s'approcha avec un calme mesuré.

« Je regrette de te voir souffrante, Amira…

— Mon admiration devant la beauté de la neige m'a coûté cher, soupirai-je. Elle dissimulait une plaque de glace que mes babouches ont formée en quittant ma tente. Inutile de t'inquiéter. Raconte-moi plutôt le discours des prêtres pour cette troisième journée. »

Les adolescents avaient choisi leur magie définitive. Ils devaient désormais déclarer leur loyauté à la religion du Cercle au sein des temples appropriés. La communauté religieuse était prête à les accueillir comme nouveaux fidèles, à l'aube de découvrir leur Talisman Totem et de devenir adultes aux yeux de la société.

Les marées étaient aussi perturbées que les jours précédents. La lutte de pouvoir des Astres s'intensifiait. La destination des rivières argentées se focalisait sur les capitales des différents pays, au plus près des boules de magie qui flottaient dans les airs.

« Mon dieu n'a pas de temple, déclarai-je soudain. Je suppose qu'aucun prêtre ne me donnera sa bénédiction pour trouver mon Talisman Totem demain matin. »

Mon frère fuit mon regard.

« Ils l'ont laissé entendre, admit-il. Ils envisagent de convoquer un Conseil extraordinaire pour réfléchir à ta déclaration. Leurs opinions divergent. Beaucoup d'entre eux ne croient pas à l'existence d'un nouveau dieu.

— Dohr'im est un *ancien* dieu, corrigeai-je. Nos ancêtres l'ont oublié.

— Selon la légende, il s'agit d'un demi-dieu qui a trahi les hommes… »

Djalil n'en dit pas davantage mais sa gêne était manifeste. Les prêtres parlaient de Dohr'im comme l'enfant d'un viol, le fils du dieu du mensonge et d'une humble paysanne. Son dédain blasphématoire lui aurait attiré les foudres du ciel. Un jugement à l'aune de ses actes méprisables… La victime, coupable, se serait vengée en enfermant ses aïeux dans les brumes d'un paradis perdu.

Je refusais de croire cette version moralisatrice. Selon les Oracles, la réalité était bien différente : les hommes avaient été manipulés par les Esprits Sauvages pour trahir Dohr'im. Sa chute avait fermé la porte du royaume céleste. Les trois femmes avaient renversé le sens de cette mythologie.

Ma conviction s'appuyait sur un simple rêve. Cette confiance naïve ne m'attirerait aucun crédit de la part des prêtres du Cercle. Je devais préparer mes arguments pour qu'ils reconnaissent l'existence de cette magie oubliée. Sa résurrection remettait en cause un de leurs dogmes fondateurs.

L'air soucieux de Djalil me rappela que mon annonce passionnée avait eu d'autres conséquences. Je venais de bouleverser la hiérarchie familiale en renonçant à la magie calorique et au trône du Sultanat. Mon frère retrouvait son statut d'héritier, de façon définitive cette fois. Je pinçai mes lèvres devant son désarroi.

« Le marabout Abdu va bénir le prochain héritier du Sultanat, déclarai-je. Je te rends la couronne après te l'avoir volée...

— Nos parents doivent confirmer ce nouveau changement.

— Tout ira bien. Tu seras à la hauteur de leurs espérances. »

Djalil serra les poings.

« Pourquoi as-tu choisi une magie dont tu ne connais rien ? Pourquoi nous as-tu trahis ? »

Sa remarque m'attrista.

« Dohr'im est le dieu à l'origine de ma guérison. Ma vie lui appartient. Je n'abandonne ni mon peuple ni ma famille. Au contraire, je vous représente tous dans cette quête pour retrouver l'usage d'une merveilleuse magie perdue.

— Ton cœur ne bat donc plus pour Narilah ? »

J'acquiesçai lentement. Mes prières quotidiennes s'adressaient à un autre dieu.

Mon frère baissa les épaules.

« Le monde entier célébrait la prochaine sultane, murmura-t-il. Tu avais tout d'une déesse digne et rayonnante alors que je suis un imposteur.

— J'ai confiance en toi. Tu seras un formidable sultan.

— Seul l'avenir le dira... »

Gêné, Djalil finit par se lever. Un immense poids pesait sur ses épaules. Pour lui non plus, le rituel du Choix ne s'était pas déroulé de la façon prévue. Il retrouvait sa place dans les jeux de pouvoir du palais d'Al-Hamra alors que les responsabilités d'un prince le maintenaient dans un état d'angoisse permanent. Son ambition politique était plus faible que celle de certains vizirs.

Le peuple du Sultanat avait fêté ma gloire. Leur vénération qui touchait au fanatisme serait-elle soufflée comme la flamme d'une bougie ? Allait-elle se reporter sur le nouvel héritier du trône ? Mon frère devait faire preuve de courage pour accepter ce rôle et remplacer l'image de déesse que des miracles m'avaient offerte. Un véritable défi l'attendait. Je lui souhaitais de le relever.

Son départ raffermit ma volonté. Mon choix avait forcé le destin d'Angelo et de Djalil. Je devais assumer mes responsabilités : mes lamentations ne changeraient pas notre situation. Je décidai de consacrer toute mon énergie à la quête des Oracles de Dohr'im en commençant par préserver le Souffle des Dieux.

Je réussis à convaincre Nadia de refaire le bandage de ma cheville et de m'amener une canne en bois. Avec mauvaise humeur, elle s'obligea à accepter l'idée que sa princesse allait quitter ses draps de soie pour affronter le monde extérieur.

La neige s'était arrêtée de tomber. Un voile immaculé recouvrait le paysage, éclairé par une luminosité qui filtrait difficilement à travers la grisaille des nuages. Un duvet blanc s'accrochait aux chapiteaux de toile. Des traces de pas sillonnaient le campement dans des ruisseaux de boue.

Les talismans de mes babouches de neige m'évitaient l'inconfort du froid. Ils pulsaient un halo rougeâtre qui réchauffait mes pieds. Nadia transportait des cristaux de rechange, au cas où mes caprices épuiseraient leur énergie.

Les gens que nous croisions se dirigeaient tous vers la mare de vif-argent. Nous dûmes lutter à contre-courant pour rejoindre les habitations du Royaume Végétal. Nadia jura tout bas. Elle laissa entendre que j'avais volontairement choisi les tentes les plus éloignées de la nôtre. Mon amie m'aida toutefois à marcher jusqu'à notre arrivée.

Elle m'indiqua du doigt le logement du prince Angelo. Un chapiteau vert émeraude se dressait à l'assaut du ciel. Un drapeau flottait à son sommet et déployait les armoiries de son royaume : deux feuilles d'eucalyptus entrecroisées.

« Attention ! »

Une boule de neige jaillit au-dessus de mon épaule et vint s'écraser au sol. Nadia se retourna brusquement pour faire face à mon agresseur.

Deux individus s'approchèrent en s'excusant. Chaudement emmitouflés, ils étaient recouverts d'une pellicule de glace. Ils quittèrent leurs bonnets de laine et s'ébouriffèrent.

Je reconnus Tim, le cousin d'Angelo, et Elliw, son amie d'enfance. Les deux compères étaient gênés de se voir démasqués au milieu d'une bataille de boules de neige. Tim lâcha distraitement l'arme qu'il tenait encore à la main.

« Ne vous attaquez pas à plus faible que vous, commentai-je en montrant le bâton sur lequel je m'appuyais.

— Vous voilà bien malchanceuse, princesse. Que vous est-il arrivé ? »

Je leur racontai ma chute malencontreuse. Elliw se tourna vers son compagnon de jeu.

« As-tu encore un peu d'arnica sur toi ? Tu peux sûrement soulager sa douleur ? »

Tim acquiesça avec empressement. Il enleva ses gants et récupéra une bourse de cuir accrochée à sa taille. Il en préleva une feuille séchée et la froissa.

Le jeune homme murmura un sortilège. Un halo d'étincelles vertes transforma les morceaux de feuille en fumée. J'étais éblouie par la lumière joyeuse qui s'en échappait. On aurait dit que sa main tenait une poignée d'étoiles qui dansaient autour de ses doigts.

« Quel éclat ! », m'exclamai-je en plissant les yeux.

Mes trois interlocuteurs froncèrent les sourcils.

« Princesse, son sortilège est invisible, commenta Nadia avec incompréhension.

— Ne te moque pas, j'en suis aveuglée ! »

Perturbé, Tim se baissa pour appliquer son bandage magique. Il superposa son poème sur le tissu qui enserrait déjà ma cheville. Je vis distinctement la lumière se déposer et pénétrer dans ma peau. Une sensation d'apaisement me parcourut le pied.

Je le remerciai avec chaleur. Le jeune homme hocha la tête en silence.

« Le prince Angelo est-il avec vous ? demandai-je.

— Il est déjà parti en direction de la Forêt des Fées. »

Je jurai tout bas. Le temps jouait contre moi.

« Je dois le rejoindre », murmurai-je.

Tim et Elliw se jetèrent un regard inquiet. Mon urgence n'avait pas de sens pour eux. Je les abandonnai et fis demi-tour.

Plus je m'approchais de la mare de vif-argent, plus la foule se densifiait. Beaucoup d'adolescents s'écartèrent de moi en me pointant du doigt. Je continuai ma route sans en prendre ombrage. Les djinns aussi étaient plus nombreux. Ils flottaient dans le ciel avec une excitation palpable. L'heure de leur libération allait bientôt sonner. Ils avaient hâte de guider leurs futurs partenaires vers des talismans cachés aux quatre coins du monde.

Une boule de feu s'écrasa soudain devant moi. Je m'arrêtai net. Des éclaboussures de boue salirent ma djellaba.

« Où courez-vous ainsi, Impure ? »

Un djinn rouge rubis se dressa devant moi. Je connaissais bien ses bras musclés et ses sourcils noirs.

« Vous avez trahi votre peuple ! s'écria Ji'Ihna. Votre âme est souillée. Comme je regrette de vous avoir offert ma protection !

— Alors partez et oubliez-moi ! »

Je levai mon bâton pour le chasser. Le génie se moqua avec cruauté.

« La déesse est-elle tombée de son piédestal ? Aucun djinn ne voudra d'une estropiée qui renonce à sa religion. J'aurais dû me méfier d'une princesse aveugle de naissance. Votre handicap a empoisonné votre sang et votre magie. »

Il cracha un liquide enflammé dans la neige à mes pieds. Je continuai mon chemin en direction du vif-argent sans prêter attention au venin de ses paroles. J'étais résolue à assumer mon choix.

« Votre différence sera votre perte ! », hurla-t-il derrière moi.

J'avais l'impression d'avancer au ralenti. La berge me paraissait si loin… Nadia m'accompagna, imperturbable et fidèle en dépit du silence inquiétant de mes anciens admirateurs. Mon peuple m'avait retiré son soutien.

$\int$

Un sentier m'emmena au cœur de la Forêt des Fées. Des arbres immenses m'entouraient de leur sombre étreinte. Les chênes et les châtaigniers avaient perdu leurs feuilles, mais la frondaison des arbres était pleine de gui, de lierre ou de ronces. La lumière hésitait à pénétrer dans ce sanctuaire végétal.

Une odeur d'humus se dégageait des bois. Je la respirais avec curiosité. J'étais consciente qu'elle témoignait de la dégradation des feuilles mortes et de la croissance des champignons. Mes narines se fronçaient de surprise devant sa force et sa complexité.

Une route pavée m'avait éloignée de Lys-en-Flacon, un petit village proche de la forêt. Le vif-argent m'y avait conduite en même temps qu'une dizaine d'adolescents. D'apparence plus simple que les aristocrates qui partageaient mon campement sur l'Île Brumeuse, aucun d'eux ne m'avait reconnue. Ils parlaient haut et fort. Ils se félicitaient à l'idée de recevoir la bénédiction des druides du Royaume Végétal.

Je resserrai mon manteau. L'air était plus frais qu'au bord de la Mer des Paillettes. Le soleil atteignait son zénith sans parvenir à me réchauffer. Je frottai mes boucles d'oreilles en cristal de piment pour libérer un peu de magie calorique. Nadia m'avait confié ces talismans en m'assurant que je pourrais les activer sans recourir à mon énergie intérieure. Son cadeau m'évitait de tenter un sortilège au hasard pour invoquer la magie de Dohr'im.

J'étais heureuse de marcher sans l'aide de bâtons. Le cousin d'Angelo avait fait des miracles. Ma cheville n'était presque plus douloureuse.

Le silence s'installa à l'approche du temple. Au détour du chemin, une large clairière apparut à mes yeux ébahis. L'entrée du sanctuaire était marquée par des rubans multicolores accrochés aux branches des arbres. L'astre solaire illuminait un cercle de pierres levées hautes comme trois hommes. Elles entouraient un dolmen recouvert de mousse.

Une profonde sérénité se dégageait de ce lieu sacré. Des frissons me parcoururent les bras. Les menhirs formaient les piliers d'un dôme chatoyant, constitué de milliers d'étincelles vertes qui s'étiraient comme un voile au-dessus de la clairière. Un antique sortilège imprégnait le temple comme une barrière infranchissable. La magie, habituellement invisible, était aussi tangible que les arbres de la forêt. Ce phénomène prouvait que ma vue s'était encore altérée, mais j'étais heureuse d'admirer cette prodigieuse concentration d'énergie.

Je m'approchai avec fascination. Doucement, je caressai un mégalithe du bout des doigts. Je sentais le flux d'énergie qui coulait dans la roche et nourrissait l'enchantement. Des excroissances brillantes apparurent à sa surface et me palpèrent avec attention. Un curieux picotement remonta dans mon bras. La sensation de piqûre s'accentua, jusqu'à me brûler légèrement.

Songeuse, je retirai ma main.

La barrière ne me reconnaissait pas comme une fidèle de la magie végétale. Sa réaction me déconseillait de la traverser. Je n'osais pas imaginer le danger d'une tentative d'effraction.

Je m'éloignai en soupirant. Le sanctuaire exerçait sur moi une puissante attraction. J'étais émerveillée par sa beauté. Involontairement, je ressentais le secret désir de m'approcher du dolmen central pour me prosterner et prier.

Je fis le tour de la clairière d'un pas pressé, à la recherche d'Angelo. Je ne tardai pas à l'apercevoir en compagnie de l'Archidruide Séquijo. Le prêtre à la longue barbe blanche secouait la tête avec insistance.

Ils stoppèrent leur conversation à mon arrivée. Le prince était mécontent. Il me dévisagea avec mauvaise humeur.

« Vous n'avez rien à faire ici, menaça-t-il en croisant les bras.

— Je suis venue pour vous. Nous devons discuter des conséquences du rituel d'hier.

— Elles sont claires : vous m'avez retiré tout espoir de régner sur mon royaume, alors que je n'ai que faire de la magie de ce maudit Dohr'im ! »

J'échangeai un regard avec l'Archidruide. J'étais gênée par la présence d'un prêtre du Cercle. Nos secrets n'étaient pas prêts à être dévoilés.

« Le monde a oublié son existence, dis-je prudemment. Vous ne pouvez pas nier son importance dans votre vie.

— Qu'en savez-vous ? s'emporta-t-il. Je suis ravi que vous ayez retrouvé la vue, mais je suis un prince *normal*, je n'ai jamais eu besoin de lui ! »

Le druide se racla la gorge.

« Princesse, votre déclaration nous a tous surpris, me confia-t-il. Nous allons organiser un Conseil du Cercle pour débattre de l'idée qu'une nouvelle forme de magie puisse exister. Vous avez cependant conscience que c'est hautement improbable. »

Mon sang ne fit qu'un tour.

« Les miracles de Dohr'im m'ont marquée à trois reprises, rappelai-je avec passion. Comment pouvez-vous douter de leur réalité ?

— Le doute est nécessaire à toute quête de vérité. Le peuple croit aux miracles, mais les prêtres sont fidèles aux fondements de la religion du Cercle. Six magies gouvernent notre quotidien depuis des millénaires. Comment croire qu'une septième forme d'énergie ait brusquement ressurgi de l'histoire ? »

J'invoquai un halo nacré dans le creux de ma main.

« Voyez par vous-même : Angelo et moi possédons cette antique magie. »

L'Archidruide sourit avec une compassion paternaliste.

« Non, mon enfant, dit-il doucement. Je crois plutôt que vous êtes touchée par une forme d'Impureté bien décrite dans nos légendes. Les Messagers de Dohr'im ont toujours existé, mais leur pouvoir perverti s'est chargé lui-même d'abréger leur existence. Il ne s'agit pas d'une magie à part entière, simplement d'une altération dangereuse pour vous et vos proches. »

J'étais outrée par ses conclusions. Le prêtre se trompait. Le pouvoir qui circulait dans mes veines brûlait de lui montrer l'étendue de sa force.

« Vous avez tort, affirmai-je. Je vous prouverai que la magie de Dohr'im est bien l'héritage d'un dieu disparu.

— Sans moi, me contra Angelo. L'Archidruide va m'aider à purifier mon âme. »

Je serrai les poings avec fureur. Sa lâcheté le poussait à croire aux divagations du prêtre. Avait-il déjà oublié notre rêve partagé et le discours des Oracles, ou la guérison de ma cécité lorsque notre sang s'était mélangé ? Il avait été témoin du pouvoir merveilleux du Souffle des Dieux.

Impuissante, je laissai le vieil homme s'excuser et rentrer dans le temple pour reprendre ses bénédictions. Le prince le regarda s'éloigner avec désespoir. Sur son visage, je lisais son désir de se jeter contre la barrière magique pour affirmer sa fidélité ou abréger ses souffrances.

Je soupirai discrètement. Ma colère ne pouvait pas calmer sa tristesse. Je devais oublier ma frustration pour l'empêcher de commettre un acte suicidaire.

« Je suis aussi angoissée que vous, avouai-je. Nous avançons vers l'inconnu. Consacrons notre énergie à tenter de résoudre ces énigmes.

— Je n'ai plus d'avenir. Vous avez mis fin à mon existence.

— Ne soyez pas si dramatique… Cherchons du soutien pour nous accompagner. Les prêtres du Cercle ignorent tout de Dohr'im, mais les Filles de la Lune peuvent nous aider. »

Le prince se tourna vers moi. Ses yeux bleus étincelaient d'une lueur fiévreuse.

« Vous acceptez finalement de partir à leur recherche ? se méfia-t-il.

— Oui. Je soupçonnais la juge Thaleia d'être l'une d'elles, mais elle m'a affirmé le contraire. C'est grâce à elle que j'ai compris comment invoquer une plume de cristal au cours du rituel du Choix. Elle m'a assuré qu'elle connaissait l'île où vivent les Filles de la Lune.

— Elle possède de curieuses connaissances…

— Son réseau d'informateurs doit être excellent. Elle m'a prévenu que vous alliez tenter d'entrer dans ce temple malgré les risques que cela représente. »

Mon regard se porta vers le sanctuaire. Ses piliers de pierre vibraient d'un halo vert qui alimentait le dôme de magie. La surface du voile était animée de soubresauts, comme si les particules d'énergie se déplaçaient à toute allure dans l'atmosphère. Un mouvement d'ensemble les forçait à tourner autour de la clairière de façon circulaire.

Angelo fronça les sourcils.

« Ça n'a pas de sens, s'étonna-t-il. Thaleia est venue me voir hier soir pour me convaincre de rencontrer l'Archidruide et de recevoir sa bénédiction. Je ne serais jamais venu ici sans son insistance. »

Sa remarque me refroidit. Angelo me laissait entendre que la juge m'avait menti.

« Thaleia voulait que nous nous retrouvions ici, murmurai-je. Pour quelle raison ? »

Avions-nous été manipulés ?

« Elle m'a soignée lorsque votre djinn a tenté de me brûler vif, rappela Angelo. Si elle était notre ennemie, elle se serait simplement abstenue d'intervenir.

— À moins de vouloir gagner notre confiance… »

Une bourrasque me glaça le dos. Nous étions tous deux au milieu d'une forêt, loin de nos gardes du corps. Le seul abri potentiel était un temple dans lequel nous ne pouvions pas pénétrer. Le sortilège qui le protégeait ne permettait aucune intrusion.

Angelo prit conscience de notre vulnérabilité. Dos à la barrière magique, nous n'avions que les sous-bois pour nous cacher en cas d'agression. L'obscurité des arbres semblait soudain plus oppressante qu'à notre arrivée.

« J'ai toujours détesté cette forêt, murmura le prince. Elle est remplie de champignons colorés et de cochons sauvages.

— Partons ! m'alarmai-je. Nous ne maîtrisons pas assez notre magie. Nous ne sommes pas en mesure de nous défendre. »

Il acquiesça en silence. Il s'était brusquement renfermé sur lui-même, inquiet. Son désespoir avait été remplacé par une angoisse que je partageais.

Les manigances de la juge Thaleia nous remplissaient d'appréhension. Pourquoi s'était-elle assurée de notre rencontre dans cette clairière sacrée ? Son comportement dissimulait un objectif dont nous ignorions tout.

Nous longeâmes le temple pour retrouver le sentier qui nous avait amenés en ce lieu. À l'intérieur, une foule d'adolescents scandaient des prières ferventes avec l'Archidruide, perché sur le dolmen central. Un halo pulsait autour des fidèles. L'écho de leur voix était assourdi par la végétation alentour.

Alors que nous distinguions le chemin qui s'enfonçait sous les arbres, Angelo glissa sur un tapis de feuilles mortes et tomba à terre. Le prince posa les mains sur son pied en grimaçant de douleur.

« Je me suis tordu la cheville », se plaignit-il.

Soupçonneuse, j'observai attentivement l'endroit de sa chute. Les feuilles étaient humides, comme le reste de l'humus de la forêt. Des reflets animaient leurs nervures. Je me penchai plus près. Un halo de lumière brune recouvrait le sol d'une couche scintillante.

Je ne m'y trompai plus. Mes yeux voyaient la trace laissée par la magie. Je compris brusquement que mes glissades maladroites avaient été induites par le même type de sort.

« Ce n'était pas un accident, déclarai-je avec certitude. Ces feuilles ont été ensorcelées. »

À peine ces mots prononcés, une étincelle traversa l'air et me percuta l'épaule. Je tombai à mon tour en criant.

CHAPITRE XVIII

La fourberie du Royaume Végétal est légendaire. Son gouvernement est aussi diabolique que ses forêts remplies de pièges et d'animaux sauvages.

La reine Granada ne s'est pas contentée de détruire notre mine d'obsidienne et de nous ruiner. Elle a brusquement triplé les prix du blé en prétextant une mauvaise récolte, quelques semaines avant le Jugement Dernier. La moitié de nos éleveurs de salamandres ont fait faillite. Ces animaux consomment une grande quantité de céréales et d'insectes avant l'explosion de l'Astre Rubis qui déclenche leur mue. Une bonne nourriture est un critère essentiel pour la qualité de leurs écailles.

Nos voisins ont toujours su profiter de nos faiblesses pour mieux nous attaquer… Je me souviens des derniers mois de cette année terrible. Nous étions au bord de la guerre civile. L'économie du Sultanat était si désastreuse que certaines cités menaçaient de clamer leur indépendance. Mes parents m'interdisaient de quitter le palais, de peur que je sois agressée.

Lamia Al'Malwib
« Mémoires d'une sultane amnésique »

Le tapis de feuilles mortes amortit ma chute. Les mains glissantes, je me redressai avec angoisse. On venait de m'ensorceler !

Angelo se releva avec une grimace de colère. Sa cheville endolorie le faisait boitiller. Sans y prêter attention, il brandit ses poings en direction de l'obscurité environnante.

« Montrez-vous, lâches ! s'écria-t-il. Venez donc nous affronter en face ! »

Je pliai les genoux et me relevai à mon tour. Mon cœur battait la chamade.

« Évitez de les encourager… Appelez plutôt à l'aide !

— Les druides ne nous seront d'aucun secours, dit-il avec amertume. Leur pacifisme les incite à refuser toute forme de violence. Ils considèrent leur statut religieux comme leur meilleure protection. »

Une nouvelle étincelle de magie traversa l'atmosphère pour faucher les jambes du prince. Un halo violacé demeura un instant suspendu dans les airs.

Soudain, six hommes masqués sortirent du couvert de la forêt. Leur approche silencieuse et féline me glaça le sang. Leur tenue noire était intimidante. Chacun d'eux était armé d'un long couteau aux reflets froids.

Le plus imposant d'entre eux avança à quelques pas de nous. Il enleva son masque et dévoila son visage. Ses yeux bleus nous sourirent avec méchanceté.

« J'aime voir les princes s'agenouiller devant moi », déclara-t-il d'une voix profonde.

Angelo se releva à demi.

« J'espérais ne jamais te revoir, Robulus !

— Ce sera la dernière fois, promit l'autre en retour. Les dieux t'ont épargné lors du Jugement Dernier… Comment vont-ils te protéger contre mon poignard ? »

D'un geste amusé, il caressa le plat de sa lame argentée. Un Talisman Totem entourait son cou d'une lueur violette pour le moins inhabituelle.

Je reconnaissais le timbre de sa voix, grave et suave à la fois. L'homme qui nous menaçait était l'assassin qui avait pénétré dans ma chambre, des semaines plus tôt. La peur et la rage se mêlèrent en repensant à cette violente rencontre.

« Votre magie souillée porte les traces de l'Impureté, notai-je à brûle-pourpoint. Je comprends qu'Angelo ne porte pas votre famille dans son cœur. »

Robulus me toisa d'un regard meurtrier.

« Ces histoires ne vous troubleront plus très longtemps, princesse, susurra-t-il. Mon collègue balafré n'a pas réussi à vous tuer. Je tâcherai de ne pas vous rater, cette fois.

— Le roi Björn vous fait encore confiance, malgré vos échecs successifs ? »

J'aiguillonnais la colère de Robulus pour gagner du temps. J'espérais qu'Angelo se trompait en affirmant qu'aucun druide n'interviendrait dans cette querelle. L'Archidruide remarquerait bientôt notre situation périlleuse et viendrait à notre secours.

Le colosse resserra les doigts sur son arme. Ma réflexion n'eut pas l'effet escompté. Les yeux étrécis, il fit signe à un de ses complices qui s'avança. Un corbeau noir était tatoué sur ses bras nus.

« Lex, cette insolence me fatigue. Fais-toi plaisir. »

L'homme masqué acquiesça. Il se baissa pour récupérer un fouet en cuir noué contre sa cuisse. D'un geste brutal, il fit claquer la corde sur le sol. Des feuilles déchiquetées s'éparpillèrent devant lui.

L'assassin s'approcha de nous. Il murmura un sortilège qui entoura son arme d'un halo gris. L'air siffla soudain tout près de moi. Je me relevai avec précipitation.

« Monstres ! m'écriai-je vainement. Comment osez-vous menacer une princesse sans défense ? »

Le fouet claqua contre ma jambe. Une douleur fulgurante me traversa la cuisse. Un filet de sang coula sur ma peau.

« Ce ne sont plus des menaces, me détrompa Lex d'une voix sombre. Nous allons vous tuer, tout simplement. Prenez-le comme un jeu dont vous êtes les perdants. »

Son arme me frappa au bras et déchira le tissu de ma djellaba. Rien ne me protégea contre la douleur mordante.

Je hoquetai violemment et des larmes coulèrent sur mon visage. Effrayée, je reculai vers le temple en appelant à l'aide à grands cris.

Angelo tenta de se relever malgré sa cheville tordue, mais Lex le faucha d'un nouveau coup de fouet. Le prince s'écroula au sol.

« Debout », ordonna Lex.

Il ponctua son ordre d'un claquement brusque. La corde déchira la toge d'Angelo et traça une ligne rouge sur son torse. Le prince gémit et rampa à reculons pour éviter l'attaque suivante.

Nos assaillants nous acculèrent entre deux menhirs. Robulus souriait avec un plaisir pervers. Son complice nous bloqua contre la barrière invisible du temple.

La magie végétale vibrait contre nous. Elle exerçait une force de répulsion qui nous empêchait de reculer davantage. Des excroissances de lumière verte nous palpèrent avec curiosité. Des fourmillements me parcoururent le corps.

« Pourquoi les druides ne viennent-ils pas à notre secours ? », m'écriai-je.

Angelo ne répondit pas. Son regard plein de haine était fixé sur Robulus.

« Laisseras-tu cet idiot de Lex finir le travail à ta place ? hurla-t-il. Les ordures dans ton genre n'ont donc aucun honneur ? »

Le fouet fit éclater sa joue. Il grimaça de douleur.

Robulus ordonna à Lex de se retirer. Un éclair violacé jaillit de son Talisman Totem et traversa l'air en direction d'Angelo. Au dernier moment, le prince s'écarta et le sortilège s'écrasa contre le bouclier de magie végétale.

Un frémissement parcourut la clairière.

Une tâche mauve s'élargit sur la barrière enchantée. Des flammes apparurent à sa surface pour lutter contre l'invasion. La luminosité s'accrut. Les menhirs se transformèrent en brasiers étincelants.

La réaction du temple fut violente. Des arcs vert émeraude s'échappèrent des pierres pour circonscrire la tâche d'Impureté et la réduire en cendres fumantes.

Mon dos se mit à brûler. Le sort de protection ne nous tolérerait plus longtemps.

« L'Impureté fait réagir le temple ! m'exclamai-je avec horreur. Nous allons être foudroyés ! »

Robulus et Lex avaient reculé. Ils ne distinguaient pas les étincelles de magie comme je les voyais, mais ils sentaient l'afflux de chaleur qui se dégageait du sanctuaire. Le chef de la bande eut un rictus.

« Changeons de plan, annonça-t-il. Laissons ce maudit temple vous immoler ! »

Il lança un nouvel éclair d'Impureté contre la barrière. Une couverture de flammes apparut à sa surface. Une fumée grise s'échappa dans l'air.

Robulus continua à viser le temple. La chaleur devint insupportable. Mon corps entier me brûlait. Je m'écartai, par réflexe, mais un fouet claqua contre moi et me rappela à l'ordre. Lex veillait à ce que nous ne bougions pas.

« Amira ! »

Le visage d'Angelo était marqué par la douleur et la peur. La blessure de sa joue saignait abondamment. Le prince me tendit la main.

« Je capitule. Vous m'avez convaincu. Si nous devons mourir ensemble, entraînons-les avec nous... »

Sa paume était ensanglantée. Il m'invitait à jouer notre dernier atout. Angelo acceptait d'invoquer le Souffle des Dieux.

Je croisai son regard. Une volonté farouche tourbillonnait dans ses iris bleus. Je savais que le même éclat habitait les miens.

« Qu'il en soit ainsi. »

J'effleurai une de mes blessures. Mon sang était chaud et poisseux. Je nouai mes doigts autour des siens.

Le temps se figea.

Puis le monde explosa.

Nos mains liées devinrent incandescentes. Un soleil blanc se forma autour d'elles. La lumière aveuglante nous éblouit autant que nos adversaires.

Une sensation de chaleur me parcourut le corps. La magie de Dohr'im se réveillait. Des billes d'or liquide jaillirent dans l'air qui nous entourait. Je devinais, sans savoir d'où me venait cette connaissance, que ces étincelles ensorcelées vibraient en harmonie avec les émotions qui animaient nos cœurs.

Peur, colère, rage… La magie répondait à notre invocation.

Un tourbillon intérieur nous emporta, Angelo et moi. Je fermai les yeux. Notre don m'offrait un sentiment d'extase et de toute-puissance. Je renonçai à toute forme de contrôle. Une tornade de feu s'enroula autour de moi.

Un violent craquement me sortit de ma léthargie. Des éclairs blancs s'échappaient de nos mains et s'écrasaient sur la clairière. Un menhir venait d'être touché par une décharge d'énergie brute. Une fissure le scindait en plusieurs parties. Soudain, la pierre éclata et la protection du temple s'effondra. Une explosion de magie végétale balaya la forêt.

Le souffle faucha nos adversaires. Robulus et Lex tombèrent à terre.

« Vengeons-nous. »

La voix d'Angelo était rauque. Des flammes blanches léchaient son torse.

« Que justice soit faite ! »

Il pointa son bras en direction du chef des assassins. Une lance étincelante jaillit de ses doigts et traversa l'air. Robulus fut percuté en pleine poitrine. Un instant immobile, il s'effondra au sol.

Son acolyte enleva son masque avec rage et s'accroupit auprès de lui. Il palpa son pouls, absent. Le choc l'avait tué sur le coup.

Lex nous jeta un regard plein de haine.

« Vous le regretterez ! »

Angelo le visa à son tour. L'assassin esquiva de justesse un nouvel éclair. L'homme se releva et bondit sous le couvert des arbres.

242

Le prince perdait le contrôle de sa rage. Nos adversaires avaient tous fui, mais il continuait à lancer sa foudre tout autour de nous.

« Angelo, calmez-vous ! », implorai-je.

Je tentai en vain de retirer ma main.

« Les druides m'ont renié, s'enflamma-t-il. Ils me prennent pour un Impur ? Maudits soient-ils ! »

Il visa le dolmen central et une lance de lumière pulvérisa les rochers. Un craquement sinistre s'en échappa lorsque la pierre éclata. Une vague émeraude jaillit en réponse et nous renversa.

Je réussis à lâcher la main d'Angelo.

Le monde se calma brusquement. Le contrecoup me laissa sonnée.

La forêt était redevenue silencieuse. Elle retenait son souffle alors que nous avions détruit son sanctuaire. La magie de Dohr'im avait abattu le sortilège millénaire qui protégeait son cœur. La barrière enchantée s'était effondrée.

« Par tous les dieux, Angelo ! »

Je jetai un regard effrayé au prince. Ses traits étaient tirés comme à la suite d'un effort intense. Pourtant, son visage était intact. La blessure de sa joue s'était refermée. Un coup d'œil sur mes jambes me remplit d'une même surprise. Toute trace de sang avait été nettoyée. Nous étions guéris.

Nos agresseurs s'étaient enfuis. Un peu plus loin, Robulus gisait dans un linceul de feuilles mortes.

« Cette magie nous a sauvés, dit Angelo d'un ton lugubre. Je ne regrette rien. »

Le Souffle des Dieux avait été notre seule défense, mais nous avions causé de sérieux dégâts. Au centre du temple, la pierre horizontale du dolmen s'était fendue. Ses piliers étaient tombés. Ils s'écartaient autour d'un espace béant comme les doigts d'une main brisée.

Des étoiles vertes convergeaient vers l'ancien monument. La magie n'avait pas quitté ce lieu.

Je m'approchai des ruines. L'Archidruide pleurait contre la roche couverte de mousse. À ma venue, il se redressa avec fureur.

« Comment pouvez-vous affirmer que votre magie est pleine de miracles ? Jouissez de vos exploits ! Vous avez détruit un lieu sacré !

— Nous avons échappé de peu à la mort, me défendis-je. Où étiez-vous pendant que des assassins nous menaçaient ?

— Nous avons prêté notre force au temple. N'avez-vous pas senti la magie agiter la barrière enchantée ? Nous la guidions pour attaquer vos adversaires, tout en vous protégeant. »

Ses sourcils s'abaissèrent.

« Cela n'a plus d'importance, murmura-t-il en avouant sa défaite. Vous avez souillé notre temple. Votre Impureté a eu raison de son sortilège protecteur. »

Je serrai les lèvres. Le vieil homme était sous le choc.

Des étincelles vert émeraude traversaient l'atmosphère pour se déverser au milieu des pierres. Un halo recouvrait le sol, là où le monument se dressait quelques instants plus tôt. Une petite pousse perçait tout juste la terre. Une feuille pâle se tendait vers le ciel comme une promesse de vie. La magie végétale se condensait au-dessus d'elle. Quel sort avait été dissimulé sous ce dolmen, des millénaires durant ?

Je reculai, troublée. Le temple avait-il été construit pour protéger toute intrusion ou pour empêcher la croissance de cette plante ? Les druides avaient leurs mystères. Je devais les laisser à leur deuil.

Nous avions détruit leur sanctuaire. La liste de nos ennemis s'allongeait encore. Seul Robulus ne nous tourmenterait plus.

CHAPITRE XIX

Mon mariage ne m'a apporté qu'une seule source de joie : une vue imprenable sur la cité d'Al-Hamra et le désert qui s'étend au-delà.

Des appartements ont été aménagés entre les piliers qui soutiennent la coupole. À ma demande, des artisans du Royaume Minéral ont construit un balcon de pierre plein ouest. J'ai revendu mes propres bijoux pour financer les balustrades. Mes obsidiennes ont rechargé en magie les talismans des ouvriers.

Je me souviens de mon premier coucher de soleil. Il a disparu dans un flamboiement majestueux. Des cordes de nuages s'étiraient dans le ciel comme une tapisserie défaite. Les intrigues de la reine Granada avaient failli me priver de ce luxe... Sa guerre économique avait laissé mon pays exsangue.

Lamia Al'Malwib
« Mémoires d'une sultane amnésique »

∫

Je regagnai les rives de l'Île Brumeuse avec la volonté de retrouver Thaleia et d'exiger des explications. Ses manigances nous avaient conduits tout droit dans un piège mortel.

Cette femme nous avait manipulés. Comme moi, Angelo n'avait pas deviné ses réelles intentions... Nous avions suivi ses recommandations pour nous rendre au Temple Végétal et affronter une poignée d'assassins résolus à abréger notre existence. Tout prouvait qu'elle avait organisé cette sinistre rencontre.

La juge avait gagné ma confiance grâce à ses connaissances sur la magie de Dohr'im et ses Messagers. L'histoire du dieu disparu avait sombré dans l'oubli, mais certaines légendes étaient parvenues jusqu'à elle... Elle détenait la clé d'un mystère qui me concernait de près. Je ne comprenais pas la raison de sa soudaine tentative de meurtre.

Ma frustration ne trouva pas d'apaisement en rentrant au campement. La tente de Thaleia s'était volatilisée. Un bonhomme de neige grossier avait été façonné sur son ancien emplacement. Deux litchis et une banane lui offraient des yeux et un sourire moqueur.

La juge s'était enfuie. Je piétinai de rage devant la grimace de glace qu'elle avait laissée derrière elle.

« Je vous retrouverai ! », murmurai-je au vent.

Je fis demi-tour avant de geler sur place. Mes pensées imitaient les flocons de neige qui tombaient en spirales autour de moi. Leur mouvement erratique ne répondait à aucune logique.

La juge avait soigné Angelo lorsque Ji'Ihna avait tenté de le brûler vif. Pourquoi aurait-elle voulu le tuer quelques jours plus tard ? Sans son aide, le prince n'aurait pas survécu au bûcher et les djinns caloriques auraient eu leur vengeance. Elle m'avait par ailleurs guidée pendant le rituel du Choix. Elle m'avait soufflé l'idée d'une méditation pour invoquer la magie de Dohr'im.

Le double jeu de Thaleia n'avait aucun sens. Par sa faute, nous avions risqué nos vies. L'attaque de Robulus, Lex et leurs complices avaient failli nous coûter cher. Seul notre don secret nous avait permis d'échapper au pire.

« Princesse ! »

Mes pas m'avaient ramenée dans mes appartements. La chaleur, bienvenue, me réchauffa les joues. Nadia s'empressa de récupérer mon manteau couvert de neige. Je m'apprêtais à lui raconter ma visite imprévue au Royaume Végétal, quand mon amie leva un doigt pour m'interrompre.

« Vous avez de la visite, annonça-t-elle en indiquant le salon. Je vous apporte du thé. »

Un parfum aux notes florales flottait dans l'air. Son odeur familière me fit battre le cœur.

« Mère ! »

La sultane se leva pour m'embrasser. Ses bras m'enveloppèrent dans leur étreinte. Je me blottis contre elle. J'avais survécu aux dangers du monde extérieur, encore une fois. J'étais heureuse de la retrouver.

Son visage me souriait. Elle me détailla de la tête aux pieds.

« Vous avez bonne mine, me dit-elle. Nadia exagérait au sujet de votre chute. »

Elle ignorait la violente agression que je venais de subir.

« Ma blessure s'est vite guérie, éludai-je. La douleur est passée. »

Ma mère s'installa au milieu de coussins. Le salon était agrémenté d'un tapis aux couleurs de notre blason. Des salamandres de feu étaient tissées de fil noir et or. Elles pourchassaient un ennemi invisible dans la trame.

Une table en bois proposait des pâtisseries sucrées. Nadia nous apporta bientôt une théière fumante. Des fragrances épicées s'échappaient de la boisson.

La sultane tira un petit sac accroché à sa taille et versa une pincée de poudre dans sa tasse de thé. Des étincelles rouges jaillirent du breuvage. Elles semblaient molles et sans énergie. Les billes de lumière glissèrent sur la table comme une fumée lourde et épaisse.

Ma mère leva la tasse. Un filet sombre frôla sa main et pénétra dans sa peau. Je fronçai les sourcils.

« Attendez ! m'écriai-je. Qu'avez-vous mis à l'intérieur ?

— Voyons, Amira, je prends ce médicament depuis que vous êtes toute petite…

— Ne le buvez pas ! »

La sultane pencha la tête. Elle rajusta le voile de soie rose qui tombait sur ses épaules. Sa peau noire n'avait aucun défaut. Autour de son cou, son Talisman Totem pulsait d'un halo rougeoyant. Sa couleur était douce et pure – rien à voir avec les ténèbres qui se cachaient dans ce médicament.

« Ce sortilège est maléfique », assurai-je avec certitude.

J'avançai la main pour prendre sa tasse de thé et l'observer de plus près. Les étincelles s'étaient éteintes. Un film noir s'était formé à sa surface.

Ma vision altérée décelait la marque d'un enchantement. Ce que j'apercevais ne pouvait pas améliorer la santé de ma mère. Lorsque le cousin d'Angelo avait soulagé la douleur de ma cheville, son poème m'avait inspiré joie et gaité. Sa lumière était vive, colorée. Celle-ci était terne et sombre.

Quelques heures plus tôt, les sortilèges de Robulus et Lex avaient une composante similaire : un soupçon d'obscurité mêlé à leur magie. Ce sort était destiné à blesser et non à guérir.

« Vos médecins vous trompent, affirmai-je. Cette poudre ne vous aide pas à combattre le mal dont vous souffrez. L'enchantement qui l'entoure agresse mes yeux. »

Je soutins le regard de ma mère. Je lus sur son visage une soudaine angoisse.

« Amira, murmura-t-elle. Depuis quand voyez-vous la magie ? Est-ce lié à votre mystérieux Dohr'im ? »

Ma vision s'altérait de plus en plus, comme pour confirmer le mauvais présage de la juge Thaleia. Des voiles de gaze brillante accompagnaient le moindre sortilège. Le phénomène s'intensifiait jusqu'à illuminer les plus petits objets façonnés par magie. Le salon flamboyait d'étincelles vibrantes.

« Je pense qu'on vous empoisonne depuis des années, déclarai-je avec désespoir. Je peux vous libérer de ce mensonge grâce au dieu qui m'a rendu la vue. »

Mon interprétation n'était qu'une intuition. Sa vérité n'en était pas moins terrible. Ma mère avait les traits tendus. Sa main serrait le sac de cuir avec force.

« Aucun médicament n'a réussi à me guérir durablement, murmura-t-elle. Nos ennemis ont pu infiltrer la guilde de médecine pour me manipuler… Mes crises incontrôlables m'ont peu à peu éloignée du trône. »

Son amertume était mordante.

« Serait-ce encore la marque du Royaume Minéral ? demanda-t-elle vivement. Je suis ici à cause de votre lettre. Vos accusations sont graves.

— Je les maintiens. Des assassins ont de nouveau attenté à ma vie, aujourd'hui même. »

Ma mère se redressa avec colère.

« Sur l'Île Brumeuse ? Les djinns ne vous ont pas protégée ?

— Un piège m'attendait près d'un temple, loin d'ici…

— Ces menaces doivent cesser ! Le sultan doit intervenir. »

Ma mère fit le tour de la pièce avec fureur. Je partageais les pensées qu'elle exprima à voix haute.

La menace du Royaume Minéral était réelle. La loyauté des vif-passeurs nous forçait à renoncer à des sanctions trop violentes. Notre dépendance à leurs activités de transport nous incitait à la prudence. Comment survivre sans vif-argent ? Nous devions inventer de nouveaux circuits d'approvisionnement et de commerce.

« Allions-nous au Royaume Végétal, proposai-je. La pression politique sera plus forte si nous agissons d'un seul mouvement.

— La reine Mirabella ne me porte pas dans son cœur, rétorqua ma mère. Seul notre Grand Vizir pourrait accomplir un miracle et réussir à la convaincre. Après tout, Riad n'a-t-il pas réussi à révéler au grand jour les exactions des alchimistes dans les mines d'obsidienne ?

— J'ignorais que l'enquête sur le chantier d'Alf-Laylah avait porté ses fruits… »

La sultane se calma et revint s'asseoir près de moi. Elle s'excusa pour les lacunes de sa mémoire. Elle avait tout simplement oublié de m'avertir des avancées de l'enquête.

Les agents du Grand Vizir avaient interrogé des mineurs de longues heures durant. Malgré leurs réticences à parler, les ouvriers avaient fini par confier les bribes de paroles surprises au détour du chantier. Les contremaîtres et les alchimistes se réjouissaient en secret des accidents mortels qui survenaient la nuit : le lendemain, de nouveaux filons d'obsidienne étaient mis à nu. Les sacrifices ouvraient des passages dans la terre.

Les mineurs étaient accusés de superstition, mais Riad avait réussi à retrouver le témoin d'un meurtre perpétré par un alchimiste dans la pénombre. Selon son informateur, l'assassin avait tué un homme pour récupérer son Talisman Totem. Un sortilège avait fait jaillir la magie du djinn qui logeait à l'intérieur du bijou. Les décharges d'énergie brute avaient creusé de profondes tranchées dans la roche, sans abîmer l'obsidienne qui formait des plaques noires sur les parois des galeries.

Le fantôme du marchand Tamir m'avait aidé à m'échapper de cette prison de pierre et de sable. Il pensait avoir été assassiné pour avoir surpris une conversation entre un alchimiste et un contremaître... La découverte de la vérité l'aurait sans doute apaisé.

« Le chantier d'Alf-Laylah est fermé depuis deux jours, annonça la sultane. Les alchimistes vont être jugés pour la violence de leurs actes. Les membres de leur guilde assurent qu'aucune magie ne peut séparer un djinn de son Talisman Totem : la superstition des mineurs est selon eux la seule vérité dans ces accusations.

— Le fantôme qui m'a ramenée à Timiloun était une de leurs victimes. Je pourrais témoigner en son nom.

— J'ignore si la justice entendra vos arguments... Vous risquez simplement d'attirer les foudres des alchimistes. »

Je haussai les épaules. Le Royaume Minéral et les vif-passeurs menaçaient déjà ma vie, comme j'avais pu le constater quelques heures plus tôt. Plus que jamais, j'avais foi dans la protection que m'offrait Dohr'im. Mon dieu me prêtait sa magie pour me défendre. Apprendre à m'en servir était ma seule priorité.

Je demandai à ma mère de consigner mon témoignage en mémoire du marchand Tamir. La sultane prit des notes sur un rouleau de parchemin. Elle me promit de les transmettre au Grand Vizir.

Son inquiétude à mon égard ridait son front. Je glissai ma main dans la sienne. En silence, je lui souris avec tendresse. Mon amour pour elle se passait de mots. Il n'en était pas moins profond et éternel.

Ma mère finit par s'apaiser. Elle soupira doucement.

« Je dois retourner au palais, annonça-t-elle. J'aimerais vous accompagner dans la quête qui vous attend. Puissiez-vous trouver un Talisman Totem digne de vous ! N'acceptez aucun djinn de second ordre. Ils devront se battre pour devenir votre compagnon. »

Mon cœur battait plus fort. La chasse aux djinns allait enfin commencer.

« Je serai toujours là pour vous, me dit-elle une dernière fois. Mon soutien est inconditionnel, quels que soient vos choix. L'amour a raison de tous les obstacles. »

Ma mère se leva et m'embrassa. Je la serrai avec tendresse.

Je priais pour que sa santé s'améliore avec l'arrêt de sa médication. L'empoisonnement dont elle souffrait depuis toutes ces années l'avait tourmentée. Pourtant, son caractère était toujours aussi brûlant. La sultane était animée d'une flamme impossible à éteindre.

Son amour me réchauffait le cœur. Elle m'aimait en dépit de ma trahison à l'encontre du Sultanat et de la magie calorique. Son cadeau était plus précieux qu'elle ne l'imaginait.

La nuit chassa les nuages accrochés sur les collines de l'Île Brumeuse. Le soleil se leva dans un ciel dégagé et d'un bleu opalescent, presque blanc.

La foule s'était rassemblée près de la mare de vif-argent. Les adolescents discutaient avec excitation. Chacun d'eux s'animait à l'idée de partir en quête de son Talisman Totem.

Le tumulte se calma alors qu'un son inconnu traversait l'air. Des notes de musique provenaient d'un point éloigné. Légères, elles composaient une mélodie qui nous enveloppa avec douceur. Des cordes vibraient en rythme. Harpe, violons ?

La ligne principale se découpa en trois parties distinctes et aux accords subtils. Était-ce un chœur de femmes qui chantait ? Les voix se mariaient avec une perfection qui défiait la nature. L'harmonie qui s'en dégageait semblait appartenir à des anges cachés dans les brumes du ciel.

Trois voix supplémentaires ajoutèrent des sons plus graves, masculins. La musique gagna en force et en complexité. Soudain, leurs auteurs firent leur apparition au-dessus de nous.

Les djinns chantaient ! Les esprits flottaient dans les airs dans des halos de lumière flamboyante. Des étincelles de magie ponctuaient chaque mesure de leur chant. Des vagues colorées marquaient leurs nuances et leurs accents. Elles transformaient les cieux en une gigantesque aquarelle.

Les voix basses formaient des lignes brunes et vertes qui s'entrecroisaient. Les voix intermédiaires les soutenaient en créant des spirales bleues et grises qui s'enroulaient autour de nous. Plus aiguës, les dernières invoquaient des billes jaunes et rouges qui dansaient au-dessus de nos têtes. Certains adolescents tentaient d'attraper ces perles joyeuses.

Des instruments invisibles résonnaient dans la plaine pour compléter leur œuvre ensorcelante. Je m'émerveillai de ce spectacle.

Les génies nous dévoilaient la musique qui animait leurs cœurs et qu'ils nommaient *La Conquête du Paradis*. Une mélodie envoûtante et excitante. La poésie de leurs paroles n'était pas intelligible, mais une beauté poignante se dégageait du chant des djinns. Mon corps vibrait à l'unisson de leurs voix entremêlées.

Leur œuvre me remplissait d'une certitude à la simplicité déconcertante : j'étais *vivante*. Comment des esprits désincarnés pouvaient-ils me communiquer une telle sensation de vie ?

Leur chant culmina à des fréquences qui comblèrent mon cœur d'une joie triomphante et impétueuse. Des éclairs de magie lézardèrent le ciel dans une lumière insoutenable. Je fermai les yeux. Je découvrais les frontières d'un monde inconnu.

Je me rendis compte tardivement que la musique s'était tue. Le silence était revenu sur cette île enchantée. Les djinns avaient disparu.

Le dernier jour de la Quête commençait.

CHAPITRE XX

Mon guérisseur m'amène la potion qui soulage mon esprit. Sans rien dire, il utilise une obsidienne pour recharger en magie les cristaux d'avoine du balcon. Je le remercie d'un sourire. Sa bienveillance est le seul soutien dont je dispose.

Son geste me rappelle la découverte du gisement d'obsidiennes d'Alf-Laylah, peu après le drame de Specy. Une oasis d'une vingtaine d'habitants se trouvait au-dessus d'un filon gigantesque. Les alchimistes s'étonnaient de sa taille. Ils juraient que cette mine deviendrait l'une des plus grandes du monde.

Nous étions ruinés. Le sultan se résolut à briser un tabou de notre société : raser les murailles enchantées d'un village. Sa décision condamnait Alf-Laylah à se soumettre au Jugement Dernier... L'explosion des Astres allait déblayer le terrain afin d'installer le chantier. Cette fois, aucune reine acariâtre ne pouvait nous en empêcher.

Lamia Al'Malwib
« Mémoires d'une sultane amnésique »

Personne ne comprenait le mystère du vif-argent. Capable de nous transporter d'un bout à l'autre du monde, le liquide argenté pouvait nous maintenir des heures dans ses méandres souterrains et nous ramener à notre point de départ.

Mon voyage s'acheva dans un lieu qui ne m'était plus inconnu. Une barque renversée gisait dans l'herbe grasse qui entourait la mare. Les branches d'un arbuste la maintenaient inclinée. J'étais revenue à l'endroit où j'avais passé l'épreuve du Parcours des Dieux sous l'orage, en compagnie d'Angelo. Je n'avais pas quitté l'île.

Aucun djinn n'était là pour m'accueillir par ses vocalises. Leur chant avait invoqué la magie qui leur permettait de se cacher à l'intérieur des Talismans Totems. Les esprits n'attendaient plus que leurs maîtres. Les prêtres nous invitaient à suivre notre intuition pour parvenir jusqu'à eux.

Le vent soufflait une légère brise qui me glaçait les joues. La neige n'était pas tombée dans cette partie de l'île, mais l'herbe était couverte d'une pellicule de givre. Un brouillard épais dissimulait l'horizon. De mémoire, je savais que j'étais entourée de collines envahies de broussailles.

J'ignorais par où commencer mes recherches. Aucun scintillement, aucun murmure ne m'indiquaient la direction à prendre. J'étais sourde aux voix célestes supposées me guider.

La brume était trop dense pour m'y aventurer à l'aveugle. Je ne voyais rien ! J'étais effrayée à l'idée de me perdre dans cette zone hostile. Aucun sortilège ne pourrait me sauver en cas de chute ou de blessure…

La seule solution était d'attendre la prochaine marée. Si elle acceptait de venir…

Je soupirai. J'avais renié la religion de mon enfance. Mes prières n'allaient plus à Narilah et ses flammes intrépides. M'en tenait-il rigueur ? M'empêchait-il de trouver mon Talisman Totem ?

Le marabout Abdu, son défenseur, m'avait refusé sa bénédiction pour cette dernière journée. Les autres prêtres m'avaient ignorée, moi et la magie qu'ils considéraient comme impure. L'absence de l'Archidruide n'avait pas été commentée. Sans doute était-il le seul à connaître mon rôle dans la destruction du Temple Végétal… Les dieux vénérés par les druides avaient une bonne raison de se venger.

Impuissante, je m'assis à l'abri de la barque renversée. La morsure du vent était moins forte sous les planches et je m'y sentais en sécurité. L'arbuste qui l'enlaçait rappelait l'intervention d'Angelo et de sa magie végétale. Penser à lui raviva ma culpabilité.

Je serrai mes genoux contre mon corps. Mon regard était captivé par les reflets du soleil sur la mare de vif-argent. Une myriade d'étoiles dansait à sa surface.

Je laissai mon esprit vagabonder. Seul Dohr'im pouvait m'aider à rencontrer mon totem. Son étrange magie parcourait mes veines, même si j'ignorais la poésie qui permettait de l'invoquer. Thaleia m'avait suggéré de recourir à la méditation. En dépit du piège qu'elle m'avait tendu dans la Forêt des Fées, j'étais forcée d'être reconnaissante pour ses précieux conseils.

Je fermai les yeux. Le glissement du vent sur le bois me berçait de sa mélodie. Je dirigeai mes pensées vers les battements de mon cœur. De profondes respirations m'apaisèrent peu à peu. Une sensation de détente me parcourut le corps.

Des images se formaient déjà derrière mes paupières. Je lâchai prise, sans contrôle sur leur désordre apparent. Je m'approchai doucement de la frontière du sommeil.

$\int$

Le reflet des nuages dans un lac bleu.

Des hérons volant sans bruit dans les airs.

L'un d'eux rasa les flots et se posa sur l'eau. Aucune ride ne troubla la quiétude du lac. L'animal, gracieux, courba son cou et me fixa de son regard. De l'or liquide tourbillonnait dans ses yeux.

Il ouvrit son bec comme pour s'adresser à moi.

$\int$

« Princesse ? »

La voix, bien réelle, me réveilla en sursaut. J'ignorais ce que le héron blanc s'apprêtait à me révéler.

Un homme se hissait sur les berges de la mare argentée. Ses cheveux étaient d'un noir d'encre. Ses yeux avaient le turquoise d'un lagon ensoleillé.

« Rébus ! »

Une sensation de danger imminent me pinça le cœur. Je me relevai avec précipitation et le menaçai du bracelet en quartz qui ornait mon poignet. J'étais incapable d'en invoquer la magie mais mon adversaire l'ignorait. Le jeune homme battit en retraite.

« Calmez-vous, princesse ! Vous êtes bien agressive !

— La prudence est de mise avec vos semblables. »

L'adolescent soupira.

« Combien de fois devrai-je me justifier ? Je n'ai jamais comploté contre vous.

— La guilde des vif-passeurs veut ma mort, déclarai-je avec violence. Le Sultanat ne tardera pas à déclarer la guerre au Royaume Minéral.

— N'associez pas tout un pays aux agressions qui vous concernent. Croyez-vous être le centre du monde ? Pensez-vous qu'un peuple entier souhaite votre mort ? »

Je tendis le bras et Rébus recula le long de la mare.

« Ne me poussez pas à bout, menaçai-je. Vous méritez de faire pénitence pour vos mauvaises actions. »

Ses sourcils se froncèrent.

« Pourquoi devrais-je payer pour les fautes de mon roi ou de ma famille ? Mon origine étrangère ne justifie pas votre mépris ! Je n'ai rien à voir avec cette lutte politique. Je vis à Viridys, loin des affaires qui vous concernent. Ne m'impliquez pas dans vos querelles.

— Votre loyauté va au roi Björn. Vous approuvez indirectement sa tentative de meurtre.

— Et vous, n'avez-vous pas d'états d'âme à déchirer un traité de paix ? À cause de vos accusations, le monde va de nouveau connaître la guerre. Si je suis un monstre, vous êtes la déesse des enfers ! »

Il croisa les bras. Sa fureur se lisait sur son visage.

Je me calmai en soupirant. Rébus avait raison, je ne pouvais pas accuser de meurtre tous les citoyens de son pays. La plupart devaient ignorer les agissements du roi Björn. Je restais vigilante, mais l'ancien ami d'Angelo n'était pas un assassin, contrairement à son frère.

Je tressaillis en repensant à Robulus et ses complices. Nous avions survécu à leur attaque et tué leur chef, mais certains couraient toujours dans la nature. Lex rêvait sans doute de prendre sa revanche.

J'avais été aveuglée par la colère et la peur. Le pauvre Rébus n'était pas à l'origine de mes tourments. Je n'osais pas lui avouer ma responsabilité dans le décès de son frère, qu'il ignorait encore… Je mis un peu de douceur dans ma voix.

« Oublions ces histoires pour un temps, déclarai-je. Nous devrions consacrer notre énergie à trouver notre Talisman Totem.

— Je suis enfin d'accord avec vous. Bonne chance », lança-t-il en s'inclinant avec raideur.

Le beau jeune homme se détourna. Sans crainte, il s'enfonça dans le brouillard.

Je le vis disparaître avec une certaine appréhension. Maîtrisait-il un sortilège pour éclairer son chemin ? Il était trop tard pour me précipiter à sa suite.

Je haussai les épaules. Son regard bleu me rappelait bien trop celui de son assassin de frère. Je me rassis dans l'herbe et fermai à nouveau les yeux.

L'oiseau de mon rêve avait failli m'apprendre un nouveau secret. Je regrettais d'avoir été interrompue. Il détenait les clés de mon pouvoir.

Mon sang battait à mes tempes. Le temps pressait. La journée était déjà bien avancée. Un djinn m'attendait quelque part et je devais partir à sa rencontre. L'urgence de mon désir m'empêchait d'accueillir le calme dans mon cœur.

Je respirai profondément.

Inspiration, expiration. Un rythme simple, harmonieux.

La mélodie de mon souffle m'isola du monde extérieur.

∫

Le reflet des nuages dans un lac bleu.
Un héron se rapprochait, de l'or dans les yeux.
Ses plumes glissaient dans le vent.

∫

« Princesse ? »

La voix déchira mon rêve et me réveilla encore une fois. Un fantôme flottait devant moi. Des volutes de lumière entouraient son corps éthéré.

L'homme avait une quarantaine d'années. Il pencha la tête sur le côté.

« J'étais sûre de vous avoir vue pendant la cérémonie du réveil de l'Astre Rubis, déclara-t-il. Vous étiez sur un immense éléphant... Je suis surpris de vous revoir ici. C'est un drôle d'endroit pour une sieste !

— Ce n'est pas ce que vous croyez. Je suis à la recherche de mon Talisman Totem.

— Vous pensez le trouver en dormant ? »

Je me levai en m'étirant. L'oiseau de mon rêve n'avait pas eu le temps de murmurer son sortilège.

« Que faites-vous sur cette île ? demandai-je humblement.

— Voyons, princesse, je cherche le Mausolée Blanc. Il n'est plus très loin. J'ai fait un détour à cause d'un oiseau très étrange, une sorte de héron qui m'a guidé jusqu'ici. »

Ses paroles me frappèrent. Le Mausolée !

J'avais rencontré les Oracles dans ce lieu légendaire. Il avait toujours été la clé de ces mystères. J'implorai le fantôme de m'indiquer où le trouver.

« Êtes-vous fatiguée de votre vie ?

— Je suis persuadée que mon talisman y est caché.

— Ce serait une première… »

J'insistai. Il pointa son doigt dans la direction où était parti Rébus. Le temple se trouvait juste derrière une colline.

Je me massai les tempes. Je m'étais attardée près du vif-argent alors que la solution était à portée de main. Mes peurs m'avaient aveuglée.

« Je ne peux pas vous y conduire, s'excusa l'homme. Le chemin vers l'au-delà se fait seul. »

Son visage exprimait un désir ardent, impérieux. Il était impatient de rejoindre le royaume des cieux.

« Je vous laisse à vos aventures, annonça-t-il avec une pointe de regret. Soyez prudente en vous approchant du temple. Votre vie pourrait se raccourcir brusquement.

— Partez en paix ! », le remerciai-je avec émotion.

Le fantôme s'inclina. Il m'adressa un bref signe de tête et s'envola dans les airs. Le brouillard se referma sur lui.

∫

J'inspirai profondément. Il était temps de vaincre ma peur. Je devais m'enfoncer dans la brume épaisse qui m'entourait.

Je suivis la vague direction que le fantôme m'avait indiquée. À quelques pas de la mare de vif-argent, ma visibilité devint nulle. Je mis un pied devant l'autre, lentement. Je ne distinguais plus la pointe dorée de mes babouches.

Je devais garder la foi et ne pas céder à la panique. L'air humide me glaçait. L'herbe haute mouillait mes vêtements.

Cette situation me rappelait les années de mon enfance aveugle. Des années durant, j'avais tâtonné dans l'obscurité. Je ne me déplaçais jamais sans une canne en bois. Le palais n'avait pas été conçu pour les déficients visuels… Les escaliers en spirale et les successions de portes étaient autant d'obstacles à franchir. J'étais dépendante de l'aide de Nadia et des autres domestiques.

Cette fois-ci, je n'avais ni bâton ni servante. J'étais seule pour affronter mes vieux démons.

Je fermai les yeux et continuai à avancer, les mains devant moi. Ma vision était inutile. J'écoutai plutôt le vent qui sifflait dans le sens contraire, comme pour me troubler davantage. En réalité, je m'y fiai pour maintenir mon cap.

La pente s'accentua. Ce changement me poussa à persévérer. Mes pensées m'emportèrent dans les souvenirs d'un lointain passé.

Mon enfance avait connu ses peines, mais aussi ses joies. Mes parents et mes amis m'avaient prouvé leur amour en partageant avec moi de vrais instants de gaieté. Je conservais le souvenir de belles soirées passées en leur compagnie. Ils m'avaient intégrée à leur quotidien avec bienveillance et simplicité.

Les loisirs étaient nombreux au palais d'Al-Hamra. La cour était friande de concerts, de spectacles et de pièces de théâtre. Ces divertissements avaient diverti mon esprit à défaut de combler ma vue. En compagnie des autres femmes, j'avais aussi profité des thermes et de leurs vapeurs délassantes. Cette traversée me rappelait cet endroit de rires et de bavardages. Il ne manquait que la musique de la cithare et l'odeur des huiles essentielles jetées sur les braseros.

La luminosité s'accrut à mesure que je grimpais. J'ouvris les yeux à demi. Je sortis brusquement de la brume et poussai un soupir de soulagement. Derrière moi, une mer de nuages engloutissait la plaine.

Je terminai l'ascension de la colline avec allégresse. J'étais heureuse d'avoir réussi cette épreuve ! Ma persévérance avait porté ses fruits.

La vue depuis le sommet me coupa le souffle. L'autre versant était couvert d'une végétation basse, presque rase. Le vent dessinait des vagues sur l'herbe grasse et dévalait la pente abrupte.

Je me trouvais sur l'une des six collines qui formaient un écrin végétal à un monticule rocheux improbable. En contrebas, un ruban d'eau sombre encerclait un promontoire entouré de nuages et de lumière. À son sommet, je pouvais y distinguer des colonnes de pierre qui dépassaient du brouillard : le Mausolée Blanc.

Le temple était en ruines. Mon rêve partagé avec Angelo avait-il réellement causé sa destruction ? Une auréole de magie éclairait ce lieu sacré et pulsait en silence. Des ondes d'énergie s'en échappaient de façon concentrique, comme les rides d'un galet jeté dans l'eau du ciel.

Deux silhouettes se tenaient sur les berges de la rivière. L'un d'eux avait des cheveux d'or, l'autre avait des sourcils aussi noirs que la nuit. Je m'empressai de descendre à la rencontre de Rébus et d'Angelo. Je ne m'étonnai pas de constater que le prince cherchait aussi son Talisman Totem dans cet étrange sanctuaire. Nos destins liés nous avaient emmenés sur le même chemin.

Mes babouches étaient trempées lorsque je parvins jusqu'à eux. Leur discussion était houleuse.

« Allez-vous encore vous battre ? »

Les deux garçons me jetèrent un regard gêné.

« J'essaye de convaincre Angelo de franchir cette rivière, expliqua le premier. Le courant est dangereux, mais à deux nous pouvons y arriver. J'ai fabriqué une corde. Il suffit de s'attacher et de traverser l'un après l'autre.

— Il va essayer de me noyer, se méfiait le prince. J'en ai assez rêvé pour tenter l'expérience ! Je veux bien admettre qu'il ignorait ce que tramait son frère pendant le Jugement Dernier, mais je n'ai aucune confiance en lui ! »

La rivière circulaire n'avait ni source ni exutoire. Son mouvement perpétuel créait des vagues et des tourbillons. Des étincelles de magie éclataient à sa surface pour former des vapeurs sulfureuses. Des filaments sombres se déplaçaient dans l'eau.

J'étais seule à voir ce prodige. Tout indiquait la présence d'un sortilège de protection.

« Croyez-moi sur parole, déclarai-je, cette rivière est ensorcelée. La couleur de ces enchantements me fait penser que nous risquons la mort en la traversant.

— Vous voyez la magie ? s'exclama Rébus. Votre aisance à trouver des talismans pendant le Parcours des Dieux ne m'étonne plus. Votre vision est merveilleuse !

— Détrompez-vous, ce n'est qu'un signe de dégénérescence… Ma vue s'altère de plus en plus. On m'a prédit que je la perdrai bientôt. »

Mes interlocuteurs eurent une grimace choquée.

« Voyons, Amira, se permit de dire Angelo. Ça n'a pas de sens.

— Nous ignorons les secrets de la magie que vous avez invoquée au palais d'Al-Hamra pour me guérir. Le Souffle des Dieux a ses mystères. Oserez-vous dire que vous comprenez pourquoi il se déclenche quand notre sang se mélange ? »

Le prince se tourna vers Rébus, les sourcils froncés. Je compris soudain que je dévoilais nos secrets à un ennemi potentiel.

« Nous en reparlerons, coupa Angelo. N'oublions pas le but premier de notre voyage : trouver nos Talismans Totems. J'ignore hélas comment traverser cette rivière sans nous mouiller, à moins d'avoir une paire d'ailes dans le dos. »

Sa remarque me rappela que des centaines de gens prétendaient m'avoir vue danser sur des rochers en lévitation…

« J'ai une idée, avouai-je doucement. Êtes-vous prêts à oublier vos différends si j'y parviens ? »

Les deux garçons se jetèrent un regard. Rébus acquiesça.

« De façon temporaire », nuança Angelo.

Des vagues de lumière blanche glissaient autour du temple en ruines. Je me concentrai sur les débris d'une colonne qui s'était écroulée sur le flanc de la colline. Des tronçons cylindriques s'étaient désagrégés et avaient roulé jusqu'aux rives. L'eau en avait sûrement englouti d'autres lors de la destruction du Mausolée.

J'imaginai *un bouquet de promesses sucrées accrochées au sommet d'un palmier.* Je murmurai **« DATTES »** en libérant ma magie d'un mouvement de poignet. Un frisson me traversa. Un fil de soie blanche se détacha de ma paume et s'enroula autour des fragments de la colonne.

Le sortilège opéra. Les tronçons du pilier en marbre se redressèrent et se mirent à léviter au-dessus du sol. Je sentais le lien qui m'unissait à eux. Je les guidai jusqu'à nous.

« Félicitations, princesse, commenta Rébus avec émerveillement. Vous êtes plus douée que vous l'imaginez.

— Êtes-vous sûre de les contrôler ? », s'inquiéta Angelo.

Je refusais de lui mentir. L'exercice utilisait la magie de mon corps, sans l'aide d'un talisman. Je n'avais aucune garantie de maintenir le sort suffisamment longtemps. Il devait se décider rapidement et vaincre sa peur.

Le prince déglutit. Il se signa et grimpa sur un cylindre de pierre avec appréhension.

CHAPITRE XXI

Je me souviens de l'invitation scandaleuse du Royaume Végétal. La reine Granada nous conviait à assister au réveil de l'Astre Émeraude en compagnie des autres signataires du traité de l'Hexalliance. Sa lettre était cousue de pétales de roses fraîchement coupées, en dépit de l'hiver qui commençait.

Comment pouvait-elle prétendre célébrer la paix ? Sa propre mère avait massacré notre peuple. Trente ans plus tard, elle s'acharnait à nous ruiner par de sombres manigances. Son courrier parfumé était une démonstration de puissance. Il m'avait rempli de haine à son égard.

Lamia Al'Malwib
« Mémoires d'une sultane amnésique »

∫

La rivière d'encre était parcourue de fils iridescents. Des bulles de magie formaient une couche d'écume à sa surface. Quels dangereux sortilèges nageaient dans ces eaux, à l'affût d'une erreur de notre part ?

Nous nous tenions à califourchon sur des tronçons de pierre qui volaient au-dessus des flots ensorcelés. Les jointures de nos mains étaient blanches à force de serrer les fissures de la roche. Aucun de nous ne souhaitait plonger dans un piège mortel.

Juste avant d'arriver sur les berges opposées, un jet de vapeur jaillit de la rivière pour tenter de nous renverser. Je fis une embardée pour l'éviter.

Angelo était livide.

Je puisai dans mes ressources pour finir le trajet. Nous sautâmes à terre avec soulagement.

« Étrange traversée, commenta Rébus. Nous avons défié la mort.

— Pour mieux s'en rapprocher », grimaça le prince.

Nous avions le sentiment d'avoir commis un sacrilège. Un brouillard insidieux s'accrochait à nos vêtements. Des doigts invisibles semblaient nous palper le corps pour nous signifier que nous n'étions pas les bienvenus.

Un halo blanc auréolait la colline. Seule cette lumière divine nous guidait et nous empêchait de céder à la panique. Mon angoisse me serrait le ventre.

Ce voyage était-il une erreur ? Comment distinguer la porte de l'au-delà dans ces nuages glacés ? Nous risquions à tout moment de quitter le monde des vivants.

Notre marche silencieuse sembla durer des heures. Le temps avait cessé son cours. Aucun repère n'existait en dehors de notre respiration hachée. Des cailloux roulaient sous nos pas et ne produisaient aucun écho. Les sons étaient étouffés.

Le brouillard s'éclaircit à mesure de notre avancée. Nous poussâmes un soupir de soulagement en arrivant au sommet. La beauté du lieu m'inspira un profond sentiment d'humilité.

Des colonnes de marbre se dressaient sur les ruines d'un temple. Des fragments de chapiteau gisaient au sol. Des herbes grimpantes et des buissons avaient pris d'assaut la roche. On devinait à peine la structure du mausolée des légendes.

La lumière provenait d'un arbre majestueux planté au milieu des ruines. Son tronc, ses branches bourgeonnantes et ses feuilles étaient en or pur. Des flammes blanches léchaient son écorce aux reflets métalliques. Elles embrasaient l'arbre entier comme un immense bûcher. Les plis et les nœuds du bois semblaient trop réels pour être l'œuvre d'un artiste, aussi doué soit-il. Ce monument était d'origine surnaturelle.

Six statues de bronze entouraient l'arbre incandescent : trois hommes et trois femmes aux têtes couronnées. Deux diamants taillés offraient un éclat cristallin à leurs yeux.

« Qui sont-ils ? », murmura Angelo.

Ils tendaient leurs mains vers le ciel en une prière éternelle. Leurs visages souriants témoignaient d'une joie intense et radieuse. Ces statues respiraient l'espoir d'une vie meilleure.

« Des talismans sont accrochés à leur cou ! », s'exclama soudain Rébus.

Le jeune homme s'approcha d'une statue. Il tendit la main vers un pendentif entouré d'un halo de magie. Comme hypnotisé, il décrocha l'objet d'un geste sec.

Un éclair nous éblouit dans un grondement sourd. Rébus recula comme s'il avait été frappé.

« Tout va bien ? », m'exclamai-je.

Il acquiesça avec un soupir ravi. Son regard était captivé par un nuage brun qui se condensait devant lui. Un djinn apparut à nos yeux ébahis. Le génie s'étira et prononça des mots que seul Rébus entendit. Ses lèvres bougeaient en silence.

« Vous avez trouvé votre Talisman Totem, m'émerveillai-je.

— Il s'appelle Ji'Vri. Il est surpris que vous puissiez le voir.

— Ce lieu est plein de mystères. »

Rébus avait les larmes aux yeux. Il venait de rencontrer son nouveau compagnon de vie.

Son pendentif était sculpté dans un joyau brun strié de rayures dorées, une pierre connue sous le nom d'*œil-de-tigre*. Il représentait un serpent enroulé sur lui-même. Le dessin de ses écailles était ciselé avec finesse.

Angelo était parti inspecter les autres statues. Il revint les sourcils froncés.

« Rébus a pris le dernier talisman, grinça-t-il. Nous n'aurions jamais dû l'emmener jusqu'ici !

— Tu es jaloux, rétorqua son ami. Qu'aurais-tu fait d'un djinn qui maîtrise la magie minérale ? »

Ji'Vri se pencha vers lui. L'esprit désignait l'arbre d'or de sa main.

« Le talisman d'un prince du Royaume Végétal ne peut se trouver que dans un fruit, affirma Rébus. Tu aurais pu y penser toi-même. »

Angelo ne releva pas sa remarque. Il se détourna avec empressement pour ausculter les branches. La lumière était intense. Je plissai les yeux en m'approchant à mon tour.

J'aurais juré que les branches étaient bourgeonnantes... Rébus avait raison : l'arbre avait fleuri et portait désormais des fruits en or. Ils étaient tous différents, en un seul exemplaire. Poire, pêche, citron, cerise, abricot, kaki, coing... Certains étaient trop exotiques pour que je les reconnaisse.

Une pomme était accrochée au sommet de l'arbre. Un halo blanc pulsait doucement, comme pour indiquer qu'elle contenait le talisman d'Angelo. Le jeune homme se brûla en posant la main sur le tronc métallique.

« Elle est trop haute, jura-t-il. Je ne pourrai jamais l'atteindre ! »

Une grimace de douleur marquait son visage quand il se tourna vers moi.

« Princesse, je vous en prie... Aidez-moi à la cueillir ! »

J'hésitais à toucher à ce monument. Nous avions déjà violé le mausolée, le plus sacré des lieux. Comment oser cueillir ce fruit de lumière ?

« Nous avons traversé une rivière sur des rochers volants, me rappela Rébus. Vous avez le pouvoir de la décrocher sans abîmer la moindre feuille.

— Les flammes qui l'entourent ne sont pas là par hasard, remarquai-je. Cette protection magique ne m'inspire pas confiance. »

Cette étrange journée prenait un tour incongru.

Les dieux nous avaient conduits jusqu'ici... Je devais garder foi en eux.

J'invoquai le poème de Tamir une nouvelle fois. Un fil de magie blanche jaillit de ma paume et s'enroula autour du fruit métallique. Il se détacha avec un claquement sec. Je guidai le sort pour le récupérer dans ma main.

La pomme dorée était lisse et ronde. Elle avait aspiré les flammes en elles pour ne conserver qu'une douce chaleur. La lumière de l'arbre créait des reflets à sa surface. Sa beauté était hypnotique.

« Princesse ? »

Angelo tendait sa main.

Je n'avais toutefois plus envie de me séparer du précieux fruit. Ne l'avais-je pas cueilli ? Je sentais qu'il m'était destiné, même si aucun djinn ne s'était manifesté.

« Amira, donnez-moi la pomme.

— Non. »

Ma réponse nous surprit tous. Angelo fronça les sourcils. Il s'avança sans tenir compte de ma mise en garde. Une décharge d'énergie nous parcourut lorsque sa main se posa sur la mienne.

Un souffle de vent surnaturel balaya le brouillard. Le ciel s'ouvrit subitement et les rayons du soleil nous illuminèrent.

Un tremblement de terre nous fit chuter au sol. Une branche s'écrasa à un cheveu de Rébus et se brisa en mille morceaux métalliques. Ses feuilles d'or se détachèrent avec fracas. L'herbe brûla à leur contact en formant un nuage de fumée.

Je me couvris la tête et fermai les yeux.

∫

Je me relevai en grimaçant. La blessure de ma cheville s'était réveillée et me lançait des éclairs de douleur.

Qu'avait encore fait Angelo ?

La pomme avait disparu. À sa place, un talisman en ambre flottait dans les airs.

Le bijou avait la forme de trois torsades enroulées l'une dans l'autre, trois larmes qui étincelaient dans des tons orangés, bruns et jaunes. Des flammes blanches l'entouraient d'un brasier tourbillonnant.

Des silhouettes de brume se matérialisèrent devant nous. Trois djinns… Trois femmes vêtues de robes immaculées… Leurs jambes disparaissaient dans un nuage.

Je connaissais leur visage. Les Oracles de Dohr'im nous saluèrent.

Celle de gauche tenait un luth dans sa main. Une couronne de perles ornait ses longs cheveux. Son sourire me réchauffait le cœur.

« Voici donc les Messagers de notre dieu bien-aimé, dit-elle avec amour. Je suis Polymnie et voici mes compagnes Uranie et Trimène. Nous attendons votre venue depuis bien longtemps… Lequel d'entre vous est notre élu ? »

Nous nous regardâmes avec hésitation. Le malaise d'Angelo était visible.

Rébus avait reculé d'un pas. Son visage était aussi pâle que ces fantômes.

« Nous sommes deux à maîtriser la magie de Dohr'im, annonçai-je prudemment.

— Le Souffle des Dieux ne se partage pas, rétorqua Polymnie.

— Nous ne pouvons l'invoquer que lorsque notre sang se mélange. »

Les djinns secouèrent la tête.

« Impossible. Qui est né sous la bénédiction des Filles de la Lune ?

— Nous deux, répétai-je. Nous sommes jumeaux. »

Un nouveau tremblement ébranla la terre. Rébus cria de surprise, peut-être à cause de cette révélation. J'étais persuadée que les esprits avaient provoqué cette secousse.

La femme du milieu, Trimène, jouait nerveusement avec une mèche de ses cheveux dorés. Elle portait une couronne de feuilles et de baies colorées. Un pinceau maintenait en place sa coiffure audacieuse.

« Des jumeaux n'avaient aucune chance de naître, affirma-t-elle. Notre sortilège n'était pas assez puissant. Vous êtes des imposteurs ! »

Angelo serra les poings. L'attitude des djinns le hérissait.

« Assumez vos erreurs, s'agaça-t-il. Vous êtes responsables de nos malheurs ! Aucun de nous ne voulait d'une magie aussi *différente*. Les prêtres du Cercle nous soupçonnent d'Impureté et vont sûrement nous le faire regretter.

— Aucun Impur n'aurait pu nager dans la rivière ensorcelée qui protège le Mausolée.

— Nous ne l'avons que survolée… »

Les djinns étaient désorientés. Polymnie calma ses compagnes en jouant quelques notes de son luth. Elle semblait diriger le groupe.

« Le monde a beaucoup changé depuis notre disparition, déclara-t-elle calmement. Plusieurs millénaires se sont écoulés. Vous êtes les premiers Messagers de Dohr'im à parvenir jusqu'ici… Les autres ont dû refuser leurs pouvoirs.

— Détrompez-vous, rétorqua le prince. Nos archives témoignent de leurs tragédies : ils ont tous succombé à d'étranges explosions alors qu'ils n'étaient que des nourrissons. Le Souffle des Dieux est bien trop dangereux pour des bébés. Comment avez-vous pu leur prêter cette force ?

— Les Filles de la Lune devaient veiller sur eux. Elles détiennent un artefact qui permet de réduire ou d'augmenter l'intensité de leur pouvoir. Elles peuvent même le leur retirer. Jadis, elles nous assistaient dans les rituels consacrés à Dohr'im. »

Angelo me lança une grimace. Je savais comme lui que ces femmes avaient plutôt tenté de nous tuer que de nous sauver. La reine Granada nous avait expliqué que leur mission était d'empêcher que notre don ne tombe entre les mains de nos ennemis, même si notre assassinat était la seule option.

« Seule notre gémellité nous a sauvés, déclarai-je. Nous avons grandi à des lieues l'un de l'autre. Angelo est l'héritier du Royaume Végétal et je suis la princesse du Sultanat Calorique. Nos pays se haïssent. Nous ne nous sommes pas rencontrés plus tôt. Vous imaginez par ailleurs que mélanger notre sang ne pouvait se faire que dans des circonstances exceptionnelles… »

La troisième femme, Uranie, tendit la main vers le ciel. Une couronne d'osier et d'anis étoilé reposait sur ses cheveux roux.

« Le hasard n'existe pas, dit-elle avec confiance. Notre dieu a décidé de revenir sur terre. Il est à l'origine de ce qui vous apparaît comme des coïncidences. Sa marque a toujours été celle de la perfection.

— Pourquoi m'a-t-il fait naître aveugle, dans ce cas ? murmurai-je avec regret.

— Gardez foi en lui. Ses desseins nous échappent, mais votre présence ici est la preuve de sa protection. »

Près d'elle, Trimène soupira.

« Nous devions donner naissance à un humain parfait, dit-elle avec aigreur. Comment des Impurs pourraient-ils combattre les Esprits Sauvages ? Les phénix n'en feront qu'une bouchée !

— Libre à vous de nous apprendre comment les affronter, rétorquai-je. Nous ignorons les secrets de cette magie perdue. La poésie qui permet de l'invoquer a disparu avec vous. »

Les anciennes prêtresses s'échangèrent un regard.

Elles semblaient hésiter.

« Nous devons tout leur dire, murmura Polymnie comme à regret. Malheureusement, je crois que ce ne sont pas des imposteurs. »

$$\int$$

Trimène s'avança et haussa les mains au ciel. La femme aux cheveux d'or matérialisa un sablier et neuf boules de magie blanche pour illustrer son discours. Elles flottèrent au-dessus de nous.

« Neuf sœurs avaient le privilège d'être les oracles de Dohr'im, le gardien du royaume des dieux. »

Elle fit apparaître une flèche violette.

« Les Esprits Sauvages ont toujours été les ennemis des dieux. Ils avaient été anéantis, leurs os dispersés au plus profond de la terre et leur cœur réduit en cendres… Hélas, ils ont perverti les hommes qui creusaient près de leur tombe. Ils ont souillé leur magie par l'Impureté. Ils ont influencé leur esprit par des mensonges et de fausses promesses. »

Trois boules de magie devinrent violettes.

« Trois de nos sœurs ont trahi leur maître pour s'allier aux Impurs. Elles ont ouvert le sanctuaire à ces assassins. »

La flèche fendit l'air en direction du sablier. L'objet se brisa dans un nuage d'étincelles.

« Pour notre plus grand malheur, ces hommes corrompus ont blessé et empoisonné Dohr'im. La porte du royaume céleste s'est refermée. Grâce à cette attaque, les Esprits Sauvages étaient libérés des dieux. Ils ont lancé la Malédiction Astrale pour se réincarner chaque année sous forme de phénix. Depuis, ils n'ont de cesse de creuser pour reconstituer leurs squelettes maudits. »

Les boules violettes disparurent.

« Les fidèles prêtresses de Dohr'im n'étaient plus que six. Elles avaient survécu à l'attaque. Par ruse, elles avaient réussi à protéger l'ultime secret de leur maître : le Souffle des Dieux. Ce pouvoir était la dernière arme pour lutter contre les Esprits Sauvages. Hélas, leur dieu mourant n'était pas en mesure de s'en servir. Trois prêtresses ont juré de veiller sur lui et de l'empêcher de mourir. Elles sont devenues les gardiennes de sa vie. »

La magie se dissipa à l'exception de trois boules blanches.

« Vous avez devant vous les trois sœurs restantes. Nous n'avions qu'un but : renforcer le Souffle des Dieux pour restaurer la magie de Dohr'im et ouvrir la porte du royaume céleste. Nous avons provoqué votre naissance en nous fiant aux prophéties gravées dans notre sanctuaire. Des mots que nous avions nous-mêmes écrits, mais que nous n'avions pas su déchiffrer à temps... Nous sommes devenues des djinns, des esprits de lumière. Notre vie était le prix à payer pour préserver notre dernier espoir. »

Sa compagne, Uranie, s'avança à son tour. D'un geste ample, elle fit apparaître trois plaques en bronze, argent et or.

« Notre première prophétie annonçait la trahison de nos sœurs et l'attaque des Esprits Sauvages, expliqua-t-elle. Elle s'est réalisée voilà plusieurs millénaires. »

La tablette de bronze se désagrégea.

« Notre deuxième prophétie annonçait le retour de la magie perdue et des dieux. Vous êtes parvenus jusqu'à ce mausolée : elle commence donc à se réaliser. »

La tablette d'argent se fissura.

« La troisième et dernière prophétie est plus inquiétante, murmura-t-elle. Elle illustre la quête des Messagers pour combattre les Esprits Sauvages. Elle nous avertit que tout sera perdu si le Souffle des Dieux est utilisé à mauvais escient, pour tuer un homme ou offenser les dieux. »

Mon cœur se serra. Angelo me jeta un regard gêné. Nous avions détruit le temple de la Forêt des Fées en invoquant notre pouvoir. Il nous avait sauvés, mais nous avions causé la mort de Robulus.

J'étais effrayée à l'idée de briser les espoirs des djinns. Angelo se racla la gorge.

« Nous avons été attaqués hier près d'un temple, avança-t-il prudemment. Le Souffle des Dieux nous a permis de survivre, mais nous avons détruit le sanctuaire des druides et tué un des assassins qui nous menaçaient... »

L'air se rafraîchit brutalement. La tablette en or explosa en une myriade d'étincelles qui dansèrent au-dessus des trois Oracles. Derrière elles, l'arbre métallique se para de nouvelles flammes de lumière.

$\int$

Uranie se mit à pleurer. Trimène leva le poing dans notre direction.

« Comment osez-vous salir la pureté de notre magie ? Vous n'en êtes pas dignes !

— Nous étions piégés entre une poignée d'assassins et un temple qui commençait à nous brûler la peau ! s'énerva le prince.

— Vous avez commis une terrible erreur. Mieux valait mourir que libérer la magie sauvage enfermée sous le temple ! »

Polymnie lui mit la main sur l'épaule.

« Calmez-vous, ma sœur, murmura-t-elle. Ne perdons pas espoir avant d'avoir livré bataille. Préparons-nous à attaquer les Esprits Sauvages avant qu'ils se soient réincarnés. Sous leur forme de phénix, nous pouvons les combattre !

— Le Souffle des Dieux est-il assez fort ? Chaque génération de Messagers devait le renforcer, mais ils sont les premiers à parvenir jusqu'ici…

— Les Filles de la Lune sont les seules à le savoir. Nous devons les retrouver et rassembler les Messagers. Nous devons les emmener au sanctuaire de Dohr'im. C'est l'unique moyen d'annuler la Malédiction Astrale et de renvoyer les Esprits Sauvages dans leurs tombes. »

La prêtresse se tourna vers nous.

« Vous n'auriez pas pu nous trouver sans toucher six personnes avec votre magie. Vous avez le pouvoir d'éveiller leur conscience au mystère du Souffle des Dieux. Ils devront rester avec vous et vous accompagner dans votre quête. Où sont ces Messagers ? »

Nous la regardâmes sans comprendre.

« Ce n'est pas encore arrivé, m'excusai-je.

— Voyons, qui est ce garçon, à part l'un d'eux ? »

Tous les regards se braquèrent sur Rébus. J'avais oublié sa présence. Il s'était adossé à la statue de bronze qui lui avait offert son talisman.

Il sursauta d'un air gêné.

« Pour quelle raison serait-il un Messager ? s'écria Angelo d'un ton acide. Je ne veux pas de lui à mes côtés !

— Vous l'avez pourtant choisi. Ses yeux ont l'éclat d'un Rêveur. Ne lui avez-vous pas insufflé un rêve grâce à votre magie ? »

Le prince croisa les bras. Il secoua la tête, mais Rébus s'avança.

« J'ai rêvé d'Angelo et Amira pendant la nuit du Jugement Dernier, confessa-t-il. Deux femmes luttaient dans un immense jardin. L'une d'elles était l'Ensorceleuse du Royaume Végétal, l'autre l'héritière du Sultanat Calorique. J'ai assisté à la naissance de leurs enfants... Une voix s'est échappée du talisman qui entourait le cou de la princesse. Je crois que c'était la vôtre.

— Il s'agit d'un souvenir réel, expliqua le djinn. Dohr'im vous a envoyé une vision. Chaque Messager recevra un rêve pour vous aider à décrypter ses secrets, en particulier l'emplacement de son sanctuaire.

— N'étiez-vous pas ses prêtresses ? Comment avez-vous pu oublier cette information ?

— Ce n'est pas si simple... Les gardiennes du Sablier du Temps se sont cachées dans ce lieu sacré. Elles ont lancé un sortilège pour sceller son entrée pour toujours. Elles en sont elles-mêmes prisonnières... Les Messagers sont les seuls à pouvoir en retrouver l'accès. »

Rébus se passa la main dans ses cheveux.

« Je n'ai rien vu de tel, avoua-t-il. Seulement leur naissance.

— Tant mieux ! s'exclama Angelo. Ça signifie que tu n'es pas un vrai Messager. De toute façon, je ne tiens pas à participer à cette histoire de fous. Je vous laisse ce plaisir.

Mon avenir m'attend dans la salle du trône du Royaume Végétal. »

Les djinns se regardèrent avec désespoir.

« Nous n'imaginions pas faire face à tant d'imprévus, soupira Polymnie. Deux élus soupçonnés d'Impureté, des Messagers dispersés, la destruction d'un temple sacré et la libération de sa magie sauvage… Notre retour est bien douloureux. »

Derrière les trois femmes, l'arbre d'or perdait de sa luminosité. Les flammes qui embrasaient son tronc et ses fruits s'éteignaient peu à peu. Il était affecté par leurs pleurs.

Mon cœur se mit à battre plus fort. L'angoisse se mêlait à un soupçon de colère devant leur réaction. Les prêtresses s'étaient sacrifiées pour sauver leur dieu, mais leur volonté cédait à la première difficulté. Comment pouvaient-elles nous aider sans la foi qui les avait maintenues en vie pendant des millénaires ?

« Nous ne sommes pas parfaits, avouai-je avec fermeté, mais n'oubliez pas votre mission. Le Souffle des Dieux a survécu. Guidez-nous ! Si vos prophéties annoncent notre venue, laissez-nous une chance ! »

Les Oracles se turent.

« Vous avez raison, princesse, murmura Polymnie. Nous devons assumer notre rôle de djinns totems : vous accompagner dans cette quête. »

D'un geste, elle désigna le talisman qui lévitait devant moi. Les trois torsades en ambre vibraient d'un halo blanchâtre.

« Utilisez le Souffle des Dieux pour transformer ce talisman et nous attacher à lui. »

Le prince s'interposa.

« Notre don est dangereux ! s'exclama-t-il.

— Sa force est modulée par vos désirs et votre imagination. Concentrez-vous sans laisser libre cours à vos émotions. Ce talisman appartiendra bientôt à la princesse Amira.

— Et moi ? »

Angelo me jeta un regard dépité.

« Ne me volez pas mon totem ! »

Ses yeux bleus trahissaient sa peur.

« Vous trouverez le vôtre, le rassurai-je. Aidez-moi à obtenir le mien et nous partirons à sa recherche. »

Notre destin nous avait emmenés jusqu'en ce lieu sacré. Nous ne pouvions plus reculer.

Je ne lui laissai pas le temps de réfléchir. Je ramassai une feuille en or. De fines nervures étaient gravées à sa surface. Ses bords étaient tranchants. Je pinçai les lèvres en me piquant un doigt. Je tendis l'objet métallique au prince.

Songeur, Angelo observa la ligne de vie qui parcourait sa paume. Il la prolongea d'un geste décidé. La mâchoire serrée, il ferma les yeux en me prenant la main.

Une onde de choc me traversa le corps. La vibration se propagea dans le sol sous mes pieds. J'entendis Rébus crier.

CHAPITRE XXII

Les jardins embaumaient l'eucalyptus et la fleur d'oranger. Des statues de marbre blanc étaient disposées à intervalles réguliers dans les allées. Des bouquets d'orchidées et des bougies en cire d'abeille se trouvaient à leurs pieds.

Ma volonté s'était affermie devant le luxe ostentatoire du palais de Viridys. La reine Granada déballait ses richesses pour mieux nous rappeler l'état déplorable de notre économie. Cette femme était impitoyable… Elle ne méritait pas de vivre.

Je n'avais pas de plan. Je n'avais qu'un couteau caché dans les replis de ma tunique, le cadeau d'un mariage sans amour auquel il n'avait manqué qu'une invitée : la responsable de notre ruine.

Lamia Al'Malwib
« Mémoires d'une sultane amnésique »

∫

Un tourbillon de magie se matérialisa autour de nous. Mon cœur s'embrasa. Je ressentais une joie intense et mêlée d'un désir insatiable. J'étais plus vivante que jamais. Mon esprit s'envola loin du Mausolée. J'étais happée par la force inouïe qui se déployait en nous.

Une image d'oiseau m'apparut alors que je fermais les yeux. Un aigle immense ouvrait ses ailes. Ils les battaient à toute vitesse pour décoller et s'échapper de notre emprise.

« Canalisez votre pouvoir ! », hurla une voix de femme.

Sa voix me ramena dans le présent. Nous étions en lévitation au-dessus du sol. Des flèches d'énergie jaillissaient de nos doigts entremêlés. Une véritable tempête se déchaînait autour de nous. J'étais ivre de cette puissance qui se libérait avec avidité.

Le Souffle des Dieux n'admettait aucun contrôle. Sa rage se dispersait dans toutes les directions. Un éclair blanc vint frapper une statue de bronze et la coupa en deux dans un craquement sinistre.

« Concentrez-vous sur le talisman ! La princesse doit en devenir la nouvelle maîtresse ! »

Angelo crispa les lèvres pour lutter contre la force qui s'emparait de nous.

« Nous avons besoin de *deux* talismans, lâcha-t-il entre ses dents. Oracles, je ne renoncerai pas à mes rêves ! Je règnerai sur le Royaume Végétal, avec ou sans votre aide ! »

Le prince tendit la main et projeta notre magie sur le talisman.

« *Non !* »

Le talisman millénaire prit feu. Il se liquéfia en une boule écarlate qui tournoya dans les airs. Des étincelles s'en échappèrent en grésillant. Une odeur de résine de pin me frappa les narines.

Je réussis à lâcher la main d'Angelo. La tempête se calma aussitôt. Je m'écartai en haletant.

L'attraction du Souffle des Dieux était dangereuse.

Les djinns avaient disparu. Au pied de l'arbre d'or, deux bijoux étaient échoués dans l'herbe. Un halo de fumée entourait chacun d'eux. Dans un état second, je m'avançai pour ramasser celui qui captivait mon regard.

Le joyau avait la forme d'une libellule sculptée dans un morceau d'ambre. Ses courbes étaient épurées, délicates. Son corps avait les nuances orangées d'un coucher de soleil. Ses ailes diaphanes étaient brunes et dorées. Leur fragilité m'émut profondément.

Je recueillis le talisman avec précaution dans le creux de ma paume. Il était léger et chaud. J'étais émerveillée par sa beauté. Des larmes de joie roulèrent sous mes paupières.

« *Soyez bénie, princesse !* fit une voix dans ma tête. *Votre amour est un baume pour mon cœur tourmenté.* »

Un nuage blanc s'échappa du talisman et s'étira devant moi. La silhouette d'une femme apparut dans les airs. Une couronne de perles ornait ses cheveux bruns. Polymnie était reconnaissable au luth qu'elle serrait contre elle.

« Je le garde toujours près de moi, avoua le djinn dans un sourire.

— Partagez-vous mes pensées ? »

L'Oracle acquiesça.

« Je suis votre djinn totem. Votre magie a transformé les larmes d'un dieu en un talisman à votre image. Il est apparenté à une libellule. Il s'agit précisément d'un éphémère, un insecte qui ne vit que quelques jours alors qu'il a mis des mois ou des années à éclore.

— Est-ce un mauvais présage ? »

La femme de brume rit doucement.

« Non, rassurez-vous. Il est le symbole d'une existence brève mais intense. Sa volonté est farouche. En dépit de sa faible espérance de vie, il explore le monde avec une joie infinie. Il sait admirer la grâce et la beauté qui l'entourent. Vivre est un cadeau précieux. Vous portez ce message depuis toujours. »

Je sentis comme une caresse intérieure, un frôlement imperceptible. Le djinn effleurait doucement mes pensées. Comme j'étais heureuse ! J'attendais ce moment depuis une éternité. J'avais réussi la Quête.

Un éclat de voix me rappela à la réalité. Près de moi, Angelo avait ramassé l'autre talisman, un trognon de pomme en ambre jaune. Des pépins bruns étaient pris au piège de la sculpture inachevée. Le prince tenait le joyau à bout de bras.

« C'est une blague ? s'écria-t-il avec dépit. Je n'ai droit qu'à des restes ? J'ai besoin d'un fruit entier pour être couronné ! Un litchi, un abricot, peu importe... Mais sûrement pas *ça !* »

Une femme blonde apparut dans un halo blanc. Je reconnus Trimène à sa couronne végétale. Ses lèvres bougeaient avec rapidité, mais je n'entendais pas ses paroles. Elle s'adressait au prince par la pensée. Je compris qu'elle était devenue son djinn totem. Leur dialogue intérieur semblait houleux.

« Où est votre troisième sœur ? », demandai-je à Polymnie.

Son esprit se teinta d'une peine sincère.

« *L'intervention d'Angelo a eu de fâcheuses conséquences,* me confia le djinn. *Il a fusionné et scindé les larmes de Dohr'im en deux talismans. L'âme d'Uranie était liée à la troisième larme. Je sens sa présence de façon infime… Elle a dû être écartelée entre vos deux joyaux.* »

Je tressaillis.

« *C'est tragique,* m'excusai-je. *Nous n'avons pas voulu cela.*

— *Angelo refuse de consacrer sa vie à servir Dohr'im… Il aurait dû renoncer à son totem. Il réduit encore nos chances de victoire ! Uranie a payé le prix de sa foi défaillante.*

— *J'ai besoin de lui pour invoquer le Souffle des Dieux.*

— *Je sais. Trimène aussi. C'est la seule raison qui l'empêchera de venger notre sœur.* »

Je savais à quel point un djinn en colère pouvait être dangereux. Ji'Ihna nous l'avait démontré à plusieurs reprises.

Je m'approchai du prince pour le calmer. Angelo s'écarta vivement.

« Restez où vous êtes ! s'exclama-t-il avec fureur. Je ne veux plus risquer d'invoquer le Souffle des Dieux ! Regardez-moi… Me voilà lié jusqu'à la fin de mes jours à un trognon de pomme ridicule et à un djinn qui me déteste.

— Votre enchantement a brûlé l'âme de sa sœur. Sa rancœur est compréhensible.

— Ces Oracles voulaient me priver de mon totem. Rien ne justifie mon sacrifice ! Détenir leur magie est déjà une malédiction… Thaleia avait raison de m'envoyer chercher l'aide des druides. Je dois me débarrasser de ce maléfice qui me poursuit depuis ma naissance. »

Les djinns s'animèrent. L'angoisse de Polymnie me fit l'effet d'un coup de fouet. Je n'étais pas habituée au lien d'esprit à esprit qui existait désormais entre nous.

« *Thaleia ?* s'exclama-t-elle en pensée. *À quoi ressemble-t-elle ?* »

Je lui montrai le souvenir de la juge et de son visage. La belle femme avait gagné notre confiance avant de nous tendre un piège. Je la soupçonnais d'avoir commandité des assassins pour nous acculer dans le sanctuaire sylvestre.

« *C'est une de nos sœurs,* murmura-t-elle d'un ton lugubre. *La traîtresse s'est alliée aux Esprits Sauvages pour causer la chute de Dohr'im. J'ignorais qu'elle avait survécu tout ce temps. Elle vous a volontairement envoyés détruire ce temple pour déclencher la troisième prophétie.* »

Je frissonnai. Les Oracles et leurs sœurs étaient au service des trois prophéties qui annonçaient le retour de Dohr'im ou son anéantissement. Elles jouaient avec notre destin depuis notre naissance. Notre libre arbitre s'effaçait-il devant leurs manigances ?

Angelo m'observait avec gravité. Sa mâchoire était serrée.

« Voulez-vous vraiment suivre leur voie, princesse ? Allez-vous continuer à accepter leurs secrets et leurs mensonges ? »

Mon cœur était rempli d'inquiétude. Les Oracles m'incitaient à lutter contre l'oubli dont leur dieu était victime. Ressusciter la magie de Dohr'im revenait à s'attaquer aux fondements de la religion du Cercle et à la structure même de notre société. Peu de gens me soutiendraient dans cette aventure. Ma route risquait d'être semée d'embûches.

Cependant, ma foi en Dohr'im était plus forte. J'étais prête à tout pour un dieu qui m'avait rendu la vue. Son pouvoir était dangereux, mystérieux, mais plein de promesses. Je ne craignais pas d'être différente aux yeux du monde. J'avais été aveugle toute mon enfance… Je connaissais ce sentiment d'exclusion.

« Leur quête est essentielle, déclarai-je avec conviction. Je me battrai à leurs côtés.

— Ce sera sans moi. Je vais rejoindre les Filles de la Lune pour qu'elles reprennent cette maudite magie et qu'elles m'aident à trouver mon véritable Talisman Totem. »

Angelo tourna les talons. Il s'éloigna de l'arbre d'or et de ses fruits parfaits. Ils étaient une insulte muette à son nouveau pendentif.

Le prince quitta la lumière qui auréolait les ruines du mausolée. Sa silhouette disparut lorsqu'il s'enfonça dans le brouillard. Son départ m'attristait. Il accentuait mon sentiment de solitude.

« Vous ne serez plus jamais seule, m'assura Polymnie. *Je serai toujours à vos côtés. »*

$$\int$$

La lumière du jour perdait en intensité. La nuit allait tomber. Je quittai les statues de bronze figées pour l'éternité. Leurs visages me semblaient plus graves qu'à mon arrivée. Les ombres dessinaient des rides et des plis sur leur peau métallique.

Je retrouvai Rébus près de l'eau qui encerclait la colline. Sa magie minérale l'entourait d'un halo brun. Le jeune homme s'était enfui lorsque nous avions invoqué le Souffle des Dieux. Sa frayeur était justifiée…

Nous nous regardâmes comme deux étrangers. Le poème de Tamir nous aida à regagner la berge opposée. Les blocs de marbre survolèrent la rivière d'encre une nouvelle fois. De l'autre côté, un tronçon de colonne prouvait qu'Angelo avait réussi à utiliser un sort semblable.

« Il a refusé de m'aider à traverser, murmura Rébus. Il m'a maudit mille fois avant de m'abandonner. »

Les révélations des Oracles tournoyaient dans nos esprits.

« Je ne veux pas être un Messager de votre dieu, me dit-il brusquement. Vous avez failli tous nous tuer ! Votre magie est effrayante.

— Détrompez-vous, elle est merveilleuse. C'est elle qui m'a rendu la vue. Lorsque j'aurai appris ses secrets, je pourrai réaliser d'autres miracles. »

Il secoua la tête.

« Je vais commencer mon apprentissage de vif-passeur, me confia-t-il. Je préfère oublier votre étrange quête.

— Allez-vous jurer fidélité au roi Björn et devenir l'espion du Royaume Minéral ? Nous deviendrons alors ennemis.

— Je doute que le roi m'offre sa confiance. Je n'ai pas de talent particulier… Je n'ai aucune raison d'attirer son attention. »

Nous continuâmes notre chemin en silence. Ma cheville était douloureuse. Notre aventure dans le Mausolée avait ravivé la blessure provoquée par mes ennemis, un jour de blizzard… Rébus remarqua mon boitillement et détourna les yeux avec culpabilité.

Nous ne vîmes pas Angelo. Le prince nous avait volontairement distancés. Notre gémellité avait eu raison de son dernier espoir.

« *Le Souffle des Dieux aurait enfin pu être unifié*, commenta Polymnie. *Angelo a choisi de maintenir un équilibre instable et dangereux. Le lien qui vous unit est plus fort que vous l'imaginez… Il contient toute la puissance d'un dieu.*

— *Il nous a sauvés à plusieurs reprises, sans contrôle de notre part… À notre première rencontre, Angelo m'a guérie alors que ma vie s'échappait. Il a disparu et s'est réveillé dans son palais, bien loin du mien ! Comment l'expliquez-vous ?*

— *Nous ne sommes que des prêtresses douées de visions. Nous vous avons créés dans l'urgence, sans recul ni certitude sur notre acte désespéré. Avant de disparaître pour orchestrer la naissance des Messagers, nous avons instauré l'ordre des Filles de la Lune pour veiller sur vous et explorer les secrets du Souffle des Dieux. Elles auront des réponses à nous apporter.* »

Nous rejoignîmes bientôt la mare de vif-argent, de l'autre côté de la colline. Le vent soufflait sur les vagues.

Rébus rompit le silence. Il avait continué à ruminer les révélations des Oracles.

« Vous êtes une personne admirable, princesse, me dit-il avec gentillesse. Entourez-vous de personnes de qualité. Que feriez-vous d'un Messager comme moi ? Nous ne sommes pas du même monde. Je n'ai même pas fait d'études.

— Je serais bien la dernière à vous le reprocher. Je ne sais ni lire ni écrire. »

Rébus me fixa longuement. Ses yeux turquoise témoignaient des doutes qui l'agitaient. Il avait une piètre opinion de lui-même. J'espérais lui montrer que nous avions tous notre lot de difficultés. Aucun de nous n'était parfait.

L'ami d'Angelo finit par baisser le regard. Brusquement, il sortit un objet étincelant de son sac en cuir. Il me tendit une feuille en or qui s'était décrochée de l'arbre de lumière.

« Voyez par vous-même, soupira-t-il. Je ne suis qu'un voleur. Je n'ai pas pu m'empêcher de la ramasser. Gardez-la, elle vous appartient. »

Il soupira.

« Adieu, princesse, et bonne chance. Votre magie est dangereuse, mais vous n'avez rien d'un assassin. »

Mon cœur se serra. Il ignorait que nous avions tué son frère en nous défendant contre lui et ses sbires. Sa désillusion risquait d'être douloureuse.

Je lui adressai un bref signe de tête tandis qu'il plongeait dans la magie du vif-argent et prononçait la Rime Ancestrale. Rébus disparut avec la marée dans les galeries souterraines. Je doutais de le revoir un jour.

« Il ne pourrait en être autrement, me souffla Polymnie. *Les Messagers doivent vous soutenir et vous prêter leur force.*

— Encore faudrait-il les trouver et les convaincre... La réaction d'Angelo et de Rébus montre que la tâche sera difficile. »

Je mis la feuille d'or dans mon sac de talismans. Il était temps de rentrer au campement pour retrouver Nadia. J'avais hâte de lui montrer la libellule en ambre que je portais en pendentif. J'imitai Rébus et me glissai dans le vif-argent bouillonnant.

La magie m'entoura d'une brume scintillante. La marée ne tarda pas à venir et le courant m'attira dans les profondeurs de la terre.

$$\int$$

Mon voyage se passa dans un demi-songe. J'avais à peine conscience des parois que je frôlais dans l'obscurité.

Brusquement, un éclair de lumière jaillit de mon sac et illumina les grottes. La feuille d'or que Rébus m'avait confiée était incandescente et dégageait une vive chaleur.

Mon déplacement fut soudainement stoppé, comme si les mailles d'un filet se refermaient sur moi. Le choc me coupa le souffle. Je me sentis aspirée dans une galerie secondaire qui remontait à la verticale.

Je n'eus pas le temps de réagir à ce dénouement inattendu. Je fus propulsée à l'extérieur des souterrains dans une mare de vif-argent particulièrement profonde. Le courant qui m'y avait emmenée de force n'était pas assez puissant pour me ramener à la surface. La protection de la Rime Ancestrale se déchira alors que j'étais encore au fond de la mare.

Je suffoquai. Que se passait-il ? La magie du sortilège s'était défaite alors que je ne pouvais pas respirer.

« *Ne réfléchissez pas, nagez ! »*, s'écria Polymnie.

Je battis des jambes avec angoisse. J'étais incapable d'estimer la profondeur de la mare. Ma vision altérée voyait des traits de lumière partout autour de moi.

Je nageai avec énergie, mue par un dernier espoir. J'étais prisonnière de ces flots de magie, mais je voulais vivre. Ma volonté était plus forte que tous les obstacles qu'on pouvait mettre devant moi. Tout instant de vie était précieux. Je refusais d'en perdre un seul.

Je crevai brusquement la surface. Le soulagement libéra mon cœur. J'inspirai avec bonheur. Mes poumons menaçaient d'éclater.

Le soleil couchant me saluait d'un bouquet de fleurs flamboyantes. Des nuages cotonneux se coloraient de rose, de rouge et d'orange. Le ciel avait la beauté extravagante d'un jardin au printemps.

La marée aurait dû me ramener dans le campement... Le paysage qui m'entourait n'avait rien à voir avec une crique en bord de mer. Je n'étais pas arrivée dans une simple mare de vif-argent. Les berges étaient bien trop distantes pour cela.

Je venais d'émerger au milieu d'un immense lac argenté. Des vaguelettes se déplaçaient lentement. La magie les parait d'étincelles scintillantes.

« *Nous n'avons pas quitté l'archipel de la Mer des Paillettes*, me souffla Polymnie dans mon esprit. *Un sortilège a dévié notre route.*

— *Connaissez-vous cet endroit ?*

— *Non, je n'ai jamais vu autant de vif-argent. C'est un lieu de légende.* »

Le lac n'avait pas été troublé par la marée qui m'avait conduite là. Si j'en croyais mon arrivée épique, il était particulièrement profond... Comment retrouver l'entrée des galeries englouties dans cette immensité liquide ? L'opacité du vif-argent m'empêchait de plonger au hasard et de faire demi-tour.

J'étais piégée.

Je commençai à nager vers la berge la plus proche. Je doutais d'avoir l'endurance suffisante pour y parvenir sans me noyer. Remonter à la surface m'avait épuisée.

« *Je vais vous aider* », murmura Polymnie.

Elle m'invita à visualiser *des poissons de nacre dans un lagon turquoise*. Je prononçai « **NUAGE** » en levant la main au ciel. Un halo jaillit de ma paume et m'entoura comme un cocon. Le poème me soutenait pour que je puisse flotter sans effort. Il m'aida à glisser comme si mon corps était recouvert d'écailles.

J'atteignis les berges tandis que les dernières couleurs du jour s'estompaient. Une prairie d'herbe grasse s'étendait au pied de hautes montagnes. Des cliquetis d'insectes nocturnes résonnaient dans l'air.

Le sort se délita et s'évapora en silence. Les étincelles blanches s'envolèrent dans le ciel. Vers quel Astre disparu étaient-elles attirées ? Je devais encore découvrir les mystères de la magie de Dohr'im.

La nuit était glaciale. Je n'avais que deux boucles d'oreilles en guise de talismans caloriques. Je décrochai un des cristaux de piments et le frottai pour me blottir dans sa chaleur. Nadia ignorait que son cadeau enchanté m'aiderait à rester en vie. J'adressai une prière muette à mon amie qui s'inquiétait sans doute de ne pas me voir rentrer auprès d'elle.

Je m'assis contre le tronc d'un arbre qui se dressait près du lac. Je passai la main sur le contact rugueux de son écorce. Il m'offrait un maigre sentiment de sécurité. Je devais patienter jusqu'à l'aube avant de m'aventurer dans ces terres inconnues.

Malgré cet imprévu, j'avais confiance en l'avenir.

Près de moi, une libellule de lumière ambrée s'envola dans les airs. Ses ailes dorées brillaient sous les rayons de la lune. Un djinn s'était transformé pour explorer les alentours.

Mon djinn.

J'avais trouvé un Talisman Totem merveilleux. Une ancienne prêtresse partageait désormais mes pensées. Pour elle, comme pour moi, une nouvelle vie commençait.

REMERCIEMENTS

Ce deuxième tome est la suite d'un rêve éveillé qui m'a surpris dans les jardins du palais de l'Alhambra, à Grenade. L'Ensorceleuse m'a enchanté au milieu des orangers en fleurs. J'ignore si j'ai percé tous ses secrets.

Je remercie ma famille et mes amis qui partagent avec moi les plaisirs simples et joyeux du quotidien. Leur soutien est essentiel dans l'écriture de cette histoire. Sans le savoir, ils font tous partie de cet univers enchanté.

La relecture de ce roman s'est faite grâce aux conseils et critiques constructives de Sophie, Pierre-Jacques, Stéphane, Jérémy, Jean-Philippe et Mathieu. Chers parents, chers amis, je vous en suis très reconnaissant, car cet exercice est à la fois essentiel et fastidieux. Votre enthousiasme m'a soutenu tout au long de cette aventure.

Enfin, merci à vous, lectrices et lecteurs, d'avoir poursuivi votre route aux côtés des Messagers de Dohr'im ! J'espère que vous êtes prêts pour les prochains tomes, car nos héros ont besoin de toute l'aide disponible...

BONUS / SOUTIEN

Vous avez aimé ce nouveau tome du *Souffle des Dieux* ?
Vous voulez aider les Messagers de Dohr'im ?

Laissez un commentaire en ligne !

Cette série est autoéditée. Les Messagers de Dohr'im ont
besoin de vous pour se faire connaître…

BONUS : recevez des récits inédits et des
informations sur les prochaines sorties en vous
inscrivant à la Newsletter ViP, sur le site officiel :

www.vincent-portugal.fr

Rendez-vous également sur Facebook et Instagram :

@vincent.portugal.auteur

DU MÊME AUTEUR

Aux éditions Plume Blanche
- **INCAS**

Le Souffle des Dieux
- **Tome 1 : La Magie Perdue**
- **Tome 2 : Le Chant des Djinns**
- **Tome 3 : Le Voleur d'Étoiles**
- **Tome 4 : Fleurs de Magie**
- **Tome 5 : Le Jugement Dernier**

Dans l'univers du Souffle des Dieux
- **Fabuleux Nectar**

Résumé de *Fabuleux Nectar*

« Du haut de sa tour du Palais Suspendu, Misha étudie ses grimoires et réchauffe ses alambics. L'alchimiste du roi est un créateur talentueux. Il invente des sortilèges et murmure des poèmes pour transformer la magie en outils insolites.

Son quotidien est bouleversé par la capture de trois rebelles des îles Liberté qui luttent pour leur indépendance. Pourquoi la princesse Séléna s'est-elle livrée à ses ennemis ? L'alchimiste soupçonne la prisonnière de profiter de sa captivité pour leur tendre un piège.

La belle étrangère prétend que son navire contient des trésors dignes des légendes, l'héritage d'un antique peuple des mers. **Ses ruses et ses manigances se teintent de mystère, de magie, et d'une alchimie fabuleuse qui pourrait changer le destin du royaume.** »